约瑟夫 · 罗特

（Joseph Roth，1894—1939）

国家社会科学基金项目：约瑟夫·罗特与奥地利文学中的“哈布斯堡神话”研究
（项目编号：18BWW068）

主编 刘炜

JOSEPH

罗特小说集

11 ·齐珀与他的父亲·

[奥地利]约瑟夫·罗特 著
王彦会　王怡 译

ROTH

漓江出版社
·桂林·

目 录

前　言

刘　炜

没落帝国的歌者——约瑟夫·罗特

约瑟夫·罗特，一个生于奥匈帝国的犹太人，受过良好的德语教育，还是优等生，平坦前途本应可期，却因 1914 年那场著名的刺杀事件改变了方向。

第一次世界大战规模巨大，共约六千五百万人参战，罗特便是其中之一。1918 年，同盟国战败，奥匈帝国解体，一个由哈布斯堡家族统治的多民族共存的国家就此瓦解，该家族最后一个皇帝卡尔一世无奈流亡，欧洲历史上统治领域最广的王室也就此没落。

旧帝国被多个民族国家取代，传统秩序和价值崩塌。建立独立的民族国家是当时许多人梦寐以求之事，但对犹太人来说却并非如此——他们没有自古以来属于自己的土地，奥匈帝国的消失意味着他们失去了唯一的祖国。弗洛伊德在 1918 年停战日的日记中说："我不想生活在任何其他地方……

我将继续靠它的躯干活下去，并想象它仍是一个整体。”类似想法日后也成为罗特小说着重要表现的内容。

一战后，政局混乱，各种新思潮涌现，迷茫的人们迫切寻找着新方向，最终的结果却是法西斯的崛起。身居柏林的罗特第一时间选择了离开，开始流亡生涯。在对纳粹的愤恨中，哈布斯堡王朝的统治越发显得宽容可亲，虽然它陈腐僵硬，他也在小说中批判过这一点，但它有统一、稳固的价值体系，人们身居其中，按部就班，不会相互倾轧，更不会出现种族灭绝的疯狂念头。观念演变成小说，罗特逐步建构起自己的“哈布斯堡神话”，核心作品《拉德茨基进行曲》带着缅怀之情展现了帝国衰落的过程，也是他献给哈布斯堡王朝的一曲挽歌。

的确，罗特在小说中美化了帝国，甚至还曾试图在现实中恢复其统治。这被当时很多人诟病，在今天看来也有些难以理解，但试想一下，一个犹太人，面对着纳粹的虐行，在绝望困境中，有这样的想法又合情合理。他最大的希冀，是寻求一个多民族可以共存、有着明晰善恶标准的生存之地，即便如今，这也是这个世界仍需面对的问题。

在罗特去世后，其作品在德国遭遇了长时间的冷遇。作品的再次出版，尤其是中译本的推出，无疑拓宽了我们对德语文学了解的广度，这位可与最优秀德语作家齐肩的人，在死后多年丰富了文学以及文学史。

约瑟夫·罗特与他的“哈布斯堡神话”

苏俄之旅改变世界观：对哈布斯堡王朝没落的反思

第一次世界大战爆发两年后的1916年，罗特参军，在离前线不远的军报编辑部工作。其间，他创作了第一部短篇《优等生》。前线的经历后来被他不断演绎，成了生活与创作中不可或缺的桥段。但这些臆想出来的故事却给后世的罗特研究添了不少麻烦。在他笔下，被俘后逃出战俘营及在归乡之路上的种种历险被演绎得栩栩如生，以至不少朋友信以为真，而日后许多对罗特的回忆文本也将这些故事当作信史去转述。

1918年，也曾号称过“日不落帝国”的奥匈帝国战败并解体，罗特回到维也纳，靠给不同报社撰稿为生。在这里，他的写作天赋得以发挥，出版了早期几部明显具有社会批判色彩的作品，如1923年的《蛛网》、1924年的《萨沃伊酒店》和《造反》等。这些作品以一战后的小人物为主角，刻画了被时代巨轮碾轧过的芸芸众生。战后归乡者的落魄、无助和绝望跃然纸上，使初入文坛的罗特很快为时人所认可，被看作是一位世界观明显左倾的青年作家。而罗特对此也毫不避讳，在一些报刊文章上甚至以“红色约瑟夫”署名。

时至二十世纪二三十年代，罗特已是德语国家的明星记者，就职于《法兰克福报》。1926年，他受报社委托考察历经战乱才复苏不久的苏联。这趟旅行的观感，都作为创作背景出现在了此后出版的一系列以苏联革命为背景的小说中，如1927年的《无尽的逃亡》、1929年的《右与左》等。在这一时期的许多作品中，可以清晰地看到新写实主义的影子。小说开篇对读者的声明，文本中经常出现的通信、日记、回忆，仿佛都在刻意制造讲述者和故事之间的距离感，好像一个局外人闲来无事，随意聊起了一段事不关己的往事。这种疏离感并非单以写实为目的，而是更着意于营造罗特最为擅长的伤感气氛。这趟苏联之旅也成为罗特世界观的拐点。此后，他的写作重心告别了左翼的社会批判，转而反思哈布斯堡王朝没落的缘由及后果，也成就了日后奥地利文学史中的“哈布斯堡神话”。

缅怀奥匈帝国的宽容：落后中有着传统价值的坚韧

一战后，哈布斯堡家族治下的奥匈帝国分崩离析，变成了许多个民族国家，而世居在此的犹太人突然成了失去家园的无根浮萍，因为没有哪个新兴的民族国家愿意留给他们一席容身之地，更不愿视其为自己人。这一剧变让类似罗特这样出生于先前奥匈帝国的犹太作家对没落的哈布斯堡王朝产生了深深的眷恋。在他心中，老帝国就是故乡和亲情，是个无论世事如何艰辛都会给犹太人留条活路的地方。他 1932 年出版的小说《拉德茨基进行曲》直到今天，都是现代奥地利德语文学中“哈布斯堡神话”的代表作品。正因如此，曾长期在德国电视台主持《文学四重奏》且有“文学教皇”之誉的著名文学评论家拉尼茨基（Marcel Reich-Ranicki）将该小说列为德国人必读的二十部小说之一。

罗特笔下的奥匈帝国并非世外桃源，而是如同一个面凶心善的老爷子。人们偶尔要躲一躲他手中的鞭子，但生活的节奏并未因此被打乱。小人物们也都练就了种种偷生的本领。如同短篇《草莓》中所描述的场景，人们家里虽然破烂，日子贫寒，但没有那泯灭人性的你死我活。人们总能找到一条出路，不会因绝望而走上绝路。只不过这种起码的要求看似简单，但在二十世纪大萧条后的那个混乱年代里要想实现却非易事。不过总的来说，虽环境险恶，人们总还能绝处逢生。老帝国严峻面孔的背后，也有着睁只眼、闭只眼的豁达，使人感受到更多的是放任和宽容，而不是勉强和苛求。在对往昔的回忆中，流露得更多的是温情。有小过而无大恶，这就是罗特历史观中的评判标准，也是他对过去时代和奥匈帝国总的评价。性情散漫，荒蛮广阔，其实是宽容的写照。争端纷起的现实生活，所缺少的恰恰是彼此宽容的心态。如此说来，罗特对过去那个宽容时代的缅怀，便有了现实意义。

“哈布斯堡神话”在这样的讲述中被具体到老帝国东部领地的一隅，给读者刻画了充满希望和令人绝望的两个黑白分明的世界。帝国没落前的世界祥和安宁，此后的世界却充斥着堕落。在罗特笔下，希望与绝望总是相伴而生，强烈的对比引导着读者去思考。有意思的是，罗特笔下的“哈布斯堡神话”从来都是以荒蛮落后的奥匈帝国东部边疆区为背景，而非选择现代文明的奥地利城市。现代大城市在他的描述中几乎等同于西方文明的堕落，1930 年出版的《约伯记》和 1934 年出版的《塔拉巴斯》中的纽约就是明显的例子，水泥丛林间，人们经历的是冷漠和异化。在老帝国东部边疆区表面的荒蛮落后里，彰显出的是传统价值的坚韧。体现在人的身上，就是 1935 年出版的《皇帝的胸像》中莫施丁伯爵回忆录中所说的对信仰的“真正的虔诚”。这是世代流传下来、以宗教形式得以确立的善恶标准。掌握住这一点，人在“世界历史的变幻无常”中就可以不至于迷失方向，更不至于失去做人的根本——人性。

没落的哈布斯堡王朝之所以成为“哈布斯堡神话”，首先因为它是一个多民族融合的大家园，代表一种跨越种族、宗教和民族界限的传统文化精神。和谐和统一是帝国的标志。在这片广袤的土地上，各个领地各具特色而又整齐划一；讲着各种语言的不同民族就像大家庭中的兄弟姐妹一样和谐相处。哪怕是最卑微的贩夫走卒，罗特的理想世界都能为之提供生活的种种机遇。作者由此向国人和世人展示真正的奥地利民族精神，它能唤起人们对生活的追求和向往。其次，在罗特笔下的奥匈帝国中，人们看不到彼此的倾轧，看不见意识形态、民族、种族因争斗造成的你死我活。统治者的仁爱与宽容造就了理想世界中的祥和。在同时代另一位犹太作家茨威格的《昨天的世界》中，人们可以读到更为直白的描述："奥匈帝国，那是个由一位白发苍苍的老皇帝统治，由上了年纪的相国们管理着的国家；它没有野心，唯一所希望的就是能在欧洲大地上，抵御所有激进变革的冲击而完好无损。"再者，哈布斯堡王朝是个亘古不变、秩序井然的社会。同样是在茨威格笔下，还有类似的描述："那是个让人有安全感的黄金时代。在我们几乎有着千年历史的奥地利帝国，一切看起来都恒久长远，国家本身就是稳固的保证……每个人都知道自己拥有什么，能得到什么，什么能做，什么不能做。所有的一切都中规中矩、有条有理。"长幼尊卑各守其位，上行下效令行禁止，维持这种秩序的并非严刑峻法，而是人们心中建立在宗教信仰基础之上的传统价值。

民族和种族主义盛行：在流亡中营造乌托邦

在罗特笔下的“哈布斯堡神话”中，与希望对立的是现实中的绝望。第一次世界大战使美好的家园变为废墟，帝国分崩离析，百姓流离失所。对一个犹太作家而言，这种绝望首先归咎于狭隘的民族主义。在短篇小说《皇帝的胸像》里莫施丁伯爵与犹太人萨洛蒙的对话中，民族主义者被说得一文不值，甚至不如达尔文进化论中的猴子。极端排他的民族主义在一战后甚嚣尘上，这是一种缺乏理智和人文情怀的意识形态，是欧洲人与人、国与国间隔阂敌视的一个主要原因。因此，战后在哈布斯堡王朝废墟上形成的许多新民族国家，正如莫施丁伯爵回忆录中的“小格子间”，令人感到局促不安。当时的欧洲，民族主义者以革命为口号，到处制造事端，使欧洲充满着血腥暴力和尔虞我诈。从一战后初期的革命，到希特勒夺权当政，直至最后第二次世界大战爆发，生当此时的人绝望痛苦，而犹太人则还要面临更为可怕的种族灭绝。现实社会中虽然不乏各种信仰和思潮，但却是个传统价值缺失和被否定的时代。在人们放弃了建立于人文精神之上的传统价值后，纳粹主义等极端思潮的传播和泛滥才会成为可能。

这正是令作者感到绝望，也希望能警示世人的地方。在罗特眼中，时代的发展并不等同于进步。他书中现代都市所展现于世人眼前的文明，只能够满足人不断膨胀的欲望。而欲壑难填的各种野心造就的是一群对现实不满、渴望出人头地的战后世界的新主人。

果不其然，在混乱的政局中，得势崛起的是法西斯。1933年1月30日，希特勒被任命为魏玛共和国总理。第二天一早，罗特便乘早班火车离开了柏林。同此后其他许多左翼和犹太作家一样，罗特开始了寓居他国的流亡生涯，并同他们一起形成了流亡文学中的主要创作群体。在去国流亡的日子里，罗特对逝去的哈布斯堡王朝的向往更是日益强烈。而他对过去时代美化、理想化，甚至乌托邦化的创作思路，往往为同时代的左翼作家所诟病，认为这是一种逃避现实、毫无斗志甚至自暴自弃的保守态度。他们认为，法西斯和反法西斯是两大黑白分明的阵营，非此即彼，绝无中间路线。在当时，凡是不直接批判纳粹德国政府的作品和作家，常被扣上思想守旧的帽子。其实，罗特对现实有着清楚的认识，自始至终也不曾抱有任何幻想。他在给许多朋友的信中都对时局做出了准确的分析，认为战争不可避免，生灵将受涂炭。他不认为希特勒政权会在短期内倒台，因而需全力投入与纳粹的斗争，不做任何形式的妥协。流亡生活虽然艰辛，但罗特笔耕不辍。一方面，他写出犀利的文章鞭挞纳粹当局，指出什么是恶；另一方面，又在文学作品中塑造一个理想世界，告诉人们什么是善。在后一点上，罗特与左翼作家也有根本的分歧。因为他所塑造的“哈布斯堡神话”，在左翼人士眼中恰是封建残余势力的堡垒。

在与德国纳粹的斗争中，罗特的思路和做法的确与众不同。他认为只有恢复已经崩溃了的奥匈帝国，才能真正从根本上与纳粹抗衡。因为纳粹政权是建立在民族主义和种族主义的基础之上的，是独裁与暴政，而奥匈帝国的传统恰恰相反，它的基础是多民族共生，具有宽容和包容性，这正好与纳粹德国的理论针锋相对。此论一出，复辟的帽子随之而来，保守落后的标签更是躲不掉的。这种观点在今天看来简直不可思议，但在当时却有其合理性。罗特以“秋风宝剑孤臣泪”的决绝与担当，不停歇地在文学创作中营造出了乌托邦式的“哈布斯堡神话”。

重建帝国梦破碎：在失望中酗酒去世

罗特作为没落帝国的歌者，给没落的哈布斯堡王朝献上一曲挽歌，这对本身在困苦中挣扎的流亡作家而言已显得不合时宜。而罗特并未就此止步，他还想把神话变成现实，试图恢复哈布斯堡王朝的统治。早在1933年，罗特就在给茨威格的信中透露了自己的打算，而且还试图通过当时奥地利共和国的总理多尔富斯（Engelbert Dollfuss）恢复帝国，但对方对此并不感兴趣。后来，他还曾潜回维也纳，联系同志，希望重建帝国，恢复哈布斯堡王朝，以此来与纳粹抗衡。这种不切实际的想法，随着1938年纳粹德国吞并奥地利而幻灭。甚至在奥地利被纳粹德国吞并一年后的1939年初，罗特还试图从奥地利流亡者中招募士兵组建军队，通过恢复哈布斯堡王朝来改变历史的进程。后来，哈布斯堡家族的继承人奥托·哈布斯堡也曾在回忆中赞扬罗特为此投入的精力和做出的努力。

然而，神话在现实里终究难寻容身之地，罗特最终还是落得个“输却玉尘三万斛，天公不语对枯棋”的结果。二十世纪三十年代的纳粹政权如日中天。先在萨尔区通过公民投票赞成归属德国，旋即德国宣布重新武装，并单方面取消了《凡尔赛条约》的限制。同时，纳粹政府还与法国、波兰等邻国签订了一系列和平条约。希特勒不但巩固了政权，而且骗取了德国国内大众的好感。今天的读者可以设想，当罗特落笔写下《皇帝的胸像》和《先王冢》时，面对那个吞并了原先哈布斯堡王朝疆域的纳粹德国的所谓文治武功该是何等绝望。希望与绝望像对孪生兄弟，在罗特作品中交替出现，而现实中的作家也经历着二者的此起彼伏。但在希望与绝望的交替中，尤其是在绝望取代希望时，受伤最深的莫过于作家自己。就像《先王冢》中的主人公最后所说："现在，我应该去哪儿，我，一个特罗塔？……"在希望中创作，在绝望中酗酒，罗特最终毁了自己的健康，于 1939 年在流亡地法国首都巴黎去世。

罗特笔下的"哈布斯堡神话"与历史上的哈布斯堡王朝出入颇大。前者取材于历史，但又不恪守史实，于是才会有读者眼前政治清明、人民和睦、疆域广大的理想社会。其实，神话与现实在罗特的生活中从来都纠缠不清。就连自己的身世，罗特在不同时期对不同的人也有着不同的讲述。有时他说自己是波兰贵族与犹太人的私生子，有时又称自己一战时曾当过俄国人的俘虏。时至今日，在有关罗特的生平介绍中，依然可以读到类似的"神话"。

同样，罗特的文学世界也被世人按照不同需求和取向进行解读。尤其在流亡时期，不同意识形态的阵营都将他视为知己和同志，以至于 1939 年罗特死后的葬礼上出现了混乱的一幕：天主教牧师、犹太教经师、哈布斯堡王朝继承人奥托的代表、左翼人士、复辟分子都出现在了他的葬礼上并致辞，歌颂他为各自阵营所做出的杰出贡献。造化弄人，"哈布斯堡神话"中的共存现象居然以这种形式在罗特身上得以印证。

当二十世纪发生的一切成为历史后，我们重读罗特，能对那个时代、那场战争造成的灾难有更深刻的认识。他的作品不仅能帮助对此感兴趣的读者更好地理解人文精神和人文传统所载有的价值与意义，也能引领读者从另一个角度去了解奥地利的历史和文化传承。

齐珀与他的父亲

王彦会 译

献给本诺·赖芬贝格

1

我没有父亲——也就是说，我从没见过我的父亲——但齐珀却有一个。这赋予我的朋友一种特别的声望，仿佛他拥有一只鹦鹉或一条圣伯纳犬一样。当阿诺尔德说“我和我父亲明天一起去科本茨尔”时，我也想有个父亲。可以牵着他的手，模仿他的签字，可以挨他骂，受他罚，得奖励，挨臭揍。有时候我想撺掇母亲再婚，因为即便是继父，我也觉得值得拥有。但情况却不允许。

小齐珀老拿他父亲显摆。这是父亲给他买的，那是父亲不让干的。这是他答应他的，那是他不答应他的。父亲要找老师谈话，要给儿子找个家教，阿诺尔德行坚信礼时要给买块表，要给他收拾一间自己的房间。即便父亲让儿子蒙受了不快，也像阿诺尔德自愿一样。父亲是一尊强大而又任劳任怨的神。

有时候我遇见阿诺尔德的父亲，有一刻钟的工夫他都待我如己出。比如，他对我说：“把领口扣上，刮西北风呢，会嗓子疼的。”或：“把你手伸过来我看看，你受伤了啊，咱们到对过药店涂点儿药去。”或：“跟你妈说，她该带你去理发了。大夏天的谁留那么长的头发。”或：“你会游泳了吗？年轻人必须会游泳啊！”于是就像小齐珀把老齐珀借给我了似的。我感激我的朋友，但又因为不得不把他父亲还给他而感到难堪，就像我不得不把《鲁滨孙漂流记》还给他一样。借来的东西终究不是自己的。

无论如何，我偶尔也可以把齐珀的父亲保存得更久些，尽管只不过为了把他和阿诺尔德共享。我们三人偶尔一起去参加特别的活动，我们登著名的塔楼，游览动物园，看怪胎、侏儒、塔纳格拉陶俑戏和十分钟之内跑完拉斯滕长街的赛跑者。那时候老齐珀坚称，实际上用了十一分四十五秒。因为他对时间把握得很精准。他有一块表，对此我的朋友说得对，它是一块怀表。它是一块带盖的大金表。表盘由淡紫色珐琅制成。黑色的罗马数字镶着金边。表箍旁边有个不起眼、几乎看不到的钩带动鸣钟装置。一个清脆的小银铃每逢一小时或一刻钟流逝便鸣钟示意。“这块表，”齐珀的父亲说，“瞎子和明眼人一样觉得好用。不过分钟数嘛……”他转而风趣地补充道：“瞎子就得自己想了。这块表还从没让表匠修过。它已经走了四十一年，不舍昼夜。是我有一次在蒙特卡洛，在意外情况下得到的。”

这些“意外情况”令小齐珀和我颇为费解。这位我们大天白日里遇见的父亲，一个像其他人一样的人，戴着一顶黑色圆形礼帽，拄着一根象牙把——也有年头了——手杖，这位父亲有一次恰恰是在蒙特卡洛，在意外情况下经历了什么事。我们满怀敬畏地看着老齐珀如何拿天文台的天文钟跟他的表对时，检验太阳正午时的位置，检验城里的电子计时器。有时候当他坐在桌边，大家正鸦雀无声地吃饭，他按下扣将表盖打开，同桌吃饭的人便惊讶地听到一声谜一般的声响。

齐珀的父亲嗜好惊喜。他使用所谓的玩意儿，诸如能蹦出小老鼠的假火柴盒、会爆炸的香烟以及在薄桌布下面装神弄鬼的小气球之类。他关心许多常被成年人鄙夷的小东西。不过他对较为重要的东西，比如地理、历史、自然科学等也都感兴趣。他不待见古老的语言，极为重视现代的语言。“英语和法语，”他说，“而今每个青年都要学。我要是碰到好点儿的青年时代，肯定精通多国语言。拉丁语我还能忍受。要想成为医生或药师，也许用得着。但希腊语呢？一门死去的语言！读荷马也可以读翻译。希腊的哲学家早就过时了。我本想把阿诺尔德送进中级中学，可他妈不许！她还坚称爱她儿子，爱他还让他学希腊语语法！”

老齐珀和他夫人之间还有更多的意见分歧。她尊敬教师、牧师、宫廷和将军。他否定永恒的真理，是个反叛者和理性主义者。他格外地崇拜天才，歌德、弗里德里希大帝和拿破仑，各种发明家、北极探险家，特别是爱迪生。他尊重科学，并且仅限于其信徒中因死亡或地理上相距甚远而令他着迷者。他对医学的尊崇与他对医生的猜疑相映成趣。他坚称从未生过病。

他不需要医生，一如他的怀表不需要表匠。然而他有时候处于一种他称之为有静养之需的状态。他便宣称，健康的人——恰恰是健康的人——时不时有种静养之需，甚至增温之需。他有多种测体温的方法。没有谁能像他那样把体温计里的水银向下控得那么好。他的治疗方法很奇特，在医学中鲜为人知。毋宁说它们证实了他对迷信的爱好，这与他唯一的信仰——对理智的信仰——矛盾。他头疼时吃洋葱，用蜘蛛网敷伤口，用踏水疗法治痛风。

2

齐珀家住在小市民区，那里的房子由狭窄的房间构成，薄薄的墙壁，装着无用的装饰。

齐珀家的房子里有一间格外气派的房间。它位于卧室后面。原本也能从过道进去，但那边的门锁了。一年只开一次，复活节的时候，在老齐珀巴西的弟弟来访时。对我们，小齐珀和我来说，这间人称沙龙的雅间星期天下午可以进，如果我们许诺轻手轻脚，并且“什么都不能打碎”。因为这里汇集了许多易碎的东西。我记得有个带银盖的淡蓝色玻璃墨水瓶、一个同色的吸墨细沙小瓶和一杆蓝色玻璃蘸水钢笔。这是个摆设。它竖立在五斗橱上放着的沉甸甸的红宝石色玻璃杯、银茶杯和锌白铜质地的水果刀叉中央。在总是落着薄灰的玻璃杯里，放着珠母纽扣和用软银做的儿童戒指、领带夹和木质针线盒、点缀着玻璃亮钻的搭扣，还有每每从齐珀夫人的黑色礼服上掉下来便被她捡起以便日后再缝上的黑色柔软沾手的亮片。

沙龙总沉浸于半明半暗之中。厚厚的红色窗帘只给太阳留了一条小缝，有时几乎容不得一道光线开辟出一条窄窄的通道并划出从窗户至圆桌的薄薄一层银色灰尘柱。从总是紧闭的橱柜里蹿出刺鼻的樟脑丸味，潮得发霉，让人想起秋天的田野、万灵节、阴冷的祈祷室里的熏香味。墙上挂着齐珀夫人的祖父母和父母的画像。老齐珀没有他祖先的画像。因为他出身“简朴”，家人从不曾让人画过像，但他本人却似欲成为一个让人对其毕恭毕敬的家族之祖。他经常请人给自己拍照并把他所有的照片放大。他把它们挂到沙龙的墙上。在此你会看到齐珀先生戴礼帽执手杖，坐在花园长凳上，背景是茉莉花。那儿那张：坐在写字台旁，埋头读着一本厚厚的书。右边挂着的是齐珀先生穿步兵中士——管账的中士——军装的那张。左边那张：戴着大礼帽和白手套的齐珀先生，像是刚参加过婚礼或葬礼回来。这儿他还是个年轻的新郎，手捧一束白纸袋包装的花。那儿已然是一位严肃的父亲，膝上坐着他的小家伙阿诺尔德。

小齐珀拍照的频率比老齐珀有过之而无不及。阿诺尔德六个月大，赤条条，笑眯眯，身下是张熊皮；阿诺尔德一岁，让母亲抱着；阿诺尔德四岁，穿着长裤；阿诺尔德六岁，挎着第一个书包，拿着写字板，挥动着海绵擦；阿诺尔德七岁，拿着第一张成绩单；阿诺尔德八岁，盘腿坐在老师的脚跟前，周围同学们环绕；阿诺尔德身穿西班牙民族服装，阿诺尔德骑自行车；骑马场的小骑士，游乐场的小司机；阿诺尔德骑驴，驾驶马车；阿诺尔德弹钢琴，拉小提琴；阿诺尔德手持弓箭，阿诺尔德腰悬佩剑；阿诺尔德小骑兵，阿诺尔德小水手；各种年龄段、各式服装、各种姿态的阿诺尔德；阿诺尔德，阿诺尔德，阿诺尔德……

我很疑惑：拍照的为什么不是阿诺尔德的弟弟，叫凯撒的那位呢？他叫凯撒，随他母亲早夭的兄弟之名。这名字似乎压在这孩子的身上，赋予他生来难以胜任的使命。他注定要么是个天才，要么是条狗。谁又能顶着这么个名字讨父母欢心呢？

别想！他不讨他们欢心，至少不讨父亲开心。在家很少见凯撒。他在街上四处游荡，在卡瓦利马戏团的门口，在郊区电影院的门口或在妓院丛生的小巷里能见着他。而他充其量才十四岁。我清楚地记得他毛糙的红脸膛，上面潦草地涂画着他的面部特征，记得他皱纹密布的窄小额头，看起来像是在假扮忧愁，记得他那张像一把悲伤的破镰刀似的狐疑的嘴和那双明亮的、发疯的野兽般绿光闪闪的眼睛之间奇特的反差。他十五岁时睡遍了所有的邻家女仆，一副黑胡子从他脸上的每个角落里冒了出来，眉毛在鼻根处长到了一起。他“不想学习”。老齐珀把他从高级中学里“拎”出来，“放”进了中级中学。在这儿他跟同学发生了口角，打折了人家的鼻梁骨，把意欲调解的一名教师扇了一通。于是老齐珀又把凯撒从中级中学里“拎”出来，“塞”进了市立中学。这儿有好几个凯撒呢，老师都赔着小心怕挨揍。凯撒·齐珀并不起眼，他每个年级都蹲两年，但也没什么用。等他离开中学的时候，才刚学会读写。

就像凯撒不是齐珀家的人一样。特别是在家根本见不着他，除非是吃饭的时候。他坐在末席，背后是通往厨房的门，对面是老齐珀，每到上菜间隙他都向这个不成器的儿子投去愤怒和鄙视的目光。凯撒对此置之不理，只盯着盘子，咕哝着，用鞋跟磕着地板，用手指敲着椅子，想着父亲正怒火中烧。是的，他似乎不无享受地听着愤怒在他父亲胸中开了锅。这位还忍着。但甜食就要上来了，对此老齐珀从未满意过，猛然间他就爆发了。他抓起盐瓶子扔向凯撒，这位早已料到，熟练地一把接住，放回桌上。接着只听椅子挪了一下，老齐珀站了起来。他弓着腰，左手拿着餐巾，右手抓向身后，去找椅背。瞬间，只见他的手抓了个空。那只右手我至今仍觉历历在目，它看起来就像个动物，比方说一只毛茸茸的蜘蛛，盲目地抓向一个不在那儿的猎物，它很可怕，这只手，比这老头的脸还可怕，他的脸太没什么了，一点儿也不可怕。

就在这一刹那，凯撒已经用左手打开了通向厨房的门。都听到灶上开锅的声音了，都闻到饭菜的香气了，就听齐珀夫人在外面擤鼻子清嗓子。左手握着门把，右手像个盾牌一样挡在自己面前，凯撒冲着父亲吐着又红又长的舌头。那舌头是无耻之物、赤裸之物、仿佛连白色皮肤都被剥除之物。它像一个伤口、像一团火一样伸向父亲。随之从凯撒胸中冒出一声低吼，像小型地震。瞬间，他便不见踪影了。

这一幕每周重演好几次——每次老齐珀请我来吃饭都这样。阿诺尔德已经对此了如指掌，没什么兴趣了。是的，他似乎带着一种特别的满足听之任之。当父亲与弟弟之间短暂、无语、仅伴有可怖动作和非人声响的风暴正肆虐时，有时我会看到他试图掩藏却还是暴露了阴险的微笑。我不记得曾见过凯撒或老齐珀把甜点吃完。他们的盘子里每次都剩下一些丑陋的残余，如同暴风雨过后留下的废墟。

但就像雨过天晴，老齐珀在他的不肖之子消失后马上就开起了玩笑。中断的这顿饭的残余还摆在他的面前，他却仿佛视而不见。他已说起了下午，说起我们今天想要干啥；我们有没有做完作业；我们见没见过一个意大利人上周搭建的那个新旋转木马，除好多已有的之外；我们知不知道安德烈亚斯的木偶剧院今天有新节目；我们有没有在报上看到今年的暑假不像往常是在六月末，而是六月中就开始。

因为这些才是——如上所述——老齐珀关心的事。有时候他走到衣橱跟前，缓缓地打开，就像打开一个圣坛，从里面取出一把盛在黑色琴匣里的小提琴，琴匣让人想起一副棺材。齐珀的青春和希望就葬于其中，挨着小提琴。因为老齐珀曾一度想成为一名音乐家。他差点儿梦想成真。他有着，如他所说，“过人的听觉”；没有老师，没有乐谱，“没来由”，他就开始拉琴了，在一个美好的日子里，“如有神助”。在接下来的日子里，“所有他听过的”他都拉。他拉“小步舞曲和华尔兹”。他去听“所有新轻歌剧”，次日便拉起其中的流行曲——“全凭听觉”。而今，他只剩一首曲子还会拉，那就是《妈妈，你知道吗？》，一首令老齐珀毫不伤感，却催我泪下的歌曲。齐珀则相反，他的表情越投入、忧郁、属意彼岸，他的心灵越欢快。他把音无限地拖长，像在扯橡皮糖，他的提琴悲叹，哭诉，哀号，甭管有无必要，拉到得意处便加上一个震音。我感到后背发冷，而齐珀的父亲却露出他的好心情，通过脚踏节拍的欢快方式，通过他在没有规定要加的地方加进的满意的停顿。停顿时他向周围抛个自得的眼神，跟个艺术家似的，仿佛听见了一声遥远的、只有他自己才听得到的喝彩。

无论如何，音乐是所有艺术中，甚至所有生活的精神现象和形式中，老齐珀最为崇拜的。它替代了他否定的神的信仰，或许还替代了他不曾享有的爱情、离他而去的幸福。毫不奇怪，他曾期望至少能将其中一个儿子变成音乐家。带着某种希望，他见凯撒学习起来又不情愿又吃力，对读书表现出反感，就是个榆木脑袋。啊，老齐珀灵机一动，这是块音乐家的材料！凯撒·齐珀像是个为艺术家而造的名字。凯撒技艺精湛，阿诺尔德博学多才！但事实表明，凯撒在音乐上也不长进，跟着市里最好的老师花费不菲地学了三年却还在划拉音阶。“他连个华尔兹都不会拉！”老齐珀抱怨道，“既然他不是艺术家的料，也不能强求人人都是，那他至少能够在社交时露一手，如果逢人要跳舞时。一个年轻人必须能让人觉得舒服，招人喜欢！”可是凯撒一点都不招人喜欢。

一天，老齐珀上午照常出去散步，但比平时早回来了一个钟头。怎么回事？时值最晴朗的春日之一，复活节将至，大家等着迎接从巴西归来的兄弟，齐珀一家处于那种因意外的支出、家里添了个洗衣妇以及迎候陌生人而导致的喜悦的骚动之中。阳光明媚，麻雀聒噪，老齐珀却步伐稳健地低头从一个房间踱到另一个房间。怎么回事？

半路上他遇到了凯撒的音乐老师。他才得知，那个败家子都好几个月没去上课了；他很可能把每月家里给他，让他捎给老师的酬金都给糟蹋了。当凯撒毫不知情地回到家，父亲二话没说，一把夺过他手里的琴，举起来劈头盖脸地砸在了他儿子禁砸的脑门上，把琴砸了个稀巴烂。

老齐珀仔细地从地上捡起提琴的残骸，用一条结实的绳子捆上放进一个口袋里。

“到死！”老齐珀发誓，“我都要留着这把废琴。”它与保险单和结婚证一起放在艾斯纳公司的防火保险箱里。

3

而今我回想起老齐珀，便惊讶当时不曾察觉他巨大的悲伤。连他自己都从未意识到。他有点像个悲伤的小丑，但我觉得他很逗，就像孩子们总觉得小丑很逗一样。老齐珀留着稀稀拉拉的淡茶色船夫胡子，镶嵌着他又宽又圆的脸，像一种多余的奢侈，如同镶在一幅平庸的画周围的画框；老齐珀有一双褐色的眼睛，眼神和善，极为严肃；老齐珀戴着他永远呈圆形的硬礼帽，走到开着的窗户跟前时戴上，哪怕去离家一步远的地儿买份报纸也戴上；老齐珀拄着“货真价实的桃花心木”做的黑手杖；这个老齐珀，而今每当我回想起他，都散播着一种巨大的忧伤。这令我难过，现在，在我说起他的时刻。他一生中有许多的忧愁，很可能没有伤痛。唯其如此，他如此悲伤，悲伤得像个清扫过的房间，悲伤得像个阴影里的太阳钟，悲伤得像一节被淘汰后停放在锈迹斑斑的铁轨上的车厢。

然而还有个人是他这个温柔者、善意者施加了痛苦而不自觉的，那就是齐珀夫人。

他们不配，真的，他们不配。但是，事情就是这样，谁也没想过他们不配。我们看老夫老妻时往往如此。他们是既成事实，两口子是一家子已不容置疑。他们已经有了孩子，孩子都大了。最初夫妻间同室操戈般的矛盾已烟消云散。两人都把棱角磨平了，把弹药用尽了。他们是两个宿敌，因武器短缺才缔结停战协议，形同结盟。曾经的恩怨于是再不为人知。

但在那些不为我们外界观察者所知的瞬间，他们依旧会动用残存的武器，或者使用其他器械，和平器械，以做家常斗争。他们还有年轻敌对的年代遗留的各种仇视伎俩，至今屡试不爽：一个在对方受伤时恰到好处的微笑；一句让人想起龌龊的陈年旧事的话，旧话重提，揭旧疮疤；一种让双方僵化的对视；突如其来的举动，猛然间唤醒他们云遮雾罩地昏睡的敌意，仿佛点火升空的火箭弹照亮了昏暗的战场及其全部的恐怖。

齐珀夫妇就这样。齐珀夫人的面容将永远留在我记忆里，它躲在一层湿漉漉的面纱后面，就像她随时准备泼洒的眼泪已涌上眼眶。她戴着长长的蓝围裙，这让她就像个二级护士。她穿着软拖鞋走过一生。她从不大声说话。她常常又叹气又擤鼻涕，用手帕捂住脸时，只见她的手又干又硬，手指过于强硬，像是人为地安在一只太过柔弱的手上。假如有时候过节穿上缀着亮片的连衣裙，她看着就比平时还要面黄肌瘦，像是刚从冰柜里取出来的冻物。僵硬，无关乎傲慢，而由于顺从、软弱、不幸与哀伤，她僵硬地坐在椅子上。她把苍白稀疏的头发往又宽又高的额上梳，这是一种勉为其难的美化，一种违背齐珀夫人意愿的措施，就像人家在她深度昏迷躺着时给她做了头发，就像她不曾往镜子里瞅过一眼。只有齐珀夫人的嘴，而今瘪了，看起来木然，而当她把它开成一种罕见的微笑时，一种早已消逝的魅力春光乍现，一种杳然而至的珠圆玉润，脸上电光石火般浮现一湾温柔的酒窝——不！不再是酒窝，而是对酒窝的回忆。她的微笑，她罕见的微笑，仿佛一次温柔的、偷偷致青春的葬礼。她黯淡潮湿的眼睛里燃起了一道微弱、遥远的光，转瞬即逝，犹如遥远的灯塔上灯光一闪。

丈夫在场时她从来不笑。她从不理睬他的小玩笑，从来不接他时而企图抛来的话。他问，她就答是或不是。她得多厌恶他，也许是鄙视！他大概能感受到她安静里藏着的厌恶，如同雪层下埋伏的光滑、尖利的冰。她刺激他。由于他不聪明，便开始讥讽她。每每凯撒搅起风波消失后，她便唉声叹气地走出厨房。接着便听到老齐珀用得意扬扬的嗓音说：“你亲爱的儿子可曾告诉你他去哪儿了？”虽然齐珀家有个女仆，但老头不想“吃饭的时候看到生面孔”。因此，齐珀夫人不得不亲自把饭菜从厨房送到餐桌上。当她把汤罐放到桌子中央时，齐珀说：“再近点，夫人，拜托，咱们又不是在演凡尔赛宫廷戏！”有时候他又说：“餐巾至少两周没换了！别人肯定用过了！这都是蛋渍，我可从不吃鸡蛋。多年不吃了！”

在我受到邀请的那些日子里，他似乎觉得交谈特别重要。他不惜代价地企图打破他夫人的沉默。是的，他甚至强迫自己说讨好她的话。但对他的好意她却毫不在意，像一滴油滑过结冰的玻璃。要是凯撒或阿诺尔德衣服上蹭了油，不注意，弄洒了一杯水，老齐珀便对他夫人说：“看看，你的乖孩子们一次次地都怎么搞的。”十年来，他每顿饭后都喝杯茶。茶必须是一种很特别的茶，杯子不能太满，以便于齐珀能够把住杯子上沿而不致烫手。然而杯沿如果留得太宽，他便阴阳怪气地说：“一杯满上又值几个钱，夫人？”茶如果淡了，他就送回去接着泡。茶如果浓了，他就要加热水。热水用一个金属茶壶盛了送来，壶把手很烫，他得用毛巾包着才能抓；虽然他知道，至少势必从经验中得知，壶把不能抓，可他每次还是空手去抓，又惊恐地缩回来，手在空中甩来甩去像一只白色的鸟儿，一边还拿眼瞪他夫人，用那种回敬揭我们短的人时所用的眼神。老齐珀从不会忘记不厌其烦地谈论茶：怎么沏茶、哪些种类、茶的疗效及危害等。少说有十六次，我听他亲口说他有一次如何醉茶云云。“不过那可不是眼前这种茶！”齐珀最后说道，边说边盯着他夫人看。

如今我再回想齐珀夫人的样子，发现她生活在一团雾里，一种灰暗模糊的光环里，这光辉适合殉道者，他们为了可笑的目的和出于可笑的理由忍受着伤与痛。我不知道她是否爱她的孩子们。也许她觉得他们无所谓或像父亲一样可恶。我觉得她似乎更像是为了伤痛而存在，而不是为了爱。就孩子们而言，阿诺尔德很晚才开始爱他母亲。他暂时更听父亲的，他带给他更多乐趣。孩子的教养由老齐珀一包全管，尽管他把他的儿子们称为她的儿子们。两个儿子，他决定把他们“变成人物”。

他从“阳刚教养”开始。斯巴达式的方法令他着迷，而雅典式的也毫不逊色。对于斯巴达和雅典他一个自学成才者只知道那点儿他暗地里恶补的知识。他对历史的认识源自逸事，对世界的认识源自立体镜观影，对生活的认识源自邮筒里的报纸。他不知道的，便从辞典或周三的报社编辑部获悉。一天之中，他关注着许多问题。他关注地球到月亮、月亮到太阳、太阳到火星的距离。他关注银河、莫斯科大火、克里米亚战争、维也纳最近一次霍乱、在蒙特卡洛赢钱的方法、苍蝇的危害、晒太阳的作用、赤仁玛峰的高度、第一个飞行器、齐柏林伯爵的私生活、《强盗》首演、玻利维亚最后的印第安人等。他有着普通人永无止境的求知欲，这种人一路打拼上来，患上误解病，误以为知识就是教育，教育让人强大，强大让人成功。他坚信卫生学，每天把孩子浸入冰冷的水中。孩子们三岁时，他给他们买了小自行车。凯撒八岁就独立了，可阿诺尔德仍不断得到新的、大小与年纪相称的自行车。他还得到滑板车、滑冰鞋、雪橇和滑雪板、网球拍和击剑用的佩剑。阿诺尔德五岁学跳舞。他学跳民族舞。他跳玛祖卡、克拉科维克、哥萨克、查尔达士，他还学习打响板。老齐珀在一场慈善义演中让阿诺尔德登台表演跳舞。老头坐在第一排。全场一半观众的赠票都是他发的。他把远亲、无关紧要的熟人都拉来。然后他让人给舞台上的阿诺尔德拍照。他自己出来鞠躬谢幕，在他五分钟之前刚鼓过掌之后。

每周日他都领着阿诺尔德去骑马场，教他骑马。老齐珀找了一位“戏剧艺术老师”，让阿诺尔德学诵咏。某些诗行阿诺尔德必须一再为父亲朗诵。老头有一种特别的文学品味。他喜爱鲁道尔夫·鲍姆巴赫的一首诗:《天国之旅》。虽然他鄙视皇帝，但他喜欢听同代诗人以皇帝的一天为题写的那首诗。每个诗节讲这一天的一个小时和君主在这一小时里做的工作。老齐珀喜爱《溪边坐着少年》《啊，我已经孜孜不倦》《敲钟人，他午夜向下看》《这条狭路是他必经之道》《令钢铁生长的神》《罗莱女妖》等。所有这些阿诺尔德都能倒背如流，老齐珀爱这么说。因为他觉得流利很重要。

但如果阿诺尔德在哪儿卡住了，老齐珀就双手捂住脑门子问他："你能干啥？"当阿诺尔德从自行车或马上摔下来时，跟着也是这一问。他能干啥?！按父亲的意愿，一切皆有可能：马戏团演员和戏剧演员，学者和诗人，发明家和骑士，外交官和魔法师，撞大运的和作曲家，唐璜和音乐家，冒险家和总理。阿诺尔德什么都能干，但凡老齐珀没有干成的他都能。

4

老齐珀为何一事无成——至少他认为是一事无成——因为他不得不将上天赋予他的绝大部分精力用在了从一个无产者脱胎变成一个市民之上。因为这是小人物的必经之路。齐珀，一个木匠的儿子，年轻时也应成为一个木匠。他成为学徒。他制作橡木桌子、柜子、摇篮、箱子和棺材。最终，他来到维也纳一个大木匠那儿做学徒。

在小城市，人好像生来就注定了要做某个职业，担某个使命，做某个买卖。这位做片警，那位做掘墓人。这位做表匠，那位卖食品。这位是富商，那位是穷玻璃装配师傅。富人的父亲原本就富，富人的祖父亦如此。小城年纪最大的人不记得有哪个富人的祖先曾穷过。木匠的儿子绝不会成为掘墓人。美食店老板的儿子绝不会成为门卫。齐珀，一个木匠的儿子，要不是来了大城市，也就依旧做个木匠。

他不再拘泥于本职。他以部分雄心超越了为其人生划定的界线。毕竟他骨子里就有雄心壮志。而他也有些浮躁。他不再像在家跟着他父亲那样，在一个仅有三个伙计的简陋作坊里干了，而是跑到一个有三百号工人却没一个是木匠的棺材工厂里去干。每天生产整七十副棺材。有很多人生活，就有很多人死亡。这是个让人难过的买卖。开始齐珀总是想到死，但他还是更倾心于生。

他换了职业，但仍旧和木头打交道。他去了一个乐器制作师那里做学徒，学习制作小提琴背板、琴马和尾钮。借此机会他发现了自己的音乐天赋。他不打算等到学会制作完整的琴了。他希望能意外交上好运，特别是由于他那时爱上了一个姑娘，她的父母是富有的美食店老板，只愿将女儿许配给富有的男士。他买彩票赢了钱。于是他去见恋人的父母，说要开一家音乐书店。他订婚了。一家小音乐书店不适合他，他想一开始就做大的。为此，所需的钱要比他赢得的钱还多。由于他相信他的运气，打算冒几次险，便去火车站坐车去了蒙特卡洛。在那里发生了那些意外的状况，令他意外地收获了他那块怀表。

他把绝大部分钱都输了，回来，结婚。剩下的钱连开个小音乐书店都不够。经岳父介绍，他做起了代销纸品的买卖。此时他距橡木之遥何止千里！他整天得往内城的大公司跑，为了接印刷品订单。这时他年轻的妻子坐在一间小美食铺子里赊账卖鲱鱼。等齐珀如人所说“上道”之后，他妻子才不卖鱼了。做纸品买卖绝不可能致富，但可以长期谋生。渐渐地，齐珀喜欢上了他的营生。这不叫工作。它允许他悠然穿过市内最热闹的街道，与最大的商店的经理们聊聊，借这样那样的机会了解一些他迫不及待要知道的事。他结交了一些他认为重要的人。他总爱和剧院收银员、杂耍剧院代理人、马戏团老板套近乎。偶尔也给小人物小恩小惠，比如名片。别人要付费的地方，他却能免票进入。别人要排队等的地方，他却可以挤到排头。即便是人人都能往前挤而不必等的地方，他也好表现得像只有他才可以这么做。

他的着装随着职业变。在选择布料、衬衫和领带方面，他似乎有一种天生的细腻。他时不时看一眼时尚杂志，认为这是为了事业。他坚决要干一番事业。然而通过日常的纸品买卖就甭想发大财。因此，“举止”上既得着装优雅之助，齐珀便向各色有影响力的人物陈述其“规划”。他的建议涉及有轨电车制动器的改善、旅游业的振兴、广告业的重组。他的脑袋生出一些灵感，总是在孕育计划。渐渐地，由于没一个成活的，他悲伤了起来，就像一个园丁播下了毫无生命力的种子，夏去秋来却颗粒无收。他越来越不在意姿态了，但让自己显得比实际更优雅的各种方法仍保留着。他穿黑西装，打白领带。他看起来像一名男子赛马选手、男仆、星期天的渔夫、多年后又一次踏上实在陆地的船长、马戏团的经理，天知道还有谁。当他头发开始脱落的时候，他发明并配制了各种固发药膏。通过结合松节油、奎宁、硫黄和盐，他成功配制了一种护发制品，他自己用了有效，于是就把秘方卖给了一个理发师——价钱就是两年免费使用权，含每月一次理发服务。因为老齐珀关心的并非盈利，而是哪怕在刮脸剃头这些事上，也要和拿着现钱钢镚去剃头的其他人与众不同的机会。

他的抱负就是有人“关照”。大多数情况下，他成功地博取了那些生活中根本用不着的人物的厚爱。然而由于他幻想人一定要人缘好，便浪费了不少时间——不过他总是有大把的时间。他认识辖区的警官、消防队的几个人，在不同的火车站都有关系。他向海关官员、市府秘书、法院助理、收缴税款的人、律师助手、公证员打招呼问好。对了，他连刽子手都认识，自夸有列席死刑现场的本事，但从没有这个心思——我猜他大概是心软使然才没去的。然而他总是能成功地在发生不幸、火灾、群众集会、拘捕、示威、游行、官方庆祝及其他活动现场出入禁区。他，这位不拿皇帝当回事，甚至在咖啡馆里拿他开涮的主儿，却在皇帝生日的前夕和举火把的人一起和着退伍军人的音乐参加游行。

当有重要人物举行葬礼时，老齐珀的不信教并不妨碍他和旁边的吊唁者一起在教堂里坐成一排。每年夏天，皇帝去伊史尔避暑的时候，老齐珀也夹在将军、市长们中间，几乎紧挨着火车站长——这位他认识——在站台上欢送。在他因患严重的静脉曲张被免除参加军事演习义务之后，他便每每跟到举行演习的村子。他熟知部队的所有动向。靠着和议院看门人的关系，开会的时候他可以坐在新闻记者包厢的旁边。重要的议程他都列席。各式各样仅供组织成员进入的入场券他都有。

可惜他的买卖却越来越糟。因为他着力的多非那些给他订单能让他挣钱的顾客，而是那些因为鸡毛蒜皮的事给他小恩小惠的人。他再以礼回报，免费给他们提供纸制品。“来而不往非礼也！”老齐珀说。他的生意每况愈下。他妻子在杂货铺赊账，钢琴款才付一半，每月用于辞典、达尔文、海克尔及席勒全集上的花费还没埋单，分期贷款代理人找上门，威胁要拿东西做抵押。但齐珀却笑了笑：拿他的东西做抵押？整个区里有哪个税务员敢拿他齐珀的东西做抵押？

5

一天晚上，夏天，九点，刚吃过晚饭，恰好是小区的居民都走出家门（妇女都不戴帽子，牵着孩子们的手，狗都不拴绳，男人都不穿马甲）到最近的小公园或码头去的时分，齐珀突然对他夫人说：

“我今天把那间沙龙租出去了。”

这天晚上，齐珀家没再出去散步。房间里的所有人——还有来找朋友玩的我——都在想，老齐珀疯了吧。齐珀夫人起身走到她椅背后头，像躲在掩体后面自卫似的。她见丈夫静坐不动，也便站住不动了。她直视着他，似乎是我们当中最快搞懂的人。她忽然晃起脑袋来，仿佛在强调她兀自想到的什么，仿佛她肯定了某个看不见的人提出的，只有她听得到的一个问题。是，是，是，她可怜的脑袋连声说道，她骨瘦如柴而僵硬的手一动不动地扶着椅背。是，是，是，她连连点头，此外屋内再无任何动静。阿诺尔德呆坐在那，凯撒已经走了，我蜷缩在沙发一角，老齐珀坐在餐桌上首，对面站着他妻子，点着头。

“你点什么头？”齐珀说。她不回答，也就是说，她的嘴不回答，但她苍白、潮湿的眼睛却回答了，它让一滴泪珠坠落。我记得它是那么晶莹，那张黄脸膛上的那滴泪珠。

“因为我的朋友，旺德尔秘书，”齐珀说道，“和他妻子离婚了。也就是说，我觉得，只是分灶分床了。他在找房。他能去哪呢？‘您到我这儿来吧！’我跟他说，‘我有间客厅空着，我不能给您一张床，但您现在一段时间里看不到床会高兴的，我觉得，对吧？’听完他当然大笑起来。价钱嘛——”

“对，他出什么价？”齐珀夫人打断他说。这是我第一次见齐珀夫太打断她丈夫说话。她想到的是那些还没付的账单，这个可怜的女人，她已经被她丈夫刚刚宣讲的不幸抚慰。她已经看到了这桩不幸的背面，看起来像是一线希望。

齐珀说：“价钱嘛，我们当然没谈。”

这个“当然”我当时并不理解。为什么齐珀觉得不谈价格那么自然而然？啊，他得是多么高尚的人呀，老齐珀！……

这时，从齐珀夫人的眼睛里流出了第二滴泪珠。寂静晶莹地涌上来，缓慢而无声无息地滚入寂静，消失在唇边。

然后晚上开始了。齐珀夫人走进厨房，阿诺尔德和我在做一道数学题，齐珀先生读报纸。挂在已出租的客厅里的老挂钟报着时辰，窗户敞开着，传来人们闲聊的声音，还有一条狗时不时地吠，一个孩子在哭喊，一只肥蝇围着灯嗡嗡响。一切都像每晚本可如此的一样。但除此之外还是多了些什么，一个陌生人的呼吸，一个未知究竟的诅咒拍打着翅膀，一个决定发出无声无息的讯号。我们都被击垮了，仿佛我们刚刚得知今夜世界将会灭亡。齐珀把客厅出租这个事实之中，究竟是什么让我觉得如此可怕？是因为我曾经常在那间阴凉、发霉的房间里面玩吗？对我而言它变可爱了吗？是我的一小块家丢失了吗？是我看到那道狭长的阳光，那道从桌子到窗户的灰尘柱消失了吗？是我伤感地想到那套蓝色的玻璃玩意了吗？

仿佛死了个人一样。老齐珀沙沙地翻着报纸——他每翻过去一页，我就吓得一哆嗦。阿诺尔德机械地画着，他什么也不懂。我们想笑却不能笑。突然我们对视了一下，又低下头对着作业本。从厨房里传来一阵啜泣声。可能是齐珀夫人在哭。阿诺尔德出去，两分钟后又回来。他什么也没说。“你去哪了？”齐珀先生问。“外面！”阿诺尔德答。

最后，齐珀先生站了起来，双手交叉背在身后，在屋子里来回走了几趟，又坐下，把报纸叠起来，用手抚平，看了看他的怀表说：“十一点十七分了。”

我便回家了。

6

邮局秘书旺德尔搬进了客厅。那儿的一切都在原地没动。过道通往客厅的门打开了，像往常只有在复活节前老齐珀的弟弟从巴西归来时那样。钢琴依旧在。邮局秘书旺德尔不在家的时候，阿诺尔德可以练琴。他是个好心人，旺德尔秘书。没人要求，他就出了实在价。齐珀夫人拿钱付了辞典、达尔文、席勒、海克尔及杂货铺三个月的账。又有埃门塔尔干酪了，每晚，色拉米香肠和啤酒。像许多年前一样，齐珀下午又去泡咖啡馆了。

是个很嘈杂的咖啡馆，大多数客人在打牌。香烟和雪茄的烟冷冷地聚在他们脑袋上方，冷，重，滞，成团，成块，成堆。这些男人穿着短袖坐那儿，服务生站在他们身后看他们打牌。洗牌的速度像变魔术。往桌上一扔，啪的一声散开，像落水一般。牌手互相喊着狠话，一种谜般的陌生魔咒，看起来他们像在激烈争吵，却大笑起来。粉笔在干燥的小木板上书写，发出刺耳的声音。潮湿的小海绵擦放在盘子里，古怪的动物。从大厅另一端传来台球小声撞击的噼啪声。

这个空间说暗不暗。是洞穴、阴谋者的屋子、共济会的议事厅里那种昏暗的光。它激发了我的想象。从咖啡馆出来走进明亮的阳光，就像从梦境中央被唤醒一样。坐在里面，则时间停止。收款台上方虽然挂着一块钟表，还嘀嘀嗒嗒的呢，每天晚上由领班弗朗茨上紧发条，但它没有指针。什么能比这样的钟表更可怕？它走啊走，在它隐蔽的内部时间规律地走着，但你却看不到。你只知道时间一小时一小时地流逝，可流逝了多少个小时，你不知道。尽管如此，坐在那儿的人仍不时地看这钟表，他们可能幻想，这下他们就知道时间了。他们听到的嘀嘀嗒嗒声，显然让他们放下心来。

齐珀坐在那儿玩六十六点，每天下午，从三点到六点。他打牌，输牌。他不输大钱，但毕竟还是输了不少，以至于他开始抽较廉价的烟，最后干脆用烟斗抽最廉价的烟叶。——“烟斗，”当时他解释说，“比雪茄健康多了，更甭说比香烟了。首先是看抽什么。——对有些人而言，它也许不太好闻。”他会补这么一句，如果他妻子在场。然而，有时候他带着一根雪茄回家，一根特拉布考牌雪茄，也许是谁送给他的。它孑然孤立于他的雪茄盒里，盒子松弛干瘪，两边腮帮子耷拉着。此外它还包裹在一块报纸里。晚上，齐珀拿出它来抽，连吸三口，盯着它，再吸一口，把它放在面前，转动，每一面都看遍，好像在找它身上有没有伤，再次塞进嘴里，沉默。他把烟头小心翼翼地插进他黄色的旧琥珀烟嘴里，吸到只剩下小得可怜的烟屁股。他用铅笔把它拨出来，除去烟灰，捏碎了撒在他的烟袋里。

老齐珀每况愈下。然而收入状况越惨，他积累的社会荣誉却越多。

现在他已经是三个慈善协会和多家社交俱乐部的成员了，并且在每个里头都有个职务。在这个里面是出纳，在那个里面是负责人，在这个里面是副主席，在那个里面是书记。每月他都要为集会、庆祝、总结汇报“牺牲”——如他所说——好几个晚上。他的黑西装变得越是褴褛不堪，越旧，越褪色，他的白领带变得越是灰不溜秋、脏兮兮的，他盛装出席的次数就越频繁。

有时候赶上他的大日子。他要做演讲。提前两周他就拟好了一份演讲稿，用两周时间把它背下来。每次演讲稿里都出现相同的措辞，但老齐珀却如此坚信他一再写下的都是特别有创意的思想，以至于他感到有义务将其常忘常新。他在房间里踱来踱去，大家都坐着，他大声、强烈而庄重地背诵。齐珀夫人必须听着他背。尽管她早就能把演讲的内容背下来，她仍拿着稿子用食指指着逐字逐句地听。每当齐珀从一个想法过于急促地匆忙转向另一个想法时，她就叫："停！"

尊敬的诸位！——每次演讲都这么开始。齐珀每次把称呼也都背下来。我们个个都能把演讲的内容背下来，除了凯撒，他的脑袋对任何印象都有抵抗力。演讲的内容我们个个都会了，有时候它已经自动——尽管我竭力抗拒——在我脑子里翻滚，犹如线轴上滚动的线，无休无止。

齐珀夫人和阿诺尔德跟着出席齐珀的盛大晚会，有时候他也带上我。坐在某个咖啡馆的会议室里，在地下，远远地听到从快活的地上传来杯盘撞击的声音、客人们的嘈杂声、一首乐曲的几个节拍。门一打开，那丰富的噪音便铆足了劲一下子涌进这幽深的空间，就像在街心捂住耳朵的人瞬间松开手又捂住一样。你预感那里正上演着活色生香很来劲的好事。但这里却苍白地坐着穿黑色亮片礼服的齐珀夫人，她身旁和身后是胖先生和胖太太们。阿诺尔德站在大厅后头，有些苍白和颤抖。讲台上灯光刺眼，站着齐珀先生，他手里拿着大礼帽，大礼帽里边放着演讲稿。他还没记住呢。齐珀夫人无声地嘀咕着演讲的每一句话，还没等她丈夫说出它们来。

她一边嘀咕一边发抖。

7

高中毕业会考过后——小齐珀由于按姓氏首字母排序排在末尾，到最后一天才参加——老齐珀对儿子做了一次小型私人演讲：

“我自己从未上过大学，你知道的。不过我还是成为一个男人。若非不利情况阻碍了我，我也上大学了。我能给你的不多，不足以让你过得像个纨绔子弟。但是你将衣食无忧，喜欢什么就学什么。我建议你学法律。无论如何也做个博士。我本身并不在意头衔和外在的荣誉，但这个世界还没如此进步。”

阿诺尔德·齐珀于是学了法律。我学哲学。但我们仍旧每周聚几次。一如既往，我经常在齐珀家吃饭。老齐珀也一如既往地喜欢我。齐珀家头天出点什么事，没有我隔天不知道的。

一个星期天，是个炎热的夏日，王储在萨拉热窝被枪杀了。

齐珀夫人伤心欲绝。你会觉得被杀的是她兄弟。相反，齐珀先生却找到了一个绝佳的机会证明他的叛逆心。当他夫人一手拿着手帕抹一只眼，一手拿着长柄单片眼镜放在另一只眼前看报上的细节时，齐珀却说：

“人死了本该只言其好。王储是个狗东西，但要不是他妻子，他兴许不会那么坏。两年前她在韦恩豪裁缝店照着尺寸给她小儿子定做了一套西装。裁缝自己坐车上门跑了一趟又一趟，不下十趟。后来西装做好了，裁缝亲自送去，苏菲却说：‘您必须拿回去，我也没辙，我明明定做的是短裤，我讨厌孩子们穿长裤！’分文没付！连一个大子儿的小费也没给！这帮人就这德性！塞尔维亚人自己肥得要死。匈牙利大地主怕自己的猪降价。都是一丘之貉！1884年我在部队的时候，他有一次来看演习。狗东西！满眼放凶光！”

“可怜的皇帝啊！”齐珀夫人哀叹道。

“这小子死了，皇帝应该高兴才对！”

“嘘！”齐珀夫人说，“别这么大声！”

“我不怕，我见谁都敢说我的看法！”

但齐珀的看法没几天却变了，当游行开始的时候。他自己跑到塞尔维亚公使馆前抗议。他回到家说：

“得给他们些颜色瞧瞧！王储是个狗东西，但这关塞尔维亚人什么事？我们自己会处理好他的事。现在得让他们瞧瞧，跟我们可不是闹着玩的。警察真厉害！一出手，瞬间人都被驱散了。五分钟就清场了。哈维尔达警官今天执勤。‘你们今天干得漂亮！’我对他说，（哈维尔达警官是个好人。）‘但是动真格得有些过了。毕竟是民意使然。’‘执行公务！’哈维尔达说。——这倒也是！”

最后，齐珀对于没有马上进军塞尔维亚很失望。那时候，在所有我认识的人当中他是唯一一个对动武不会感到吃惊的人。

“我老说，这事不打仗就没完。”

齐珀啊齐珀，这个革命的齐珀对他妻子说：

“把军装给我拿出来，谁知道呢。打起仗来有没有静脉曲张不重要。我是一名老兵，无论皇帝要怎样，我都是宣过誓的。”

也许齐珀会反对战争，假如他妻子的态度没发生改变的话。就在第一批男人奔赴战场的那天，她的爱国主义戛然而止。

“只要愿意，总是能达成和解的。”齐珀夫人说。

“你别掺和世界政治，”老头吼道，“阿诺尔德，明天你就去自愿报名参军！”

这时我第一次见齐珀夫人跳了起来。我第一次听到她尖叫。她起来反对她丈夫，她举起椅子，这一刻她一定感到了千千万万母亲们的力量。

“不行！”她吼道，“只要我还活着，我的儿子谁都不能自愿报名参军。阿诺尔德不行，凯撒也不行。你自己去打仗吧。我不需要你！走吧，去找你的皇帝去！你去！你去！”

她撕扯着头发。我第一次见血涌上她的脸庞。她变美了。

二十年后，她第一次变美了。

这时齐珀不作声了。阿诺尔德没报名，老头也没报名。

但每一次我遇到齐珀先生，他都发表长篇大论如下：

“我们撤退，我们把加利西亚平原让给俄国人。我们分开，我们将分成两翼。我们分别从南北两个方向包抄俄国人，您懂吗，成钳制之势！”他弯起食指和中指，一开又一合。“不过西边巴黎已经被占领。法国人屈服了，因为他们如果再等，就要在南边受到意大利的进攻。然后威廉举全军之力挥师东进，三个月内就把沙皇消灭。如今全部的艺术在于包围敌人。利用尽量少的军队投入搞包围！此外还要在攻守之间保持恰当的平衡。”

每天齐珀都遍读所有的报纸。他甚至疏于玩六十六点。在他常去的咖啡馆里他是最热烈的爱国者之一。有几个人跟他开起了玩笑，他就怒了。他威胁要告发这个那个的，人家就退缩了。他不搭理持怀疑态度者。他不再和他妻子说话。连他的小玩笑他也放弃了。他有多久没再显摆他的怀表响声了！他有多久没再去过马戏团了！只有剧院他还去。就连那些有影响力的朋友他也冷落了，连警官们他都鄙视。他们都干什么了？他们待在家里。他们畏首畏尾！他们“袖手旁观”！

那位秘书上战场了，去了战地邮局。他罕见地寄来的卡片是齐珀晚上的消遣。

“我很好奇，这个 106 号战地邮局藏在哪儿！这真是个聪明的系统。只有编号——战场那边的人都知道是哪儿。这样肯定不会弄丢什么。组织是件大事。和平时期邮局从没运作这么好过！”

客厅空着。齐珀夫人在屋门上贴了一张便条：房屋出租，寻正派男士入住。齐珀先生又把便条取了下来。晚上他拿着它走进屋，用两个指尖捏着擎得老高，像擎着一只恶心的蠕虫，说：

“我的妻子这个时候把这张便条贴出去！一、她现在要找一个正派男士。所有正派男士都上战场了，废物们都有房子住。二、旺德尔会回来的。如果把他的房间租出去了，该怎么跟他说？背着一个军人把房子租出去是无比不义之举！”齐珀先生把那张便条扔出了窗外。

一天，我见他戴着一条黑色的铁表链。他还戴着三个铁戒指，三个上面都刻着“我拿金子换了铁”！

有一次，他同阿诺尔德和我去给“铁人”钉钉子。

“给，”他说，“我捐给你一根钉子！”他给我买了根钉子，因为我没钱。他自己钉了不下五根钉。

每周他戴的徽章都换样。他戴过黑黄十字徽章、银质十字徽章，帽子上还别个雪绒花徽章。他所属的慈善协会之一，有一次在圣诞节组织为我们的战士募捐旧衣服和保暖的毛织品。齐珀亲自跟车，一辆大板车。到每栋房子跟前他都停下，摇着铃走进过道接受捐赠品。他跟车四处转悠了一星期，整整一个所谓的“保暖毛织品周”。每晚他都很晚才回家。他代销纸品的生意慢慢冷清起来。他每月仅从一个由温迪施格雷茨伯爵夫人庇佑的爱国协会那儿得到一笔置办印刷品的生意。军事地理研究所也注意到齐珀。有段时间他似乎想通过为《我们的冬季英雄》这部著作供纸挣点钱。谁知半路杀出个程咬金，抢了这笔生意。

不！齐珀挣得越来越少了。1915 年他终于承认客厅要出租——并且只租给军人。租房的是国防部退伍中尉毛特讷。这位军官，换上便装是个古董商，根本不关心战事。他在国防部领导的办公室负责给访客签发门票。晚上，中尉换上便装去咖啡馆约会生意上的朋友。渐渐地才真相大白，齐珀的客厅仅供中尉下榻之用。毛特讷先生和妻小都住在城外的六居室。他在齐珀的客厅里养的是市政厅咖啡馆的米娜小姐。但他给的钱很可观，毕竟是个中尉。

最终，阿诺尔德和我都参了军。一个月后凯撒也穿上了军装。阿诺尔德能够、应当且必须成为军官。而老齐珀根本不关心他的儿子凯撒。凯撒住在兵营里，就回了一次家，待了一天，在他们连开赴战场前夕。他喝得酩酊大醉，在沙发上躺了十八个钟头，睡梦里大喊大叫。“一个好样的英雄，她儿子！”老齐珀说。晚上老齐珀到一年预备役军官学校接我们。他同我们长官喝了杯啤酒。一天，是十一月一个雾蒙蒙的晚上，战时减少的路灯发出的光像是裹了一层棉花，我们在学校前面站了五分钟，等老齐珀。他没来。突然，我们面前冒出个军官，一个小个子军官。我们敬礼。那军官大笑了起来。原来是老齐珀，他自愿报名参了军。

噢，他多么仪表堂堂！他穿着一套特殊的军装，金色镶边闪着光，茶色的船夫胡子不见了，只留灰色小胡子，还被剃掉了不少。老齐珀穿着滚圆的军装，明显能看出他的肚腩，走路时腰间一摇一摆的，两脚向外撇得厉害。

他让我们当街接连敬了好几次礼。我们跟着他走进一家酒馆，他讲原来团里的故事。现在他加入了战时后备军，由于他会点儿捷克语，几天后便去了俄语审查部。他负责检查寄给俄国战俘的信件，可他看不懂这些。他开始学俄语，可是信件在他桌上堆积。他把它们分给下属，努力地学俄语。

他让人给自己拍照：在办公桌旁，他读不懂的信件分成二十捆儿摆在面前；戴帽子，挎行军褡裢，戴佩剑；与一年预备役军官阿诺尔德一起；与阿诺尔德和我一起；与阿诺尔德在家；与阿诺尔德在街上。所有照片都挂在客厅里。

然后我们要上前线了，他送我们到火车站。火车还没开动他就开始挥手。火车还没停到正确的轨道上呢，经常延迟。每当我想到，现在老齐珀大概已经到家了吧，他就又现身了。因为他是个长官，所以他可以一直前进到最远的货运站，而其他人到第一个站台就都得离开。那时候我们去赴死，我还从未见过老齐珀那么高兴。当我们的火车终于转动车轮，他便再次现身，追着车厢跑，手里挥舞着一张报纸，冲我们大声喊着：

“卢布林大捷！”

我们对视了一下，阿诺尔德和我，开始吃一根香肠。

两个月后，凯撒失去了左腿。

老齐珀将此事告知阿诺尔德。“他得到了一副无可挑剔的假肢！”老齐珀在信中写道。母亲仅附上一行字。能看出她写字的手在颤抖。我清楚地记得她的笔迹，那些字母就像细线错综复杂缠成一团。“保持完整和健康！”齐珀夫人写道。

然而阿诺尔德中了一弹，得了休假和少尉军衔。对老齐珀来说，没有比这更美好的了。他让人给穿中士军装的自己拍照，旁边是少尉儿子。阿诺尔德给我寄了这张照片。老齐珀站着，一只手扶着少尉的肩，目光呆滞地盯着前方。他还是老了。他的面颊松弛地挂在脸骨上，在扶着儿子肩膀的那只手上能看到静脉曲张。阿诺尔德写道，现在没那么糟了。母亲因为家里有三个男丁入伍领着津贴。凯撒因为失去一条腿得到了供养。

过了一阵儿我休假了。我见齐珀夫人大半夜带着脚凳和织了一半的长筒袜，带着眼镜、锅和购物袋去商店门口，以便早上取肉和奶。齐珀仍旧用第三人称称呼他妻子。但他早上三点就起床了，好去替他妻子。凯撒身为残疾人理应能够不必等就得到一切食物。但他每周从医院回家一次，周六下午，瘸腿走到母亲藏钱包的橱柜抽屉那儿，把钱包掏光就去酒馆。

他变得更加阴郁，窄小的额头似乎更窄小了，只剩一小块千褶万皱的皮肤。嘴角总挂着一丝悲伤、麻木的笑，就像一种沾沾自喜的迟钝的标志，就像一个诅咒的开头，就像人开始变形为兽。

他得了一副假肢，不合适，他把它扔了。他砸了一根又一根拐杖。当母亲去医院看他时，他就躲到厕所里。人家把他送进了疯人院。他有一次犯狂躁，被关进了躁狂症禁闭室，哭，变温顺了，一句话都不再说。他开始吃报纸。疯人院人满为患，人家无法再收留他，建议齐珀夫妇把他领回家。

现在他似乎终于痴呆了。他坐在一把从客厅搬来的红色天鹅绒椅子上，吃着老齐珀读过的战争报道。

然而有一次，他抓住一张父亲原本下午才看的报纸。老齐珀试图从儿子手中夺回那张报。凯撒勃然大怒。他跳了起来，又摔倒在地，起身，用拐杖把所有家具、餐具、镜子砸了个稀巴烂。他们叫来了急救员，凯撒陷入精神失常，没几天就死了。

在凯撒发狂和齐珀夫人晕倒的那一个钟头里，齐珀的头发白了。他埋葬了儿子，忽然变成了一个老者。他又跟他妻子讲话了，又对她称“你”了。他给前线的阿诺尔德寄去的信件，声若破钟。他的笔迹依旧潇洒，写的字母依旧圆润大气，他的签名依旧镶嵌在看着像个大蝴蝶结或像只蝴蝶的旧纹饰里。信的开头和结尾所用的措辞依然如故。每封信开头的称呼都是：“我心爱的儿子！”每封信的结尾都是：“没其他重要的事，爱你的父亲。”但这些信中谈及了时代的艰辛。信中涌出一股绝望、无情的迷惘。它升腾而出，如同秋季田野里的迷雾。这些信比死亡还难闻。它们如同战争中活着的人的生活。

他们给了老齐珀一个十字勋章。他请求允许他值勤之余穿便装。“我但求，”他有一次这么对阿诺尔德写道，“再见你一面。”

我想起和平时期的那位老者，和我们一起登塔楼，看侏儒、赛跑、马戏团巡演、狮子人雕像、没有下身的妇女，想起在蒙特卡洛在意外情况下获得他那块表的老齐珀，拨动他那神秘的鸣钟装置。让小老鼠从火柴盒里蹦出来，装神弄鬼地抖动桌布。我眼见那个我们曾熟知的他走向终结。他变成了一个完全不为人知的、新的人。这还是齐珀吗？

我最后一次休假时去看他。他穿着便装散步，那是个星期天，我在他家门口遇见他。他的小胡子白了，他的头发白了，他拄着那根象牙柄拐杖，他的背弯了。齐珀缩小了半头。他几次驻足在楼梯上，不是为了喘口气，像我以为的那样，而是为了思索。他寡言少语。我们到楼上的时候，他走进厨房说："芳妮，快来！"

齐珀夫人走过来。我才第一次知道，她叫芳妮。

她的头发一如既往地苍白。她的脸很瘦削，双手一如既往地僵硬。只不过连她微笑时下巴上的最后一丝对酒窝的回忆都已荡然无存。

在窗边的角落里，在我们曾经围坐在一起的房间里，那时世界上还是和平，齐珀夫妇还在战争，在那角落里立着一把从客厅搬来的红色天鹅绒沙发椅。

"这，"齐珀说，"是凯撒老坐的座位，最后几个星期里。"

齐珀夫人又跑厨房去了。

"这场战争要到什么时候是个头？"齐珀问。

"还没完，我认为，"我说，"我们在等死。"

我又上战场了。战争还没结束。齐珀家老少爷们儿都在服役。数百万齐珀打仗死掉了，数十万疯掉了。

每次都有写给阿诺尔德的信。内容都一样。

阿诺尔德写信回家，我总附上一句问候。

有时候我检查前哨，眼前便浮现齐珀家的那个房间——我觉得就像个和平之家。

8

然而有一天战争结束了。帝国解体了。我们回家了。

最后半年我没见过阿诺尔德。他病了，作为康复病人来到一个车站指挥所。我由于各种各样不利因素到了 1919 年 12 月才返乡。这时阿诺尔德已经复员，又穿上了便装。他肯定不会再做博士了。他得马上找个工作。

1919 年的冬天十分恶劣。潮湿，雪都存不了一天。风呼啸着穿过城市，像个湿漉漉的凶手。街道昏暗。意大利军官戴着暖和的毛围巾、绑腿，背着咯吱响的黄色皮包，他们趾高气扬地转悠，他们是严冬的盟友，十足善盟之友。从美国过来了腌牛肉、带着圣诞树送给穷孩子和被解放的平民囚犯的牧师。从俄国和意大利来了返乡士兵。许多盼望他们的人死了，为他们腾出地来。交易所十分热闹，钱变得一文不值。百万年轻人四处转悠找工作。阿诺尔德就在其中。

到这时为止，我只见过活在他父亲和他家的阴影之中的阿诺尔德，我只认得中学同学齐珀，他坐在墙角第三张桌，总是比“全班”矮半头，因为雀斑很多而鸡立鹤群，其雀斑让我想起烤焦的面包碎屑，他时而勤奋，时而懒惰，和别人一样，他诗背得很溜，像他父亲要求的那样。后来阿诺尔德像许多人一样成了一名大学生。他爱一个把信寄到大学去的姑娘，他的名字经常出现在门房旁边的黑板上，位列最后（没多少名字以字母 Z 开头）。再后来阿诺尔德当兵了。他像所有人一样藏起了他的面孔。也许他到那时为止还不曾有什么面孔。我见证他成长，长大，庆祝生日。但我没见他是怎样得到一张脸的。我从未端详过他，我认为我对他已了如指掌了。八个月之前我见他穿着一套军装，像那个战争时期年轻军官穿的大多数军装一样，总是有一丁点违反规定——就那么足以化英雄气概为卖弄风情的一丁点。因为虚荣那时候——并非千年头一回——胜过纪律，漫不经心地排在死亡前头。比如，阿诺尔德一反步兵军官应守的禁令，头上歪戴着一顶没帽徽的帽子。他不够孩子气，足以对他的军旅生涯和军衔表示满意；他之所以赋予他的着装自鸣得意的大胆特征，并非因为他自己喜欢穿军装。但他却属于那种男人——我后来才在许多人身上发现：他们屈从于一种时尚，如同呼吸器官敏感的人敌不过流感。

我知道，直到我战后遇见他，阿诺尔德·齐珀才引起我的注意。

尽管我就半年没见他，却像他穿着便装摇身一变，变得让我觉得和他像久别重逢。他穿着一件染色的廉价军用布做的深蓝色西装。这是那种随处可见挂在贫民区小店前面的货杆上的西装，穿上之后似乎吓住了人的身体，致使人体本身向后缩，在自身与应当装点它，却裹住了它的布料之间留下一条真空般的缝隙。在阿诺尔德穿着这套西装所做的动作背后，我隐约感到赤裸的身体原本更精致更灵巧的运动。就像袖子裤腿与胳膊腿之间有一刹那的延迟。于是便产生了齐珀举止中一丝几乎不易察觉的木然——也许这是让我现在开始更仔细地观察阿诺尔德的缘故。

阿诺尔德搭配同色但不同花纹的衬衫，戴的是一条蓝白条的软领子，可能希望显眼的颜色能让人忘记花纹的不同，也许是领子才将我的注意力转移到他下巴上女子气的酒窝，这让我时而想起他母亲，赋予他一副爱享乐的好心人的样子。他的小白牙很显眼，一副啮齿动物的牙齿，令阿诺尔德说话时脸色显得更快活，几近欢畅。他如果闭着嘴，脸色就会显得阴沉。他的额头高耸洁净，显得很无辜，白纸一般。他的眼睛有一种轻若鸿毛的眼神，从靶标上滑脱，像从儿童玩具枪里射出的一个软木塞。阿诺尔德用这种眼神看世界。他认得它的表面，它的光滑与粗糙，它的缤纷与单调。有时候他有种天赋，能感觉到他看不到的。此外他便很沉默，但却不够谨慎，不足以不露声色。他善解人意，但不够周到，不足以不伤及任何人。和他父亲相比，他显得并不起眼，而是一般般。

尽管他没几个钱，可他没跟着父母住。他只在他们那儿吃饭。其余的开销他是从哪儿弄的，我好长时间都不得而知。换个时代的话，凭他的能力应该生存无忧。但在战后的头几个月里，只有那些不寻常的巧合——人们称之为“幸运”——之一或者那种天才或暴徒赶着像坦克一样跑的不寻常的力量才管用。阿诺尔德·齐珀既非天才，也不无情。相反，他很温柔、善良、有天赋而腼腆。

不久我就得知了，从十二月到三月他都靠倒卖军用布料为生。他在买家与卖家之间做中间人。那时候全国都是这样的风俗：这些“被裁军”的军官，无业或者无法重操旧业，便倒卖军用布料。齐珀算不上能干的。

他憎恶他的生意。他走进咖啡馆之前——因为生意上的事是在咖啡馆解决——百般纠结。别人都带着职业业务员那种常胜将军般的坚定劲儿到这儿来，坚信能找到他们的牺牲品，说服并收服之；一种信念，令东奔西跑的业务员不可抗拒得像大胆的求爱者和发动进攻的将军一样。但是齐珀胆怯，因此他招致不幸，大概就像有些人因为害怕传染和感冒而落入病魔手中。齐珀的敏感导致他把侍者不经意且无关紧要的眼神都当成谴责。他不得不站在咖啡馆的牌室里等，久久地，一直等到买家打完牌起身。然而，曾经有买家在齐珀进门时就发现了他，给他打了个手势示意他等着，却因玩得正酣忘了或者只是装作忘了等着的人！因为这是个消耗卖家的法子，以便测试他是否因“有压力”而能耐心等候，或者他是否无拘无束，如果买家不迅速行动就转身走人。别人在咖啡馆想谈成买卖，也能够落座为客——通过一个很简单的事实，即找一张桌子坐定，在那儿可以观察其牺牲品，也可以喝杯咖啡。只不过这些额外开支齐珀付不起。对他而言，困难在于走进咖啡馆的样子要像来找生意上的朋友；在于等，一直等到生意上的朋友打完牌——并且等的样子要让人觉得他既不是个不受欢迎的人，也不是个纠缠不休的人，也不是个叫人怜悯的人。他必须装作有能力随时点一杯咖啡，摆出那种自由的姿态，好让侍者明白他之所以什么都不点，是因为吃得饱饱的，什么也不想要。

站着站着就累了，但又不能坐，因为总不能占着张桌子不消费。对齐珀而言，没有比这一刻钟或半小时更难熬的，这段时间他等啊等，在牌室暧昧的灯光里，这里已经点起了昏黄的灯，尽管从前厅还有阳光照进来。（但打牌的人需要这样假扮的黄昏，恰似妓院的嫖客需要放下百叶窗。）齐珀等啊等。他来回踱步。他站住翻看一份报纸，装作好像他刚找到一则特别感兴趣的简讯。同时他又不能让要等的人离开视线。是的，他得时不时试图让买家记得他的存在。等到他终于成功了，那个他等的人起身时，齐珀已经筋疲力尽，他原本需要这些精力去说服这个难搞的人有必要买货的。阿诺尔德要是有他父亲那种出色的对于交谈所持的无关紧要、乐观向上的爱好该多好！但是小齐珀天生就比老齐珀心思重，脑瓜更聪明，面皮更薄。

尽管如此，如果阿诺尔德确乎挣了些钱，尚可让他每晚去咖啡馆——另一家门可罗雀的咖啡馆——有烟抽，时而坐着有轨电车去趟郊野，那么这得益于一种情况，即那些在他考虑之列的商人中有许多都是他以前的战友。这些战友，偶然做了商人，下手较轻，心存人性，对齐珀有一定的同袍之谊。他们让他有得挣——如人所说。但等他的熟人都依次轮了个遍之后，齐珀只好另谋新的营生。

齐珀家生起了新希望，即阿诺尔德可以去巴西，去找老齐珀的弟弟，他自开战以来就音信皆无了。有些在那边没有叔伯的人启程了。家乡变得如此狭小，以至于连从没离开过自己区县的最老的人都心生渴望，想移居到一个非常遥远的世界去，把这个眼前的世界从记忆中、从心中、从生命中抹除。阿诺尔德觉得这是唯一的出路。当他扪心自问目的何在，他不得不承认，没有比在家找一份乏味、规矩的工作让他觉得更无所谓的了。也许到异乡不得不艰苦奋斗，但那毕竟是远方。他读了许多游记。年少时就开始读了。然而之前，远行的愿望在他心中从未觉醒过。直到他从战场上归来，又见到了这座他从小到大住的房子、这个教养他的父亲、这个为他哭泣的母亲，当他感受到弟弟的阴影，这个而今，死了以后，才成为家庭成员的人。当阿诺尔德看到身为其公民的这个国家，人在其中每时每刻都属于某个政党，都要证实其某种觉悟，实际上都应继续为某个不知名、看不见摸不着、只在报纸上写着的“公共福祉”效劳，到这时他才想要去巴西。

然而他太过敏感，难以如他父母所愿，因信赖叔父而移居国外。在所有败坏人的颠倒的教养原则中，最愚蠢的教条之一被阿诺尔德奉为信念，那个在那句满天飞的话中以愚蠢的形式呈现的教条：“男儿当自强！”他有这种美国式的抱负，全凭自己，不靠人帮，有所成就。该教条让一个美国百万富翁之子年满二十岁不得尽其所能，而应先卖火柴，重温父辈走过的路。一种反常的抱负，大约堪比那种壮志，像逼一个从事民事辩护的犹太人没有引路人就第一个登上一座还从未被登顶的阿尔卑斯山峰；逼一个杂技演员在飞机上表演他的绝活儿，尽管即使在高架秋千上做这个也有生命危险；逼一个泥瓦匠师傅没有脚手架盖一座摩天大楼。这种抱负阿诺尔德有。他想要孤身一人去巴西，他梦想一天从一艘汽船上发出电报吓他父亲一跳。从根本上讲，这或许是老齐珀的遗传，这种对惊讶的爱好是小市民的一种享受。在那个时代有许多经纪人做移民到浪漫远方的业务。有年轻人的协会，他们把一起去趟澳大利亚视作一次星期天郊游，他们坚信他们无所不能，因为他们摆脱了死神。阿诺尔德也加入了其中一个协会。自从他开始每周交会费，他似乎觉得好多了。他的生活再次获得一个意义。掩饰也是一种营生。但是不久，该协会的出纳员携所有按月收缴的会费人间蒸发了。很可能他才是那个唯一成功到达巴西的人。

然而齐珀的父亲已经致信其弟。双方又建立起联系，就像国家间一样。从齐珀巴西的弟弟那儿寄来一封挂号汇款邮件。等等吧，他弟写道。他打算重新开始每年回来探亲，和战前一样，很快他就要来。

9

盛夏时齐珀的弟弟从巴西回来了。

我以前从没见过他。因为每当他来时，他们都不请我。他们一年就见他一次，想和他单独相处。他居留的花费不菲，他们不向他坦承他们手头紧。齐珀家刚好还能招待他，他得吃十个人的饭量——据阿诺尔德向我描述。根据这些描述我把阿诺尔德的叔叔想象得很神。特别是他是个农场主。一个让人浮想联翩的人。一个蓄奴的人。一个也许逮野马的人。一个也许哪天找到或者已经找到金矿的人。一个不穿西装上衣和马甲，系着宽腰带，戴着巴拿马大草帽的人。这个规规矩矩的市民齐珀的弟弟是个农场主的事实，在我看来似乎比他在蒙特卡洛意外情况下发生的故事更不可思议。

然而事实就是如此。阿诺尔德的叔叔是个货真价实的巴西农场主。这一次我可以见他。

他来了，在一个炎热的日子，七月或八月。下午老齐珀和小齐珀去火车站接。

第二天我和农场主一起吃午饭。

他真的和我想象的几乎一样。我徒劳地在老齐珀的弟弟脸上寻找他和老齐珀家族的相似之处。但他根本不像是个兄弟，他像是个奇特的故事，一个来自巴西的故事。他比老齐珀高三头。他头剃得光溜溜的，脖子呈深棕色，像是被煮透了一样。红红的高鼻梁，又浓又短的眉毛下面一双小眼睛炯炯有神。他的目光箭一般锐利迅疾。他的眼睛像黑夜里的明灯。他的下巴是个完美的梯形，又宽又硬，让我想到一种讲台或一块光滑、蒙着皮肤的石头。再说了，他整个人都让人想起石头。他站着像堵墙。他沉默像堵墙。他喝酒时变得更像是人。他打发阿诺尔德去拿几瓶葡萄酒来。他自己从旅途中捎来了几瓶。前厅放着他古怪的旅行箱。他随身只带了唯一一个箱子。这是个棕色皮子制成的旧背包，盖儿和底儿都皱得跟手风琴似的。沙发上放着他的帽子——他从把帽子摘了就放在前厅。这真是个巨大的宽边巴拿马草帽。“十分高兴！”他用一种陌生的德语说，当他第一次跟我握手时——一只相当巨大、温暖干燥的手。然后他问起了战争的事，用一种像是在问收成或一次有意思的活动结果如何的腔调。他说在家有更重要的事要做，牲口、收割和雇工都要花很多时间。假如他那时富得衣食无忧，也许会回来加入这边或那边的战斗。他对齐珀的三枚铁戒指真心表示钦佩。阿诺尔德带回来的一个榴弹做的烟灰缸，他寻思着要拿到巴西去。凯撒坐过的天鹅绒沙发椅他一天看好几次。他感觉不到齐珀的心都不跳了，看不到齐珀的眼睛放大，眼神迷离（一种游移到遥远的哀伤之地去的眼神），当他敲着这把椅子，把它翻过来倒过去，用一种无所谓的嗓音说：

“凯撒就在这儿生活的呀，一把椅子就够他的了。我上次来的时候，整座城市都不够他折腾的。不奇怪，坐在这么个椅子上是要疯掉的。”

每天当报纸送来时，农场主就问：“今天里面有没有图片？”因为他以为我们的报纸今天有插图明天只有文字，是因为摄影师意外睡着了。“你们的雪茄变差了。”他抽烟的时候说，接着捏碎了这支昂贵的雪茄，就这个他假如留个烟头，老齐珀都将感恩戴德。一种抑制不住的享受欲驱使他逛遍了演奏、跳舞、演戏的地方。为了在家待着的几个钟头，他买了一台留声机，许诺走后留给齐珀家。饭后他便往沙发上一躺，即便我在场。然后我就见他的目光在房里四处游走，盯着人与物，仿佛在找什么，想将其图像拿到睡梦里去。最后他盯住那把红色沙发椅不动了，目光变得陶醉讨喜昏昏欲睡，农场主的眼睑合上了。

我在农场主身上注意到几个不常用的说法，他说话一定程度上自成一格。他如果喜欢什么，不管是个男人、女人、事情、东西，就会说，这很舒服。他会说，这汤很舒服，我很舒服——因为他似乎喜欢我——榴弹做的烟灰缸很舒服。他如果不喜欢什么，那他不会像我满怀期待的那样称之为不舒服，而是排除掉。比如他会说，这个剧院排除掉，他的意思是他不喜欢观众厅，因为它有太多柱子，那个舞台排除掉，因为幕布上有一幅古老的“绘画”。因为他把每幅画都称作一幅绘画，想以此表达手绘的与相机拍的不同。能挪动的家具，比如桌椅，他称之为工具。齐珀夫人他叫嫂子，齐珀先生他叫兄长，阿诺尔德他叫小齐珀。他说他记不住名，它们很多余。他自己的儿子——他有三个——他出于简便起的名都一样。他们都叫威廉。

“看吧，他岂非一个好小子！”老齐珀如是说他的兄弟，“这是个精力充沛的人。我和其他的兄弟没一个这样。这小子十四岁就到那边去了。我本想效仿他，您看，假如不是蒙特卡洛夹在中间的话，我如今也跟他一样是个农场主了。”

我想到那是非常特殊的情况，看了看老齐珀，他正用一张掉光了牙、虚弱、柔软的嘴说着，在话出口之前把说的话都弄湿了，这个白发苍苍、弓腰驼背的老齐珀，我把他跟比他只小一岁的弟弟比较。农场主，他不是这个大洲的人，他不来自欧洲的中心这块，战争从此开始，像个老脓疮在此爆开。老齐珀永远不会到巴西做个农场主，他是个中欧市民。

农场主啥也没干做了一星期客人之后，齐珀夫妇开始说起阿诺尔德的打算。阿诺尔德不想在场。

“我不想，”他告诉我，“让叔叔帮我。你没看他那样儿吗？一个残酷、狭隘、自私的人。他如果把我带过去，会压榨我的，比压榨一个陌生人还狠。我厌恶这个自家的亲人。我不想跟我的家人有任何关系。我决不会和叔叔一起去巴西。我将自己寻找我自己的路。我不会完蛋的。”

但是农场主根本不曾想要带上阿诺尔德。

10

夜已深，花园里传来了蟋蟀的叫声。我们走出了咖啡馆。我们经常在这里见面。他们关门太早了，有法定打烊时间，我们讨厌这玩意。我们来得晚，来喝杯摩卡。那时候我们似乎有许多话要相互倾诉，咖啡馆打烊真没人性。而今，当我早就适应了法定打烊时间，我不能给自己解释为什么那时候我们都认为只有在咖啡馆才能聊天。也许是因为我们都刚刚从战场上回来。无论城市看起来多么昏暗、贫穷与绝望，我们都是返乡的城里人，在城里感到舒服，在经历了不知几百个战壕里的傍晚和长夜之后，在经历过黏土地里、沼泽地里的长夜之后，在经历过乡村茅草屋里手拿旧报纸的长夜之后，在经历过冲锋和炮火纷飞的长夜之后。他们把我们赶了出去，他们关上了咖啡馆的门，他们把椅子摞了起来，侍者都在收款台前集合，算账。这时我们便溜走了，丧家之犬。

一个燥热的夏夜。我们走过去又走回来，一个陪着另一个。走到了一个的家门口，会感到楼上等待他的那种恐怖，在房里，在床上，在睡里，在梦里。于是掉头走向另一个的门口。直到屋后头天色泛白才在两点之间的中间分别。这会儿对这幢房子不再那么害怕，对它，你在战争中如此渴望，而返乡之后住在里面却再也不觉得温馨。太阳升起的时候你安然入睡，是因为不想看到一天是如何开始的。

在这样一天夜里，阿诺尔德讲了叔叔对他的打算都说了什么：

“假如你们给我一百万，嫂子和哥哥，我就带上你们的儿子。我有钱，他可以在我那儿住，他无论如何会有饭吃。但我不带他。巴西是个危险的国度。能在那儿有所成就的，早就过去了，在那儿定了型。但对一个定了型的欧洲人我不负责。如果我能帮忙借给他一笔钱，如果他想移民到那儿，我愿意帮他。他能做农民吗？我愿意帮他。但是要以名誉担保，签字画押；因为是财产我就不白送，或者说我唾弃借了我的钱一辈子不还的人。问问他，他得说清楚他要干什么。”

“那你现在已经决定了？”

“没有，”阿诺尔德说，“我什么时候做得了主？有时候我觉得似乎我能做农民做得很好。后来我就觉得这太浪漫和荒唐了。投身大自然吗？我能跟母鸡们同睡同起吗？我能一天不去咖啡馆，不和你，和其他人聊天吗？我能结婚，生孩子，孩子赶着牲口去放牧吗？”

“但是在巴西这些也都是你必须做的呀！”

“在巴西——是。我也一样可以在纽约街头卖报啊，在这儿可不行！”

“在这儿为什么不行？”

“因为大家认得我。因为这太搞笑了，我就成了个可笑的角色。”

我绝不是要说服阿诺尔德。但我不明白他为什么认为无法在这儿卖报纸。为什么他会成为一个可笑的角色呢？无论干什么样的营生都不会变得可笑，假如还没干过，我想对他说。但我没对他说。我感觉说了也多余。我感觉这个人像其他任何一个人一样听从一定的法则，假如他要做什么或不做什么。这天夜里我感受到世界的法则。我听到构成命运机器的转轮在迅速、准确、无情、畅通无阻地转。我想，老齐珀的儿子臣服于某个不明信条，老头昔日如此，老头的孙子将来亦如此。我想象着农场主夺走齐珀家人一切希望的那个晚上。必定引发了一种沉默，堪比老齐珀说完客厅出租之后接踵而至的那种沉默。阿诺尔德的父母必定坚信，他们这辈子白活了。儿子原本要在他们的晚年给予光和热，而他却来找他们要饭吃。

第二天我遇见了老齐珀。他坐在一个公园里，手里拿着一柄大放大镜看报，因为眼镜已经不够用了。看他坐在那里的样子，在角落里的长凳上，穿着他寒酸的黑色西服，肩头褪色都绿得几乎跟他周围的树叶一样了，让人不禁要给他一份施舍，要不是他拿着报纸戴着眼镜一副斯文样。我在他身边坐下。

“那么，”他说，“阿诺尔德肯定跟你说了，我弟不想管他的事。你是他发小，你跟我一样了解他，比我还了解，我想说。你觉得他独自一人能去巴西吗？你不也觉得他很聪明吗？——优于一般人。要不是这场战争的话！阿诺尔德干什么不行啊？我的生意一度做得挺好（老齐珀忘了，他营收微薄与其说怪战争不如说怪他自己），原本我可以再养活他一阵儿。我弟说他应当做个农民。我的阿诺尔德——做个农民！何不干脆做个木匠，像我父亲那样？我原以为我们家会走上坡路，而不是下坡路。”

齐珀把类似的话念叨了有半个钟头。最后，他“悄悄”告诉我——他拉住我的手，央求我别说出去——他自己正给阿诺尔德找差事。他把老关系都“扒拉出来”。但不能让阿诺尔德知道他父亲正“做工作”。一朝要让阿诺尔德有个“大好前程”。

说完他就走了，老齐珀。报纸从他上衣口袋里支棱出来，太阳光斑投映在他背上，他走路不仅驼背，而且因虚弱而蹒跚，仿佛重物坠得他左摇右摆。他认识并问候公园的园丁——一个重要人物，那些齐珀总以为跟他们合得来有好处的人物之一。是的，他甚至停下了脚步，那个翻挖草坪的园丁走过来，拄着锹，来到拦在苗圃和林荫道之间的铁栅栏跟前。齐珀与园丁交谈。老头大概得意扬扬，他知道我还在看着他，他能让我瞧瞧他是个名人。所有在公园散步的人之中，只有他能成功踏上草坪。这种权利大概令老齐珀充满自豪，即便正值他为阿诺尔德找工作之时仍旧如此。

他认识财政部参事科罗瑙尔。（谁不认识他？每个人都曾得到过科罗瑙尔的帮助。）他是齐珀最老的顾客之一。革命关科罗瑙尔参事何事？一个懂法律法规、收入税营业税、减免费附加费的行家，独一无二。他一直在职，根基深厚得像公园里的一棵参天古树。他施人以善意、帮助、庇护。老齐珀没白找他。阿诺尔德得到一个职位。

“在一个干了十年的公务员都纷纷下岗的年代，阿诺尔德得到了一个职位，”老齐珀说，“即便是共和国，没有真正有所作为者也不行。最好的例子就是阿诺尔德这事。”

“这太舒服了！”农场主说。次日他便走了。

在齐珀家里很少再说起他。他丢人了。他拒绝了阿诺尔德！阿诺尔德这样的天才他都不带到巴西去——由此便可见这位农场主多没教养。

“其实，”老齐珀有一次说到他弟，“他从没有时间学点什么或者哪怕只是想想。”

农场主这篇翻过之后，又恢复了日常。

日常，在于对阿诺尔德的夸奖。齐珀似乎忘了是他自己给阿诺尔德谋了一份差事。在家里，搞得好像儿子受到多大的召唤，去管理国家财政。

一个月之后，阿诺尔德入职了。

他是个收入微薄的小公务员，但父亲却视之为财政部部长。阿诺尔德可丝毫没有他父亲的乐观。

“一个打过仗，以前从没做过公务员的人，现在该怎么一天八小时地坐在办公桌前？”他问。“我坐在五层的一个房间里，还有俩男的。俩人都跟我父亲一样老。你不知道他们有多恨我！最近有一天，我穿着我的浅灰色新西装走进办公室。其中一个，科拉尼西先生，马上跑到所有办公室去说，这儿有个年轻人穿着一件浅色西装来上班啦。我每次出门，过道里都站着几个职员，一边窃窃私语一边盯着我看。其他人也像碰巧似的打开他们办公室的门，探头往外看看，把门又关上了。最后，科罗瑙尔让人叫我过去，对我说应当顾及那些都是一家之主的同事的窘境，就别再穿新西装上班了。他说自己穿的也是旧的。再说我也应该按规定穿制服。

“你几乎无法想象我觉得制服有多可怕。这又来了一套！我刚把它给脱了！我试着把我的桌子往窗户跟前挪了点儿。虽然什么也看不到，冲着院子，窗玻璃外边还有护栏，对面也是办公室，院子干净得无聊，严禁往下扔纸屑、烟灰、烟蒂。但另一个坐在第二扇窗旁边的公务员的桌子必须和我的成一条线。我出去了五分钟。等回来，我的桌子又回到了原来的地方。那俩老家伙把它推了回去。

“他们都在柜子里放着肥皂、指甲刷和毛巾。他们走之前都洗手。我不能在那儿洗手。我走的时候很高兴，我手脏兮兮地回家。因此我得以比他们早点儿下班。我说声‘再见’——他们不回应。我就走了。其中一个从楼梯上喊：‘齐珀先生！’——什么事？——明早我不应到门卫那儿，而应到三层的 25 号房间取钥匙，假如我碰巧到得比较早的话。九点上班。我九点差五分到的。俩人已经到了。有一次我试着八点四十五到。第二天他们八点半就到了。

“我工作上和他们毫无关系。他们不是我的上司。但是每当我处理完一个文件，俩人总有一个来到我办公桌前说：‘很好，齐珀先生。’他们不敢批评我，但他们找了一个更阴的招：他们用表扬的方式侮辱我。有时候他们就而今的年轻人开始泛泛而谈。说每个年轻人都觉得，因为上过战场，便比老一辈聪明。有一次我忍不住对他们说：‘是你们把我们送上战场的！’那一刻我想到了我父亲。你还记得吗？有一天他穿着军装站在一年预备役军官学校门口。对了，因为我父亲，我再也无法在家吃饭了。他有成千上万的问题。他总是想知道人家对我是不是满意。我不得不非常详细地给他汇报我每天的工作。他想象我在起草税法。可是我，你知道的，在做啥？带十进制小数的加减乘除。

“真让人受不了！我想找点别的事做。但我干完这些工作之后却想尽快回家。六点十二分有一班电车，下一班是六点二十。经常是俩老家伙中有一个还要慢吞吞地给我说点无关紧要的事——等我下去了，还要等八分钟车。这八分钟比一整天还漫长。

“只要白天还没有完全过去，我就不想上街。我回到家，穿上最新最好的衣服、最好的鞋，然后拉拉琴，只是几个我还记得的旋律，然后终于到晚上了。它在我拉琴的时候降临，我觉得是我把它召唤来的。我觉得所有的教养都是扯淡，只有一件事我对父亲心怀感激，就是他资助我学音乐。

“晚上我才能上街。只要还有一丁点儿白天，我就羞于出门。因为我的白天始于当差，被糟蹋了，肮脏，令我无所适从。另外我累得像是经历了一场撤退，一场连续三天的行军。

我整天有种饥饿感，渴望生活在清新的空气中。是那种伴随筋疲力尽的饥饿感。年事已高，整天卧床的人也有这种饥饿感。

“最终你会适应任何工作，即便它毫无意义。当兵毫无意义。但你眼中有个上司，他代替了意义。你受罚，领赏，天天如此，时时如此。你得了命令，它替代了目标。而当公务员你却看不到公文何去何从，为何要做它，为谁做。有时候，我得向你坦承，有种愚蠢的雄心令我不能自已。我开始画起特别漂亮的字母和完美的数字，一份公文写半个钟头，原本我五分钟就能搞定。你懂吗？”

“我懂，”我说，“我认为，战争把我们毁了。坦白讲，我们不应该回来的。我们像死去的人一样知情，但我们不得不装作无知，因为我们碰巧活了下来。这条街和这份差事，税收、邮局、舞会、剧院和疾病，父母家和所有其他——一切都让我们觉得如此可笑。我们也许只剩两件事可做，以证明我们还活着。我们可以服从和命令。但是宁愿服从而不命令。我们把它当作一种社交游戏来玩。因为，既然我们被献给了死神，那么用军事方式准备赴死就只不过是场游戏。此外，正因为如此我们就像那些想要在火车上消磨时光的一脸严肃的男人，郑重其事地玩着多米诺骨牌。但这让我们感兴趣，也就是说，这让我们很放松。而今我想，这个世界，这个军事化的世界，它仅对为死神献身的人而言是好的，是个建构得很干净很舒适的世界。

它省得我们过那种带来艰辛、忧愁，由计划、思想、希望、崩溃构成的生活。军队里没有希望，没有计划，没有思想。两点半时你务必去报告。你很清楚上校长什么样，他说什么，他发什么命令，他用什么惩罚你。这些都在服役规章里写着。上校如果中风或中弹，少校就来补缺。他没了，上尉来补。如果没人补了，你自己就得说，就得做一切适用于你情况的事。这么个世界建构得多美好啊。没有怀疑，没有不确定，没有良知，没有忧虑。如果没面包，你就饿着。你一天有二十五根香烟。早上六点行军。四点半把你叫醒。五点给你喝黑咖啡。”

“够了！”齐珀叫道，“别人还以为你是在劝我再进去一次呢。太晚了。暂时没有战争了。”

“我劝你，”我说，“找个女人。”

“要我恋爱吗？”

“也许甚至是：恋爱。无论如何，一个女人对你有益。她有助于你幻想你在这世上尚不至于无所事事。她想要衣服鞋子，住的吃的，有时候还想要个孩子。假如你有所牵挂，你就不难想象你也算生得其所了。”

“我只恋爱过一次，”阿诺尔德说，“真正的恋爱。你认识艾娜·维尔德尔吗？她是我的邻居。小时候我们早上一起去上学，放学了一起回家。她父母和我父母有一次一起去度假。我们去了西里西亚的一个疗养浴场，住同一栋别墅。她父亲和我父亲是生意上的朋友。维尔德尔先生的生意并不红火，但怎么也比我父亲强。我们在那个疗养地只能待两周，维尔德尔一家则待得更久。但在我的记忆里这两周就像六周一样——我在那儿经历了那么多。我十五岁，她十三岁，我想是。我们整天在一起玩，玩起来几乎像同龄人。有一座山，人们称之为‘观景亭’。一条盘山路通上去。路上有长椅，坐着小情侣。白天我们看不到他们或者视而不见。我们有更重要的事做。捉鹿角甲虫，捡橡子，捕蝴蝶。然而夜色降临时艾娜却变了个样。我们路过一对情侣时她蓦然紧贴着我，瞬间又跑开，等我追上她，她在轻轻地笑。天黑，我无从知道她笑起来是什么样子。我觉得她变成了一个陌生的女子，那不是她的声音，她白天笑的时候不是这样的。于是我想抓住她，摸摸那个在黑咕隆咚里笑的还是不是她。我径直抓过去，摸到了她的胸，吓得忙不迭把手缩了回来，她跑走了。

“第二天早上我们在公园见面，仿佛昨晚什么也没发生过。我们又去捉鹿角甲虫了。

“一次，我见林荫道上有位较年长的先生在打量她。然后她就想掉头回去，尽管我们正在去草地的路上。她说，她想看个音乐会的节目。就在演奏着音乐的亭子前面，站着那位先生，艾娜笑了。他挤眉弄眼，她面红耳赤。我想，这一刻我恋爱了。我不能和艾娜再这么玩下去了。我不断地试图和她一起摸黑上

‘观景亭’，我火急火燎地渴望再摸一把她的胸。但再也没成。

“一次，疗养地大厅里有个聚会。我站在那儿看她和军官们跳舞。次日有好多男士给她打招呼。她也变化了。她不再像昨天那样蹦蹦跳跳地过马路，而是像淑女一样走路。她遇到一条小溪，往常穿着鞋就踩进去了，而今却站住片刻，决定避开它，拣水最窄的地方走。于是我就得先过去，伸手扶她。我爱她，辗转难眠。后来我们家先走了。我嫉妒、委屈、丢脸，我恨我父母，因为他们没钱。我做着平庸的梦慰藉自己。一个孤儿院失火了，我救了所有的孩子，我的名字登在报上，她找到我求我原谅说：‘你可以摸我的胸，想摸就摸。’

“后来，假期过后，我又见到她。但我们互不说话了，尽管我常常跟在她后头，一直跟到家门口，而她想必都看到了。”

“那她现在怎么样了？”

“听人说她在战争期间订婚了，后来又退婚了。艾娜如今在表演学校，她要成为演员。我想她这么着也对，我回想起她在黑咕隆咚里笑的样子。”

“你们有多久没见了？”

“快十年了。我不知道还能不能认出她来。”

这天晚上我们俩没有再结伴回家。当夜冰凉有雾。阿诺尔德很快便告辞了。我觉得他好像害羞了。

我们彼此说了那么多，我们其实已经无话可说。他或许感到，一起走的路上沉默会让我们受折磨。此外，他多年之后第一次触碰一段老故事。有时候我们这么做，就好像我们把一眼早已堵塞的泉水重新打开，就好像我们不得不等这条暂时喷薄而出的水流平息下来。

也许阿诺尔德希望或渴望再见到艾娜，他想琢磨一下和她完美偶遇的路径。也许他希望在她身上，至少是靠她的帮助找到力量和目标。或许也只有关于她的回忆是他对其狭隘生活的最美好最轻松的逃亡；他想要一个人回忆，就像人独自在墓地一样。

11

自从阿诺尔德到财政机关工作，去咖啡馆与其说出于习惯，毋宁说出于热情。事属他的满足，而不再是需要。如果以前——特别是他从战场上回来之后——他就无一晚堪独处，而今则真正被一种对寂寞的恐惧攫取。并非他大概有社会生活的渴望。他只是想坐在咖啡馆里，什么也不想，就坐在咖啡馆里。

他有几个相熟的，也许是几个朋友吧。有作家、画家、音乐家、雕塑家。我不认得比阿诺尔德更仔细的读者、更认真的观众、更热心的剧院观众、更虔诚的音乐听众。他对所有艺术都感兴趣。靠近那些搞艺术的，是他要求不高的嗜好之一。他肯定羡慕他们。因为只有他们——在他看来——才在生活中找到了意义，从而有存在、中用的权利，有名望，有权力。他们说的话，在他看来如此重要，以至于他只是倾听，却不参与他们的交谈。也许他从分享他们的夜晚中找到了一种慰藉，尽管他的白天看起来与他们的如此迥异。但也许他比我想的更聪明，他自我安慰地看到他们艺术家谈到的忧虑和世人并无二致。他们也没钱。他们也不能旅行。他们也玩塔罗牌、六十六点和多米诺。他们也喝咖啡，拿牛角面包去蘸。

阿诺尔德不打牌，但他喜欢旁观，渐渐地成了几个打牌的人必不可少的一个旁观者。当他们从牌上抬头看看齐珀，便从紧张的牌局中稍事歇息。他脸上永久的忧郁——原因谁都不知道，可能只有我懂，因为我熟悉齐珀家，这种忧郁之乡——他跟着体验悲喜变换的不变热情，他全神贯注的沉默，他总是分毫不差地盯着动作、手和牌的眼神，想必让打牌的人如此安心和心满意足，像一位好奇而投入的读者之于朗诵作品的作者。有齐珀旁观，令打牌的人倍感荣幸。仿佛他不吝赠予他们无声的掌声。等他们结束牌局起身，阿诺尔德才不舍地离开牌桌。他显然觉得难舍难分。他感到一场空欢喜。他现在只好走到另一张桌子前，那里牌局已散，人们只是在聊天，而一场闲谈还久久不那么分明。此外他在一张只聊天的桌旁，比在牌桌旁更显生分。因为如果打牌的法则恰恰要求有一位旁观者，那么一场闲谈的法则就不欢迎旁听者。阿诺尔德灵敏善感的听觉已上百次地猜出许多人自问而无人说出的那个问题：这个齐珀究竟在这儿干吗？因为他们知道，他不画画，不写作，也不作曲，但所有画画、写作、作曲的人都认识齐珀。他连政治也不沾，那可是像编辑部的工作一样让每一位客人到了这家咖啡馆都感觉宾至如归的玩意儿。可是阿诺尔德属于这家咖啡馆而非别家。他在作家群里——他们总是在捕捉一个“主题”——晃悠，像个白送的小说素材。然而作家们却不愿相信，一个旁观者在文学上能有什么用。

他们对齐珀习以为常。每个人都已自问了那么多遍这个人究竟在这儿干吗的问题，以至于他们最终以为他们已经找到了答案。他们喜欢身边有这么个人，虽然不专业，但又那么接近专业，以至于谁也不必给他翻译他就能懂。即便他们在闲聊，他也是他们的听众。由于他们说的比写的还多，有一个倾听的读者很受用。

阿诺尔德仔细地听。咖啡馆每晚都吸引着他，像酒馆吸引着酒徒，赌场吸引着赌徒。几天不见那些小的白色的圆形的和四方形的绿色桌子，他就没法活了；还有那些粗粗的柱子，曾在咖啡馆建成的青春岁月里凸显其豪华、气派的格调，而今却被烟熏得通体发黑，仿佛经受了数十载燔祭之火的炙烤，柱上挂着的报纸像干瘪的果实挂在干枯、发黄、嘎吱作响的架子上；那些昏暗的夹室，用沉沉地挂在支架上的帘子掩着；那个过道里的厕所，门前总是人来人往，碰见熟人打个招呼不知不觉就能站着聊半个钟头；那个吧台的金发女收银员，叫得出每个人的名字，给常客分发邮件，而把寄给那些寻常“过路客”的信件和卡片放进一个公事公办、冷冰冰的玻璃柜里以供自取；那些从来不换，从来不死，从来不问客人要什么便把常点的东西送上来的侍者；那些那个时代替代煤气和电的电石灯，看起来就像被驯服而供人使用的鬼火。还有，它们咝咝作响——连这种音乐对于阿诺尔德而言也是不可或缺。当它们气力将尽时，它们跳动着，在桌子周围投下狰狞的灯影。然后一个侍者踩着椅子用风箱朝它们吹送新生。苍蝇嗡嗡，扑克牌啪啪，多米诺骨牌哗啦啦，报纸扑簌簌，棋子随着用力的敲击落在棋盘上，台球闷声滚出包着软垫的木桌沿，杯子叮叮，勺子当当，鞋子吧嗒，私语窃窃，水感伤地滴滴答答，从一个遥远、仿佛梦境中的水龙头里，它从未拧紧——而在这一切的上方，电石灯在歌唱。有时候咖啡馆像越冬的游牧民的帐篷，有时候像市民的餐厅，有时候像宫殿里的大候客厅，有时候像给冻僵了的人的一方温暖的天空。因为它暖，一种动物般的温暖，辅以三个大火炉里闪烁的炭火，火光泛红闪烁着穿过炉栅，看起来如同通往地狱的入口，这个地狱没什么可怕的。只有当阿诺尔德走进这个咖啡馆，他才最终逃脱了他的白天。从这里才开始了他的自由。因为尽管旋转门转个不停，可阿诺尔德能够确信在这个咖啡馆里找不到任何令他想起他的工作或任何工作的人。这里不会有任何东西令他想起他的工作，想起他所来自的那个小区，想起他父亲的那些朋友。只有薄薄的黄色窗帘遮住窗边的街道。但是这些窗帘如此密不透光，以至于会让人觉得即使是石头和子弹碰上它们也会无功而返。这个世界和白天苦涩清醒的世界无关。即使太阳还没落山，这儿也没它什么事。

只有一出戏或一场音乐会能够让阿诺尔德并非一整晚待在咖啡馆，而是十一点钟才来，不是平时那样七点钟就来。

对戏剧的热爱，还有一些其他的，都是阿诺尔德从老齐珀那里遗传的。然而老齐珀偏嗜轻歌剧，小齐珀却爱艺术赛过娱乐。老齐珀的免费票得益于他和收银员的关系，小齐珀却直接从导演那里得到座位。老的对舞台布景的魔力感兴趣，小的则关注导演和演员的功夫。

如果说阿诺尔德热衷于看戏，那么大概并非因为他想象自己站在舞台上。他没那么孩子气，连做梦都不会那么有志气。他只是想要呼吸剧场的气氛，就像他来咖啡馆不是为了打牌，而是为了呼吸咖啡馆的气氛。他是十分懂行的观众。他若认识了一个演员，就觉得非要看看他演出。他若在舞台上看了一个演员的演出，就非要跟他认识认识。他若认识一个作者，就非要读读他的作品。他若读了一本书，就想要见见作者。他若跟一个画家说了话，便会去他的画室看看。他的这些兴趣爱好几乎有学术派头。一本出版的书之于他不如草稿有趣，一个完成的作品不如未成品，工作的对象不如工作的起因和来由，画像不如模特。似乎他不开心的天性试图得知事情是“怎么搞的”。因为他拥有创造者一般的感受天赋、行家那样对手艺的兴趣。但他却毫无产出。他仿佛生活在一个可怕的梦境，想叫却叫不出声。由于他如此热心钻研，所以他知道他那些宠儿私生活的方方面面。尽管如此，他从不纠缠不休。因为他的热衷有着学术派、就事论事的冷静。而且他缄默如学者，将其研究的结果一直保存到以资著书立说的那天。

因为我知道阿诺尔德热衷于戏剧，所以好几个晚上没在咖啡馆见到他也没觉得惊讶。他一定是去看戏之前来的这儿，我想。很可能这周登台的演员都是他感兴趣的。很可能他是受邀前去的。

但当他一周多都不见人影时，连打牌的人都不安了起来。他们想念阿诺尔德悲剧式的沉默。他不在他们打给谁看呢？每次我经过一张桌子的时候，都有人抓住我的上衣问：“齐珀这么长时间去哪了？”我也在问。侍者没看到他，女收银员也没看到。对了，吧台有他的邮件他都还没取。

我已经好久没去过齐珀家了。冬天了，我知道他们不烧暖气。

哦，我可是知道齐珀家的这些个冬天！老头穿着冬装坐在那儿，齐珀太太按她家乡农妇的法子把一条围巾横竖交叉裹在身上，窗玻璃一片模糊，小水珠往下流，玻璃不像玻璃，倒像是浑水，人们嘴里呼出灰色的气，双手红通通，手指肿乎乎，墙角这儿粘着一只那儿粘着一只死苍蝇，光线莫名其妙地绿乎乎灰乎乎的，整个屋子让人想起一种海底、一种水槽、一个水族箱。夜幕较正常情况下更早地降临在这个屋子里。如果把灯都点着，它们便在灰色的雾里燃烧，看不见灯芯，让人想起午夜太阳。老齐珀不断地擤着鼻涕。他打小得了咽炎。我记得他年年都说要去库多瓦。但因为他的胃不行，便犹豫是否去卡尔斯巴德较好。他没意识到他哪儿也去不了，因为他没钱。他想象，他待在家是因为他兼有两疾，每一个要求的疗养地各不相同。他声音喑哑，咳一咳清清嗓子，喝口斯利沃威茨烧酒，咳嗽不止。

这次我走进齐珀家时看到老头裹着他妻子的围巾。他有点病恹恹的，已经无法再操持他的小生意了。所幸旺德尔完好无损地从战场上回来了，付着“沙龙”的房租。这是齐珀家唯一的收入。他用酸樱桃烧酒和茶款待我。他暖和了，话多了起来，甚至乐观了。若仔细听他讲，你可能会以为他正走向幸福、无忧无虑的老年。阿诺尔德过得无忧无虑。上百万年轻人都在衣食无着地四处游荡，他却稳坐在一个可以生长繁荣的职位之上，像一盆向阳的花木。没什么能再挡住他的路。他可不是个合同工。他可是破例受雇的正式职员。可他也已经好几天没回家了。

为了不把他搞得不安，我撒谎说前天在咖啡馆才见过他。为什么说前天呢？——我觉着，如果让一次瞎编的见面在较长一段时间之前发生，似乎撒谎就撒得没那么大。

但我知道，阿诺尔德肯定遇到什么事了。噢，不是什么不幸，也不是什么灾难！因为在齐珀父子的生命中命运没那种原始的爆发力。它的作用力慢悠悠，恹恹的像船蛆。笼罩在齐珀父子头顶的灰色天空中不会有暴雨倾盆。只不过乌云密布罢了。这时我感到一团疑云升起，但我却闭口不提。我的样子像是阳光明媚。

这天晚上我想在咖啡馆候着阿诺尔德。

我感觉情况不同寻常。阿诺尔德·齐珀没来。所有曾经自忖“这个齐珀在这儿究竟干啥”的人，而今都放声询问：“齐珀怎么没来？”打牌的和聊天的都想念他。有几位极早地起身离开了牌桌，因为他们觉得少了阿诺尔德那种令人振奋的、忧郁的唱和。又有几位滔滔不绝的今天都沉默了，因为正是那个在场时他们总忽略其存在的听众没有来。在构成咖啡馆价值的那首由各色面孔、各种嘈杂和各种心绪汇成的交响曲中，少了阿诺尔德的面孔、他的沉默和他有悲剧色彩的身影。打烊时间到了，阿诺尔德没来。

第二天我去了他单位。他的其中一个同事告诉我，齐珀先生请了病假，已经好几天没来了。我相信，这位同我讲话的就是科拉尼西先生。我还相信，他说话带着那种幸灾乐祸的冰冷，那是许多不幸的国家公务员干了二十五年之后特有的。

齐珀也不在他的住处。他没病，我马上就知道了。难道他突然去了巴西？这么突然做决定和慢悠悠的他不符。一个齐珀是不会搞突袭的。我该到哪儿去找他呢？

我给自己定了个八天的期限。我暂且接受阿诺尔德不见踪影。我把他从活人的名单中抹去，做出仿佛他从未存在过的样子。我决定八天之后再去想他。

但是八天还没到，我就遇见了齐珀。那是中午时分。我走进咖啡馆看看有没有我的信。齐珀坐在那儿，在一个角落里，几乎藏了起来，显然在写一封信。他还没看到我。我看着他如何半张着嘴巴，像个睡着的人或者说像个孩子。他深埋着头在纸上写着。他写得并不流畅。他似乎在思索或者停下来注目一串陌生的想法，像目送一群飞鸟消失在地平线上。尽管他眼睛盯向我，却对我视而不见。

“你好，阿诺尔德！”

他用手肘盖住纸，想起这个动作暴露了自己，又把胳膊抽回来，仿佛他写的是些无关紧要的东西，然后向后挪动身子给我让座。我却没坐。

“你跑哪去了？”

“我工作特忙。”

“但你在单位请了病假的吧？”

“噢，你去过了，可是——我忙其他的工作。”

“你为什么晚上不到这儿来了？”

“因为我太累了。我觉得也都腻歪了。我不想来。”

“咱们一起吃个饭？”

“如果你请我的话。”

“你不想把那封信写完吗？”

“这不着急！”

“它不是很重要吗？”

“是，是很重要！”

“那就接着写吧！”

“但我写不下去了。”

“你为什么不去上班？”

“我受不了了！”

阿诺尔德把信装起来，他把它折了四下放进钱包里。到了街上我说：

“要是谁看到你怎么办？”

“看到就看到。”

“你是不想干了吗？”

“其实不是。但是我但愿他们逼我离职。譬如现在要是科罗瑙尔参事路过，我觉得才好呢。我没有离开的力气。我盼望着倒霉。这霉我有力招惹，却无力承受。”

这时我远远地看见科罗瑙尔参事走过。

我抓住阿诺尔德的胳臂。

“看，科罗瑙尔！”

“哪儿呢？”阿诺尔德惊呼。他瞬间躲进一个门洞里。

我又把他拉出来，像拉抽屉。

“你为什么躲？”

“我不知道。”

我们默默地吃着饭。饭后阿诺尔德说：“今天我回去上班。晚上我去咖啡馆。”

晚上我等他。他没来。

人们不再那么急于打听他的下落了。人们似乎习以为常。打牌的人又在桌边盘桓良久。聊天的人又长篇大论了起来。某个空了但并未确定的位置又填满了。阿诺尔德留下的一个洞消失在越来越稠密、有创造性的、能自我再生的气氛中。

突然，阿诺尔德出现了。临近午夜时分，大家都准备走了。有几张桌子业已没入阴影。摇曳的电石灯不再吹熄。剩下的人那么少，以至于阿诺尔德一进来就引起了加倍的轰动。

大家把椅子挪开。所有人都围着他。那情形好像他远行归来或久病、重病痊愈一样。侍者们都站得靠后，已经准备好在他和他的朋友们寒暄完事后祝愿阿诺尔德。

这场欢迎仪式令阿诺尔德很高兴，如同每个向他证明他对某人而言有价值的事件，哪怕只是个看客的价值。他一直站在边缘，有那么几分钟位于中央。他性格中包含表演天赋，那种从未得到释放、沉睡着未得施展的表演天赋的那部分被唤醒被激活了。阿诺尔德站在舞台上达五分钟之久。他表演并同时鞠躬行礼。没什么能比这个短暂的出场更令我感动，它包含了一整个角色和一整个晚上决定性的因素。

12

老顾客们如此由衷地欢迎阿诺尔德，大概并非因为他们真为他的归来感到高兴，而是因为他的回归是个事件。他们的生活缺乏事件。老顾客们坐在咖啡馆里犹如被围困在堡垒中。世界上的一切都到不了这儿，他们谁都不触及世界。此刻，假如他们不是再见到阿诺尔德，而是比如得知他已自杀身亡，他们一样会高兴。他们大概意识到他生活中发生了什么重要、神秘的事。因为他们还从未见谁出于无谓的原因缺席咖啡馆超过一星期。

阿诺尔德的确发生了一个重大变化：他遇见艾娜·维尔德尔小姐了。

当然这事他不会光明正大地讲。阿诺尔德·齐珀——但凡他不得不招供什么事时——只在夜里我们回家的时候说起她。他没说出全部的真相。他只是说——在我们并肩默默无语地走了半个钟头，而我感觉他一直在找个合适的话头时——他只是说：

“我遇见艾娜·维尔德尔了。”

遇见乃不实之辞。阿诺尔德是去找她了，这我后来才知道。由于她一年前就已搬离父母家，阿诺尔德便不得不到表演学校打听。人家不给他地址。于是他就在学校门口等，像一个恋爱的青年男子一样。他看到艾娜走了出来。他跟在她后面，直到她到了家门口和她的伙伴道过别。在她上楼梯之前，齐珀打了个招呼，问她还好吗。

但这一切我后来才得知。阿诺尔德暂且觉得说出艾娜出落成了一个“可爱、让人喜欢的人”就够了。从西里西亚疗养地的那个夏天至今，她变化很大。这也没什么好奇怪的。

阿诺尔德仅限于做这些泛泛之谈。

我只问他现在有没有回去上班。他说他都回去三天了，但他还完全没下定决心要留在那儿，做个国家公务员，放弃

“世界”。

无论如何，我觉得阿诺尔德恋爱了，不管他是不是留下当差。也就是说，他处于一种人们一直以来称之为恋爱了的状态中。

他平生第一次如此。对此我很惊讶，因为他没有恋爱的秉性。可以说，他一点儿都不具备恋爱的条件。如果说他的理智并非特别敏锐，足以令他小心谨慎，那么他的性情又不够强烈，足以令他头脑发昏。尽管阿诺尔德天性多愁善感，但却不具备足够的品味克服这种多愁善感。尽管他敏感，能够委身于一种陌生的影响、一种刺激、一种心境，但对女性总体上太无所谓，以至于他不可能迷恋谁。我早就发现阿诺尔德是少数置身女人群中仍不为所动的男性之一。打牌的人让他更感兴趣。女性给他留下的印象只够他确信她们不是男性。一切到此为止。他太没自信了，不足以像其余所有男人那样自负。因为要想恋爱，也必须有点自命不凡的。

我最后得出结论，阿诺尔德是出于绝望而恋爱的，这和一个本性厌酒的人因绝望而沦为酒徒近似。为了从他生活于其中——他的构成概莫能外——的单调的悲剧进化为一种更生动的悲剧，他必须寻找一种行之有效的戏剧手段。他在做的时候很可能连他自己也不清不楚。（但即便不知道他行为的原因，原因依旧是原因。）阿诺尔德除了做了我几周前告诉他的事，什么也没做。像他这样没能力找到一位女士，便踏上那条舒服的出路，回想起他十二年前找的那位。太无所谓，也许懒于再挑，他便回到一个他认为对他而言已然很熟的那个她身边，省得挑了。软弱得无法体验新人，他便再次唤醒旧人。这是他的命运，毫无疑问。如果他曾被迫从愚蠢的冷静逃往一种激情，那么他寻找的是所有激情中最安逸的那种：那种已习以为常的。我在确立了这种解释之后，就只剩下认识一下艾娜了。

他把她带到一个文人小圈子里。她太聪明，以至于不说聪明话——她肯定会说——所以她默不作声。但过于在意自己，以至于无法倾听别人，并且担心暴露她只在意自己，她表演着一幕杰出的默剧，而每个观众保准都以为她不知疲倦的神经质大脑正忙于处理别人说的字句。我想起自己曾演过类似的戏，小学的时候我很在意赢得讲课老师的注意，但又不想浪费时间注意听。我不得不去想更重要的事，即那些与我自己相关的事。但我却从未达到艾娜小姐那么炉火纯青的地步。因为她不仅能够在看起来陶醉于谈话的同时自我陶醉！不仅如此！在她感到不能再沉默以免被识破的特定时刻，她仅仅以一句话就能赋予谈话一个新的转机。于是她能让大家就她抛出的问题讨论一刻钟。于她是珍贵的一刻钟：因为是她又能去想自己的一刻钟。

在座的有几位她刚认识的男士。许久之后，当我们开始厌倦艾娜小姐给我们布置的费力而徒劳无益的谈话任务，开起玩笑并变得有人情味的时候，她对每个人都直呼其名。她把名字都记住了。她认为不值当再在后面加个先生的称呼。她对待我们已像对待她的同事，那些年轻演员。她跟人假扮熟悉，因为这是最便于显得真诚的方式，显得坦率、正直而单纯。她表现得无拘无束——必定让每个人都相信她是真诚的。她举止像个男孩。由此大家推断，她很好相处。她很活泼。这唤起对她开朗的信以为真。她容人开粗俗玩笑，她甚至逗人这么做——她似乎不在意任何偏见。她对大家说起的女演员致以一种貌似真诚的赞赏，让人觉得她没有嫉妒心。她打趣戏剧表演，所以大家以为她没有野心。每个人的看法她都赞同，所以大家认为她很公正。她甚至向这个或那个讨教，这个或那个就都觉得很受用。她说起话来变得容光焕发。脸上一抹棕色的红晕，棕色的双眸闪着金光，她把小脑袋巧妙地晃来晃去，头发便以拿捏有度的蓬乱垂下额头，平添她的欢快。如此她便常借机用她敏感得像长脑子的手将头发一捋——一个让每个女人增色的动作。因为这是个亲密动作。它就像脱衣的序曲。

我不怀疑阿诺尔德爱她。但我也不怀疑他对她而言完全无所谓。她对待他所用的亲密，相较于她标榜别人时所用的亲密，更热了几度。她期待他帮她穿大衣，借给她一根铅笔，为她举着镜子，为她捡起手帕，送她回家。我从未见过阿诺尔德如此高兴。她该多么清楚他——像多数男人一样——幻想她要他帮这些小忙预示将来的一次重赏，她瞥他一眼也意味着一种默许，尽管其实只是打量。

可她为什么需要他呢？他是个财政公务员，一个旁观者，没钱没权没前途。假如她真需要一个男人，不该是这个妨碍她的阿诺尔德。为什么她不让他知道，他对她而言微不足道？我后来才明白。我看到她不仅在寻找能帮她飞黄腾达的贵人，也在寻找她无须打赏的奴才。

在接下来的日子里阿诺尔德变了。他还没意识到等待他的是什么。他暂时变得自信了起来。他不再苦于相信自己在世界上是多余的。他开始掺和那些他迄今仅仅带着敬意倾听的人的谈话。他甚至参与打牌。貌似他不想再做旁观者了。

他放弃了公职。他请了病假，然后写了封信给科罗瑙尔参事，称他不得不放弃一个国家公务员的仕途。就是那封他几个星期之前我在咖啡馆里遇见他时开始写的信。他正在找一个私人的，用他的话说即“临时的”职位。由于他找不到，便把房子退了，又搬回他父母那里。以人恋爱时能拿出的坚定，他向他父亲宣布，他不想做公务员。

可怜的老齐珀有其永远愚蠢的幻想相助，即凡他儿子阿诺尔德身上发生的事都是好事。既然阿诺尔德看到他无法在机关里待，那就证明在那儿没有前途。如果阿诺尔德眼下貌似恋爱了，那就更好了。但阿诺尔德正是因为恋爱了才不再去机关上班的，老齐珀却不知情。他的天真首先在于不能认清事实最一目了然的原因。他以为阿诺尔德会像他一样想。除了论功知遇无望，怎么可能还有别的原因让他儿子放弃一个那么好的职位呢？——没有！——所以，阿诺尔德做得对。

一个阿诺尔德能够爱上的女人必定是个不寻常的女人。老齐珀急于见到她。他还能从对西里西亚疗养的回忆中记起她来，凭记忆就喜欢上了她。

“她金发，不是吗？”他说。因为他喜欢金发的。

“不是，”阿诺尔德答道，“她棕发。”他不想说是黑发。

“但我明明记得她有双明亮的眼？”

“嗯，”阿诺尔德迁就道，“她笑的时候，眼睛的确很亮。”

“她一定长得又高又壮了吧？”

“她仍旧小巧柔弱。”

“哦，哦，”齐珀说，“而今流行柔弱女子。她真想做演员吗？”

“嗯，为什么不呢？”

“可是你们根本就不能结婚吗？”

“不一定非要如此！谁说要结婚了？”

“好吧，不一定非要如此！”老齐珀强调说，他一直都赞成风俗从宽。他不是反动派，他与时俱进。

艾娜小姐到齐珀家去了好几次。为什么不呢？她出身于一个类似的家庭，她正要离开它。她厌恶她父亲笨拙的温柔和她母亲小市民气的高傲，以及她母亲不变的敏感、当父亲出差回来带的礼物太少了时她做给她男人看的把戏、她唯恐别人对她不够“在乎”而草木皆兵的恐惧。

怎样最快地逃离这个家？——艾娜小姐杜撰了“内心的召唤”，凡心软的父亲和自负的母亲都无法抵御。后来证明她够聪明，甚至是有天赋。没有什么是不可能的。

她已经过上她一直梦寐以求的“自己的生活”。夜里晚归不必再向谁报告白天的经历了，不必再听万千微不足道的问题——它们如此不痛不痒，本来尽可照实回答，她却每每撒谎，只因不想让发问者知道真相；逃脱了由于今天说过的话明天就忘了而产生的万千纠葛；摆脱了母亲这种愚蠢而纠缠不休的好奇，她只是想借女儿的青春重温自己的年华；摆脱了父亲这种可笑的骄傲，他对女儿强大的人格深信不疑，却不妨碍他待她像个无知的孩子。

现在艾娜想什么时候回家就什么时候回。她准备做的职业伸向一个如此遥远的世界，以至于她父母放弃了再了解什么。这不是她母亲也曾上过的女子中学。这是“舞台”，闻起来像罪孽、遥远不为人知的财富、一种伴随没落或大运显现的光芒——两种情况都与市民的所有可能性遥不可及，以至于他们几乎难以对这种大运喜出望外，也难以对这种没落怨声载道。艾娜正为之摩拳擦掌的这个世界在她父母掌控之外。她自己已经逃脱了他们的权利、他们的爱、他们的自豪和他们的愚蠢。

因为她聪明，所以没什么比她自己倒退回她家那成千上万可恶的原形之一更可怕。她时刻留意自己，害怕在自己身上发现一丝和母亲的相似。在陌生人面前她谎称父母是没追求的平凡人。她觉得这条出路很棒，而另一条冒充出身高贵之路则过于平庸，是每个小角色惯用的伎俩。

“像我这样出身平凡之人……”她常如是说，尽管纯属多余。对她而言，最好是让全世界相信她父亲是个文盲，是个穷伐木工。这是革命之后从事文学艺术的年轻人的时髦，他们乐于跟无产阶级套近乎，因为有一阵儿调低自己出身的做法看起来无往不利。（我就认识一个珠宝富商之子，他竟声称他父亲是个钟表匠。）

阿诺尔德似乎不曾注意到这些。如果他父亲搞不懂因果关系，那么阿诺尔德也没获得明辨真伪的能力。再说了，哪个恋爱中的人又能够呢？

13

在接下来的演出季，艾娜在布雷斯劳一家小剧院找到了一个小职位。她很清楚这并非通往荣耀之路，而是在与丧失意志的危险做斗争。她知道等着她的是敌视、嫉妒、恶意、埋汰，绝不会有一丝安慰、一句让她坚定信心的话、一丝认同、一个无私男人的爱。因此她同意让齐珀陪伴。他，伴随着第一声欢呼，问她愿不愿意做他的妻子。

她愿意。

那时候我不太理解。他本将追随她到天涯海角而不会为此向她索求爱。我不理解她这样的女人竟会花钱买不花钱就能得到的东西。后来我才发现，为他的忠诚、他的付出、他的生命，也许还有他的幸福——因为他原本也可能幸福起来——她能给他的远不及他要的多。因为千百年来男人都活在一种——诗人和小说家助长的——疯狂里，即女人要奉献就总会把最高贵的给人。因此，当男人发现他妻子用毫无价值的玩意儿欺骗了他时，便对价值一派惊慌失措之态。因此，想象没有爱情的新婚之夜将会多么地毛骨悚然。因此，“禁不住诱惑”多么轻而易举。因此，对卡萨诺瓦之徒的敬意才会如此夸张。

艾娜不爱惜她的身体——像许多女人一样。她跟一个对她来说无所谓的男人睡，因为对她来说爱情无所谓。她似乎觉得身为一个年轻已婚女子履职第一份工作更好。这至少独特。当有个男人追随她，当嫉妒环绕她从而使之变得加倍值得追求，这有点意思。她没有一丝幻想。她只有理智。

阿诺尔德结婚了。尽管只是到民政局登了记而随后并没有庆祝，可齐珀夫人还是在多年之后第一次又穿上了她那件黑色亮片礼服。她又把掉下来的亮片倒进红色玻璃杯里了吗？那个蓝色的墨水瓶还在吗？那个五斗橱还放在那儿吗？——这些都是，我想起来了，阿诺尔德结婚时萦绕在我心头的问题。老齐珀一言不发并以一种与仪式从简不相称的隆重站在那儿。他自己不是曾经问过他们要不要结婚吗？看，他们真的结婚了：他儿子和一个年轻女演员。并不奇怪。不需要宗教仪式。连庆祝终归也是偏见。总是和年轻人与时俱进的老齐珀一再地说，他真心疼自己婚礼那阵儿花过的钱。

阿诺尔德靠什么生活，谁也不知道。齐珀还给他筹措了钱——至于他是省的还是借的就不得而知了。然后阿诺尔德就去布雷斯劳了。

我见不着他了，我很少听到他的信儿。我不知道他以何为生，他定然卖命工作。在随后的两年里，他跟着他妻子到了许多外省的城市。她终于建立了和电影人的联系。齐珀和他妻子去了柏林。

演戏来得太慢。演电影会更快。因为戏剧有很多中心，而电影只有独一无二的一个：好莱坞。去那里，赚金钱、声名和权力！

当她通过一部电影，《永恒的影子》——她在里面仅饰配角——令媒体如此注目，以至于称赞她的声音高过女主角时，这对于艾娜而言与其说是一次成功，不如说是一次胜利。

这时她才开始做工作。因为媒体的声音那时候对“业内”权威们而言并非评价，而是对植入广告的一种回报。对于艾娜而言，这些评价的价值至少在于让她的名字第一次发出腼腆的声响，呈现出一个面貌的轮廓。她以天生的精明开始运作她的演艺生涯。

她在电影界暂时和一帮像她父亲一样的人交往：都是说大话的小市民。那是个电影业膨胀的年代。这些人来自各行各业、各个边区、各个省份：有来自手工业和餐饮业的，有来自医药业和摄影业的，有来自妇女时装业和赛马业的；有赛马场登记赌注者和记者，有服装业的推销商和皇室摄影师，有退役军官和见机捞钱者；有来自卡托维兹和布达佩斯的，有来自加利西亚和布雷斯劳的，有来自柏林和斯洛伐克的。电影界就是个加利福尼亚。来自切尔诺夫策的老股票经纪人和德意志民族主义大工业家坐在一起杜撰爱国主义电影。卖灯罩的推销商在摄影棚里东跑西颠，冲技师大吼大叫，以灯光艺术家自居。寻常给人画像的摇身变成建筑师。领导过业余学术俱乐部的学生变成助理导演。从家具仓库离职的伙计变成布景艺术家，摄影师美其名曰录制总监，外汇经纪人叫经理，警方线人叫刑侦专家，熟练的屋顶工叫建筑装置师，所有近视的人都叫秘书。有精明的外汇兑换店主自己独立，在弗里德里希大街租一间办公室，美其名曰经理办公室，在滕珀尔霍夫广场租个犄角旮旯，美其名曰摄影棚，自己为自己写电影就是一名作者，命令一个业余女演员哭以及和她的男搭档大骂就是一名导演，把纸板粘在一起就是一名建筑师，把镁光灯点燃就是一名灯光艺术家。是他，还是他，就他一个人。

雪茄商开影院，烟店打烊后从晚上七点开演，卖票量是放映厅内座席数的三倍。而放映厅内座席少，是因为他们装饰了太多假大理石、立体派包厢和表现主义胸墙之类的。知识分子罕见地交好运，得到市场和影棚主宰者的青睐。间或有个幸运儿，挺过所有捏造的、会议期间不会客的会议，用爱软化了所有像狗一样蹲在她们主子办公室门口狂吠的速记打字员的心，智胜了所有因为担心饭碗不保而对他心怀恶意的秘书，最终克服了自己的心理障碍与这个或那个握手并学会“迁就”——那时人们这么说。尽管如此，他们只是在这一行里有个发言权，却没有决定权，他们懂什么生意什么观众什么美国呢？

跑龙套的女演员因为一个三流助理导演含糊其词的许诺，说把她们变成“女明星”，就献出了自己的童贞。在市民家庭出身的少女洁白的华盖床旁边挂着偶像画，上面有偶像首演当天的亲笔签名。为了将世界之美真实地编织到扣人心弦的情节中去，录影的车队长途跋涉去找印度大君、日本艺伎、西班牙斗牛士和印度教苦行僧。股份公司一败涂地，新的又拔地而起。经理沦为龙套，龙套飞黄腾达成了明星。

这是个人精的世界，是艾娜的世界。这不再是地方剧院和那帮博览群书的秘书，和那帮神经兮兮、没有教养的导演，和那帮小心翼翼战战兢兢穷得叮当响的剧场经理，这里不必再老担心“关门”——而是相反：总是激动人心隆重开张。在戏剧界碰到个导演假如有点才能却还没跑到柏林去，假如真心爱她却还没睡过她，假如与她交欢三个钟头仍旧坚信她有“前途”，那真是幸运得出奇了。在开始死去的戏剧行业，聪明对她无用。这里毫无策略可言，一切气力都是白费——每一次拥抱，每一次对戏剧经纪人卖弄风情，对剧院经理说的每一句虚情假意的恭维话，针对女同事编造的每一个巧妙的阴谋，“演”得精彩绝伦的每一幕，让人送给自己的每一束花。相反，电影界的一切都是崭新的，散发着油漆味，还没有诸如“挤对”“戏耍”“搞死”“搞事”“搞定”之类的传统——所有的传统都是从戏剧界借来的，与该行业尚未充分适配。虽然说过的话在这里更不作数，约定如同玩笑，签字无异于说“那又怎样”，许诺如同“失算”，合约无非“大约”。但是，猜疑令人起敬，狡诈使人佩服，关系令人敬畏，在变化不息中自保比在缓慢而恒定的垂死中来得容易。要是能像艾娜那么准确而辛酸地看待人生，从影就能比从剧更易于博得一席之地。

应取悦业内男人们那种小市民的粗俗：用美貌吗？——他们有种奇怪的品味。用装出来的灵魂高贵吗？——他们不懂这是什么。用一种优雅的腔调吗？——他们在自制的噪声中听不到。用古怪的做派吗？——他们效仿之。通过和“权威”有一腿吗？——早就有了。靠淫荡吗？——这太正常了。靠天赋吗？——这谁都有。有一条出路：将所有手段掺杂、组合、按需使用并且——这绝不会有坏处——“反常”一点儿。这会让那些让人受不了的无聊男人退避三舍并总能制造一种谈资。最后竟至于离出身的家庭，离父母，离自身的血统渐行渐远，远到几乎能肯定不会再倒退到自己的过去了。

如此一来，艾娜结交了一个女友，两个、三个女友。

自己还不知道怎么回事就入了这行的昔日媒人直摇头，思忖如何能让这么漂亮一位女士皈依正道。基本上所有男人，甚至连熟悉这种现象的知识分子都这么考虑。他们特别喜欢艾娜。他们喜欢这种像是白白地浪费在男人身上并且正因为如此才让男人们感到刺激的卖弄风情，这种能够跟得上很难的思想的聪明，这种不让人难堪的同事般的单纯，这种如此病态而迷失的妩媚，这种无损于“非凡的才智”的“非凡的天赋”，艾娜的这种时刻准备着献身却不献身于任何男人的心甘情愿，这种想要取悦她的徒劳无望和她透露出的尽管如此却渴望被追求的需要。人们高度评价她，如同一切由自然本身设限而高不可及之物。

艾娜如果和业内的商人在一起，她的举止就变了：她取笑知识分子及其“不通世故”。她坦承这个时代需要能干的男人，赚钱是个比演戏更伟大的艺术。她爱慕美国，说儿时便去过那里。她散播自己出身贫寒的传说，声称不得不挣那么多钱，是因为她还得养活生活在维也纳最黑暗城区的父母和兄弟姐妹。但这并不妨碍她与匈牙利伯爵们相熟。她一刻也不曾丢下一个艺术家的优越感，尽管她假装不在乎天赋，最不在乎的就是她自己的。她举止形同一名贵族，在尊崇她的市民当中假装不知偏见为何物——并非因为她没有偏见，而是因为她是个没有偏见的贵族。

她讲话既居高临下，又平易近人。

“她真有魅力！”阿尔加有限责任公司的普林茨先生说。

“她真有魅力！”纳坦森经理证实说。

两人都邀请她——相互却闻所未闻——去兜风。

她跟这个去，她跟那个去，让每一个都享尽她貌似腼腆的毫不抗拒，让每一个都心怀希望，即他并且正是他能够将她带回“正常生活”，如果第一次兜风之后再来几次更亲密的；而从两人那儿她都收到了邀请。

小角色她不再演了。她把业务委托给名律师，暂时分文不付。她让导演们等着，学习骑马、击剑、游泳、攀岩、跳跃、高空秋千上的杂技——出演好莱坞狂野西部片所需的一切。她有时候突然生病，遭遇意外，每周三邀请权威男士，接待一个秘书，只接受少数几个邀请，在古玩商那儿买佛像，登上画报，“原则上”不接受采访，乘飞机而不是坐火车，为了出名不惜以身试险，支持罢工委员会，朗诵极端诗作，指名道姓地说出她鄙视的人、同事，但也让人介绍认识高级军官并且“也能够理解他们”，最后得以赚取人家付给她的高昂出场费并举债，功成名就，获得艺术带来的所有令人印象深刻的好处。

她开始想方设法走向好莱坞。

14

我从未有要在舞台上看到艾娜的意愿，她一直还在并好像是临时在剧院演出。我还不如说，我有观察她的需要，不是在她扮演职业分配给她的角色时，而是在她扮演其他她自找并且白天比晚上和在舞台上公开表演演得更好的角色时。除了一种我认为是天生的对戏剧自然而然的鄙视，在艾娜的事情上还有那种担忧，怕我会失去看她并看穿她的明白劲儿，怕我被这位职业女喜剧演员的台上表演迷惑，而不由得也沉迷于其台下私底的表演。这种情况并不少见。在我看来，似乎那些演员特别是女演员通过置身于艺术评价从而脱身于道德评价，每当有人沉迷于她们，沉迷于爱、忠诚和崇拜，她们并非以真诚的、女人所谓原始的手段实现了征服，而是必得益于那种和善，譬如人们以此对待她们廉价的卖弄风情，鉴于她们有时为达效果而犯贱的职业必要性。因此，相较于其他女士，我们情愿谅解一个女演员的没品味。纵使我们是道学家，我们也会宽恕有的女演员有个道德上的缺陷。并且所有这些并非出自“对艺术的尊重”，而是出于下意识里对那种必定要求她们既要取悦大众又不可得罪每一个人的艰辛的敬意。我对艾娜有成见。但由于我知道每一种评判，包括偏见在内，多多少少都可能是公正的，并且由于我相信我的偏见的公正性，所以尽管我很好奇并且关心与我的朋友阿诺尔德有关的一切，我仍觉得不再有必要就舞台艺术家艾娜形成一个也许是更有善意的评判。尽管如此，有一天我经不住阿诺尔德的要求。我和他一起去看戏。我看到艾娜扮演的是个让观众喜欢的角色。这是个微不足道的戏，名字和作者，甚至内容我都忘光了。艾娜扮演的是一个老实巴交的市侩男人的所谓不被理解的妻子。这出戏无耻的指责已激怒了我。因为撇开诸如不被理解的妻子和市侩的丈夫此类令我觉得无聊透顶的廉价的俗套，作者的论点给观众留下的印象在我看来过于贴近身体并令人不适，如同观众的汗臭味。就像人体的分泌物真的取决于其所接受的多少有点艺术性或精神性的印象。人们因一个粗俗的笑话大笑，迥异于为一个精致的笑话开怀。一个平民妇女为一出拙劣的悲剧号啕大哭，远比她眼见一种真正的、更肃穆的忧伤而饮泣更为粗糙。在这出戏里，艾娜是紧扣观众心弦的直接原因。她肯定把其角色演得比作者写得还可信。但是正因为她格外适于将拙劣作者的拙劣意图加以美化，使之显得几近有艺术性，我便认出了那个文人咖啡馆的艾娜，让我逮个正着。她大概拥有郊区女帽女店主用廉价材料取得橱窗里的优雅效果的本事。一种双重取悦的可能。人们被布料的廉价吸引，也为其尽管如此仍能够优雅的假证而着迷。

生活中艾娜很柔弱。舞台上她显得吹弹可破，但带着优雅。生活中她有弹性有抵抗力。戏里她脆弱无助。在男人的社交圈里她举止得体，以至于每个人都不得不在意她。对，每个男人都以为她给他分派了一份职责。舞台上她看起来像被所有的男人遗弃，以至于前排座的每一个男性观众为了帮她恨不得立即蹿上舞台。下午她用一种仿佛发自内心的深沉嗓音说话。晚上则用一种源自恐惧的又高又亮的声音。白天她借以令自己聪明风趣的那种深思熟虑的卖弄风情，到晚上就变形为另一种，从中生出一种高贵、静穆、恭顺的单纯。谁要跟她交谈，谈到了令她不适的话题，她就避开，用气球的那种弹性，貌似让步却得以隐蔽其抵抗物质即气体，而自己面不改色。但如果艾娜在演戏，她却似乎以一种满心欢喜的无知恰好置身于她白天很有预见性地击退的危险。大家都为她揪心。都想冲她大喊：您别去啊！您别说啊！您小心啊！您别那么实诚啊！冲她——这位可从来都小心翼翼，常常撒谎，并非因为她有多少非遮掩不可的事情，而是因为她很清楚谎言比真相更有魅力，尽管大家既知道真相，也不信谎言。

尽管她演技很高，但我似乎觉得其他人——不仅是认识她的我——比如批评家（前提是他们对女人如同对戏剧一样一知半解）也能够发现，在她时刻行将破碎的脆弱和她动躯干、胳膊、脖子时蛇一般、紧张、几乎肌肉发达的弹性之间有种莫名其妙的矛盾。她对白时眼睁得像在祈祷。但终究必定引人注目的是这种永远朝天的目光，即便书上写着“请来杯水”，源自一种巨大的无所谓，源自一个能把苍天与花园篱笆搞混的人的灵魂。总是善于央求的天赋排除了祈祷的能力！终究要认识到，这种令屠户太太们着迷的优雅出自一种教学法的考虑，并非像演出本身一样毫无目的，而是应当支持它并教益观众。

尽管我们坐得离舞台够近的了，阿诺尔德还是拿着望远镜，仿佛他眼睛的一种自然延伸。“她会不满，”他告诉我，“假如我没用望远镜观看她。她说我的裸眼会给她带来不幸。我透过望远镜不是为了更好地观察她，而是为了不让她看到我的脸。”

但我预感，嗯，我相信是这样：艾娜不是怕他的眼，她在意的是让阿诺尔德看清楚，看得清却够不着，用一种贴近且不必放弃距离的假象燃起他的想象。我似乎也从阿诺尔德身上发现，他很痛苦，因为那么贴近地看着他难以把握的东西。

可她为什么要折磨他？我没找到答案，时至今日也没找到。我相信，艾娜以阿诺尔德的痛苦为生，她需要爱人的伤痛，就像其他女人只需要爱人一样。不对，不存在无目的折磨人的女人。她们需要他人的痛苦如同需要解药或化妆品。我也相信，女演员善用的迷信方法并非源于纯粹的畏惧，而是有其理性的原因和深思熟虑不可告人的目的，就像艾娜的迷信一样。

15

阿诺尔德·齐珀颂扬他夫人的名誉。他通过各种各样的关系，各种巧合凑在一起俨然命运一般，最终成为一家午报的电影栏目编辑。

我觉得他似乎终于找到了适合他的工作。他恰好有那种和气，有了它才可以批评与他利益相关的事。在他所处的位置上应当巧妙地假装不偏不倚，以便不触及广告客户的神经。烂电影不能夸，但至少还得从中找到点有趣的东西，以使观众不至于马上放弃一看的念头。很难在把报业和影业绑在一起的黑得搞不明白的纷乱中游刃有余。

有些重要的新闻必须压着，视新闻主角是否及何时愿意付钱待价而沽。有些其他不重要的新闻跟读者毫无关系，之所以刊登，是因其源自每半年按时捐款的金主。有些关于敌对方的新闻，立马随手丢进纸篓。有些是对手试图以狡猾至极且格外秘密的方式偷偷夹带的新闻，必须迅速予以揭露并毫不留情地驳回。有些杂志里面的新闻和文章可以“剪下来”，而有些杂志却列入出版商的禁书名录。有些对电影界金融人士的采访务必要在某个特定时刻、特定的某一天刊登，那天的国际“形势”有利于发表一篇访谈。对有些单位的合并阿诺尔德在事发两星期之前就已获悉，迫不及待地想要告知世人。但不行！出版商命令他克制，哪怕因此让竞争对手抢了先机。有时候必须怕竞争，有时候则必须怕一篇报道带来的悲剧后果。

但阿诺尔德无时无刻不怕出版商。

阿诺尔德无时无刻不怕出版商。他在做的事情对他如此重要，他把自己的工作看得如此重要，以至于他无论如何都不愿丢掉这个职位。他不怕失业或挨饿。但这个他坐的位置是他能为夫人效力的唯一的地方——但凡阿诺尔德能够为其夫人效力。从这里他获悉她可以利用的便利机会，她应当避开的临头风险，“还在职”或已退休的人脉，还没定人选的角色，冒出来的竞争对手及有威胁的阴谋。噢，这个职业对阿诺尔德来说多么神圣啊！他现在坐在作家席几乎跟他们平起平坐——有些作家需要他的支持，甚至奉承他——不再是在维也纳常去的老咖啡馆，但仍旧是在一家文人咖啡馆。不时有从维也纳过来的，见阿诺尔德·齐珀在文学要人圈子里，惊叹道：“咦，你看！齐珀在柏林混得还真不赖！”这位情报员返回维也纳，召集咖啡馆的常客，大声宣布：

“齐珀今非昔比了！”

阿诺尔德·齐珀而今是好几个协会的会员。不是慈善协会的，像他父亲那样！有一个筹建阿斯泰·尼尔森纪念碑的协会，几个记者协会，一个每年举办附带选美比赛和女式拳击赛的电影节的协会。阿诺尔德在各处都是活跃分子。

他远不至于对他编辑的龌龊玩意感到遗憾。我相信，他连他是怎么因为纯属或半属撒谎而领饷的都不知道。他本身并不收受贿赂，一旦感到有什么不可告人的目的，连小礼物都不收，连无关紧要的邀请都不接受。他只为了他领导才撒谎。他像那些发横财的人的忠诚走狗中的大多数。

他眼中只有一个使命：为他妻子效力。离她远远的，在她人生的边上转悠。他们不在一起住，不在一起吃，不在一起睡，相互也不怎么见面。但是，每个人都知道阿诺尔德·齐珀是那个迷人、尽管不讨男人喜的女电影演员的丈夫，这让他感到满足或让他只是貌似感到满足。因为我后来得知，他是曾经生活在电影和报纸之间最不幸的人之一，尽管他无论如何都比两年前在维也纳没结婚时看起来开心。

当他挨出版商斥责时，他甘心为了她低头折腰，为了她歪曲新闻真相，他跑访谈，为了她绞尽脑汁，他为了她做一名“有用的电影记者”，为了她和广告代理人一谈几个小时，而且由于在电影界公开投桃报李——这个行业少有的美德之一——齐珀根本不羞于在咖啡馆或俱乐部讲述他本着夫人的利益“对抗打击”并“搞定事情”，无论她对阿诺尔德的所作所为多么不感兴趣。

因为她不在乎他。她住在城外，当然是城西，高档的天堂社区，那里有个高收入艺术家的社区紧挨着银行经理、政客、工业家社区。她和三个女友、两条灰猎犬——那时候很时髦，让人想起波茨坦，并以其纤细、愚蠢的优雅令人印象深刻——一个园丁和一个司机住在一栋别墅里：当然是一栋别墅。一座座佛像从会客厅一直摆到卧室。她的女友之一是个吗啡瘾君子，为了好情调，还弄个留声机唱着催眠。一唱一整天，远远地能听见它的呻吟伴着旋律穿过所有的门户，还有上发条时手柄轻声的嘎吱。楼上，在一间只有沙发、灰猎犬和佛像的屋里住着阿诺尔德的妻子，当她不在摄影棚时。

在家里她早上穿一身和服，下午四点钟用第二顿餐时穿一身透明打褶的丝绸做的所谓“便服”，脱了这身衣服——这就是她的白天——她便立即滑溜溜地溜进晚上，也就是说：溜进盥洗室。之后接待客人。

来的都是比邻别墅里她的同行，都是观众的宠儿，恶魔般的、尖刻的、诗意的，引诱者——还有粗俗之辈，花花公子和魅力难挡的命运征服者。哇，他们看起来多么平庸和无足轻重！她们都不施脂粉，也没有耀眼的灯，也没有导演发号施令。她们无须听命于谁，只须听命于五年之内结两次婚和一年之内被偷三次的风俗。谁要是见过她们怎么玩牌，玩布奇多米诺，她们怎么吃裹面包粉的肉排，咬摆动的沙拉菜叶，她们怎么勾兑利口酒就着留声机载歌载舞，就会不明白究竟是什么驱使她们做演员，匆匆穿过偌大的喧嚣不止乱七八糟的摄影棚，穿上古怪的戏服让她们不由得泪如雨下登上纸板做的宝座，骑马飞奔乘船沉没；另外她们为什么把她们的私生活放在玻璃柜里展览，印在报纸上面，告诉传记作家，围绕自己制造流言，撒谎又辟谣，恋爱——却不相信爱情——又分手又不相信分离。唉！为什么她们不像父辈那样做雪茄商人、股票经纪人、老实的钟表匠和银行职员呢？为什么她们要演这么滑稽的一撮艺术家并与她们的邻居，那些银行经理、工厂主和地产商唱对台戏呢？她们都像艾娜·维尔德尔小姐一样是来演戏的吗？

每周一次，星期天下午，阿诺尔德可以见他夫人一面。“我无法忍受星期天！”艾娜说，“老百姓是个好东西，但星期天的老百姓我可受不了！大家都工作挺好的。”所以她星期天不出门。“我只有星期天在家！”她向几个在正式的星期三之外想见的人宣称。阿诺尔德每个星期天下午都到她那儿去。

这是一周当中他仅有的一次乘小汽车，因为他要给他妻子送花，他怕让人看见他拿着花。他穿着一套考究的西装——他现在有好几套呢。因为在他现在生活的上流社会里，穿的要比吃的更好。阿诺尔德甚至在马甲口袋里装着一副单片眼镜，戴在他忧伤的脸上就像秋天风景里一个冰封的湖。但他不得不戴，选美时要戴，因为他近视也不得不戴。

他的衣服出自那些又贵又小的裁缝店之一，它们在大世界还不知名，一年前还在为邮差做衣服，猛然间接了哪个演员一单生意便再也不必担心生计。有个人在艺术家夜总会里说过：“我欠了齐派克几千马克。”

“齐派克是谁？”有好奇者问道。

“您不知道齐派克是谁？”

问的人犯起了嘀咕，在不得不大声承认不认识之前能不能说认识呢。

“齐派克是欧洲最好的裁缝！”欠债者说。（如果他很逗，他会说：“欧洲和附近最好的！”）然后大家挪动椅子凑上前来观看他身上的西装。

有各种隐藏的精致之处只有行家才会品鉴，普通人一眼望去根本发现不了。于是行家明确教导大家，扣眼紧扣如处女，虽然它们看起来能插进去一朵花。口袋内侧是灰色而不是白色。裤子没有腰带和吊带也不会滑落，马甲没有带扣。外衣内侧的口袋都带盖儿，外衣内衬的下沿儿能摸到一个空空的地方，一道褶，以免布料“走样”，用行话说。

齐珀也在几年来众口相传的齐派克那里“定做”，用他的话说。“现在大家都找齐派克做衣服。”他说。他给我看了几个隐藏的精致之处，其他顾客都不知道的，他要不说估计永远没人知道。我想起一个马甲，剪裁得像变戏法一样，可“深”可“高”，也就是说可以大开领或小开领地穿，视所穿外衣的颜色而定。

这与阿诺尔德穿着一套用染色的军用布做的劣质西装的时日相距何其远！他对许多昂贵的玩意儿有了品味，我的朋友阿诺尔德·齐珀。他的领带都值得称道，就连对他心怀恶意的人也不得不承认。他的鞋都是量身定做手工缝制的，齐珀对百货商店有种憎恶，像我对剥皮屠宰场一样。

有些人对他和他妻子的关系百思不得其解。

“她跟这个男的干啥？”恶意的人问道。

“他跟这个女的干啥？”好心的人问道。

“他们怎么不像常人那样离婚呢？”中立的人问道。

但艾娜认为用这种奇怪的方式保持婚姻格外别致。人家要是问她，她就解释说：“我们是按天主教方式结的婚，好阿诺尔德和我。我们不能分。”

我是他们在民政局登记时的证明人。可我在场时她也这么说。

她称他为“好”阿诺尔德，在我看来几乎有失她的体面。为什么？她没必要使用这么个用烂了的形容词。她本可以花点心思找个更独特的字。但她称他“好”时，阿诺尔德面露微笑。她要是直接对他说，甚至会说“最好的”。他笑起来像是个更懂的人，尽管其他人都坚信他只够好，他却知道有些时刻也当得起其他形容。

为什么她留着阿诺尔德，我也问自己。但她够聪明够辛酸，足以想到一朝可能到来的不幸时刻。从她说的有些话中我相信也能够推断，她迷信，她留着她丈夫就像人们在汽车发动机前面装一个能带来好运的猴子，以防撞车。但这种迷信背后是连她自己都不明白的乡愁，那一小块上冻的灵魂，人在身处温暖的房间时认识不到它，那种隐藏的点点寒酸，人在富有时不让任何人看到并且自己也看不到，那种战栗的渴望，它在生命最后的时刻才开始放声歌唱。

16

一个周日下午，艾娜也邀请了我，我说服阿诺尔德不要坐车去他妻子那儿，而是和我一起步行过去。

那是个暖和的星期天，一个久违的暖和的星期天。老百姓，艾娜避而不见的“好东西”，成群结队地出去漫步。当时是夏末，街上遍布着最后的金色晴朗。街边肃立的树黄叶飘零。

“我很感激你，”阿诺尔德说，“你说动我和你走着。我好几年都没这么安逸地漫步了。你还记得咱们和我父亲一起的远足吗？”

“记得，”我说，“就像在昨天。你父亲戴一顶浅灰色的硬礼帽，帽檐色调更浅，有突起的条纹，还特别宽，盖住了几乎半边帽子。”

“一顶真正的哈比希礼帽！”阿诺尔德引述道。

“是的，一顶真正的哈比希礼帽。你父亲还有一根真象牙把手的手杖。把手脱落了几次，螺丝松了。你父亲在手杖与把手之间垫了纸，好让把手固定得更好。我们去克拉普芬瓦尔德尔山，站在索博斯基教堂前边，你父亲说：‘这个索博斯基被高估得厉害。维也纳人也能制服土耳其人。’他不喜欢索博斯基国王。毕竟他是个爱国者，只不过不想承认——除非是在战争中。”

“昨天我收到了一封父亲写来的信，”阿诺尔德说，“你看看！”

我看到：

“我心爱的儿子……”翻过去，又是那句惯用的结束语：“没特别重要的事。爱你的父亲。”老齐珀告诉他儿子他很健康，每周去三次电影院。他靠老关系搞到不花钱的票，仅星期天和节假日有效。不是他——老齐珀这么写道——其实是母亲会很高兴，假如她的明星儿媳写信问候一下的话。“我还没见过她的笔迹。”老齐珀写道。但是，当他得知他的儿子很幸福，他也就不再介意人家因为这么忙而一言不发了。因为他了解这种情况，他知道工作忙意味着什么。

我把信还给阿诺尔德。他习惯性地把它折了四下，放进钱包里。然后我们沉默了几分钟。突然，阿诺尔德说：“父亲对儿子过得好不好都有预感。他要是知道我的婚姻什么样就好了！”

我试图开个玩笑：“你还想什么？你们俩不般配吗？”

“别开玩笑了，”阿诺尔德说，“我这辈子从未幸福过。我从未像现在这么不幸。你要是知道这几年我是怎么过的就好了。从布雷斯劳就已开始这样。我们住旅馆，是毗连的双人房。连接处的房门在我们入住服务生放下行李时还是开着的。然后她就让我出去，她换衣服。然后我们吃饭。‘我想一个人睡。’她说。‘当然可以。’我说。

“我走进我的房间，我读东西。我读的是她要演的剧本，做注脚，字斟句酌，那时候我是爱她的——不像而今。我爱她爱得孩子气，疯狂，我分分钟想要献出我的生命，我觉得这还不够，仅此一生。我梦想死都要让她开心。简言之：疯狂。我读着读着忽然听到她小心翼翼锁门的声音。她要是做得不那么小心该多好！但她不想让我听到——你看，这才痛苦得要命呢。

“我整宿没睡。我找到了自我安慰。我想，她锁门之所以那么轻，是为了不吵到我。她不知道我睡没睡啊。我紧抓住这个安慰不放，以至于我怕睡着了。我高兴，高兴得睡不着。

“但早上我敲门，她说：‘马上。’然后……然后她又蹑手蹑脚地把锁打开。我起床时是那么开心。我觉得我们没一起睡很自然。但现在门打开了，我突然憎恶艾娜，她一定看到了。但她从不生气，总是一副无所谓的样子，比我聪明太多，又那么地迷人。不是吗？”

“我很难过，你恋爱了！”我说。

“你不喜欢她，”阿诺尔德说，“我早就知道。你认为她很坏。不爱她的人可能会认为她很坏。但只有我了解她。谁都不了解她。”

过了一会儿他接着说道：

“当这种对女孩子的情绪来了，我就蒙了。我想，都是些微不足道的友谊吧。我们那时候还住在一起，我的房间挨着她的。我睡得很沉，突然就醒了。我觉得好像有人在大叫。我敲了敲门，她们吓了一跳，小安妮跟她在一起。‘你干吗？’艾娜说。我连忙道歉：‘我听到有人叫喊。’等我走回我的房间，安妮正在我床上躺着。

“第二天一早我就搬去小旅店住了。”

他又不作声了。他踢了一大堆落叶一脚，把它们踢得四处纷飞。

后来他开口说：“但我了解她。没有人能那么了解她——我在等。”

“等什么？”

“我在等她给我打电话的那一天。每天我都坚信：她来了。每当我办公室的电话铃响起，我总是迟疑片刻才拿起听筒。一年来我都生活在这种紧张之中。当我回家的时候，上楼时我的心悬着。现在，我想，她正在里面等着呢。然后我看到房间里空空如也。我又仔细看了遍所有角落，掀开所有窗帘，因为我记得——有一次，就一次——一天夜里她跟我开玩笑，当时她就是躲在窗帘后头的。”

“要是这一天永远不来呢？”

“不会的。我十分了解她。她自己也在等这一天。她自己都不知道。我比她还了解她自己。”

我们来到她门前。女仆说：

“仁慈的夫人昨天夜里已经走了。这里有封信。”

阿诺尔德把信塞进口袋，看都没看。我们一言不发地往回走了半路。然后我们走进一家咖啡馆。阿诺尔德在那儿读起了信。

“她突然不得不离开，”他说，“在伊史尔正拍一部电影。我却一无所知。可能是《致命的山》？或者《巨人阴影下》？——这是一部童话电影，她在里面饰演公主。”

我们还有什么可说的，我们各回各家。

几天后我在插图报纸上看到艾娜在一个知名男演员身边，他在银幕上演恶人，在这张照片上却穿着一件登山者演出服。

那组照片叫作《山中的艺术》。所有艺术的所有追随者都拿着阿尔卑斯山登山杖，兴高采烈。

随后两个月都不见阿诺尔德的影子。他不来咖啡馆，也不来俱乐部。我去他编辑部找他。

“什么她都可以做，”他说，“唯独不可以跟这个流氓跑。《巨人阴影下》六周之后才开拍。她如果对女孩子感兴趣，这当然可以。但她要是跟男人好上了结果会怎样？如今她在众目睽睽之下成了一个轻而易举被俘的猎物。和这家伙相好！他是最蠢的蠢货！他甚至在演员中也是最蠢的。”

“假如她是利用一次难得的机会，”他继续说，来来回回踱步，“我倒也理解。比如和哈特维希总经理。他追求她好几年了。他要给她建一家配备齐全的电影公司，不遗余力。他要赠予她阿尔加大摄影棚。我要是看她有这个必要，我会马上离婚。

“从今天起要是一星期没有动静，我就休假过去！”

阿诺尔德走到写字台前，在日历里翻腾，把一个日子画上红杠杠。

“我过去！”他说。

他写字桌上摆着六张他妻子的照片。穿着不同演出服饰演不同角色的艾娜。艾娜，艾娜，还是艾娜。

由于阿诺尔德要离开，他便把照片放进一个大文件夹里锁进抽屉里。

“我从不让这些照片晾在那儿！”他说。

这一刻有人给阿诺尔德送来一封电报。他把搭在手臂上的大衣放下，摘下礼帽放下手杖。他双手颤抖。他手里攥着那封封着口的电报攥了有好几秒。然后他走到窗前，仿佛为了就着光看得更清楚。（因为天色已晚。）然后他考虑了一会儿，走到门口打开灯，又把写字台上的台灯打开，坐下，仿佛为了着手做一件大事，打开了电报。

“我马上就走。”他大叫着冲了出去。

17

大约就在那个时候，老齐珀先生到柏林来了。一场他多年来不得不一决胜负的诉讼，他时而爱说说，带着一种骄傲，仿佛事关一大功劳，其所得的报酬将由这场官司的结束带来——然而能带来的充其量是对齐珀的定罪——这场官司终于要开打了。尽管按照法律情形，如法学家所言，理应在齐珀住地开庭，但他绞尽脑汁机关算尽却徒劳无功，假如说尚不至于惹祸上身的话，多年之后他开了窍，让人指定在柏林一个法院审理，因为齐珀想象着在这儿“事情了结得更快”，比之于在“法官吞吞吐吐”的奥地利。早就想到柏林来的老齐珀如今找到一个甚至足以对自己的妻子有所交代的理由，尽管她早就懒得让丈夫解释了。“这场官司花了我好大一笔资财呢。”老齐珀爱这么说。但是哪一场官司不花资财呢？当我问他：“您到底有没有打赢的希望呢？”齐珀便露出懂行且疲惫的笑容，像一个参透了造物秘密的人被问及亲爱的上帝是否真的留长胡子时那样微笑。齐珀的眼神游离到不明的也许是非人间的区域许久，随后从那里得了道一样炯炯有神地反过来盯着发问的人。像是来自一个对方永远达不到的世界，齐珀答道：“我能不能打赢这场官司？我亲爱的朋友，官司的输赢并非取决于法律，而是取决于命运。我坚信，那些厚厚的法律典籍都白写白研究了。法官一窍不通，原告如此，辩护律师也如此。只有被告还摸得着一点儿头脑，而在这个案子里我是被告。”——齐珀右手五指张开去整理那条宽领带，它盖住了他马甲的整个领口。“是的，您就看我！我是被告！”齐珀接着说道，“只要我真的是被告，我就会被判决。我的律师们虽然认为有出路。但是我不是用出路就可以收买的。虽然我不相信公正，但我相信命运。命里有时终须有！”

在阿诺尔德收到电报的那天，我也收到了一封，是阿诺尔德的父亲发来的。电称：“周三上午 11 点到，打扰见谅，详情面谈！”我只好去接老齐珀——再说我也很好奇，想见见他。他来时提着讲究的皮箱，是他为这次旅行专门向一位生意上的朋友借的。他头戴一顶英式大方格旅行帽，手拿那把真象牙把手的手杖和一把装在套里的伞。你可能把他认作一位周游世界的行家。

他从火车上走下，手拿他的怀表——还没等我跟他打招呼，就听他一边用食指敲着玻璃表盖儿一边说：“晚了整整一分零十秒！另外我还发现，每一站的电动钟所指的时间跟我的都不同。我还纳闷呢，要电干吗的！”我们上车之前，他就说：“去阿诺尔德那儿！”——用一种语气，从中能听出老齐珀以为每个司机想必都知道阿诺尔德的住址。

“我本该给阿诺尔德本人发电报的！”老齐珀说，“但我相信，给他个惊喜会更好。他给我写信说，他妻子出差了，那就是说不必担心会打扰到谁。”

我没有告诉老齐珀，阿诺尔德从未和他妻子同住。不然要抵挡或避开他的发问可费劲了。我完全避免跟齐珀说话。我让他说，我琢磨他。他实际上没有变。他又变年轻了。战争、小儿子的死、大儿子的不幸——这一点他想必感受到了——担忧、债务和年老病痛都给他披上一层忧伤，像一件衣裳，像一件大衣，穿上是因为外头冷，而不是因为自己冻得慌。就像有些人对气候变化无感，无论冬夏都觉得热，只不过因循常规冬天穿皮大衣，夏天不穿马甲，那么也有些人体内自带一种像自己体温一样的没心没肺的快乐，只有当他们遇到伤心事时才把它裹进一层悲伤的冷空气里。是的，我搞错了！我把这个老头当成了一个行将就木之人，之所以会这样，也许是因为我正以昔日研究这个父亲的劲头全神贯注于小齐珀。但齐珀父亲还是值得再好好研究一番！

我们到了，阿诺尔德刚吃过饭，正收拾行李。他的箱子放在椅子上，花领带搭在椅背上，宛如浮夸的尸体。几乎没有坐的地儿。

阿诺尔德一点也不像老齐珀期待的那样惊喜。他脑子里装的翻腾着的是其他事。他在想他妻子。“坐！”匆匆拥抱之后他对父亲说，没发觉没有坐的地方。“你要吃什么？”他几乎粗鲁地问道。“两只杯装煮鸡蛋，半生，用计时沙漏看着煮，别像你妈那样！”老齐珀答道，依旧兴高采烈，没发觉他来得不是时候。

等咖啡上来的时候，阿诺尔德才收拾好他的箱子。他平静下来，显然因为他像有些人一样无法抵御那种特别治愈的误解，即收拾好旅行箱就能保证成行。

他们面对面坐着，老少二人。他们第一次这么面对面坐着，不在家里，不在习以为常的家具当中，不在母亲的身边。只有父与子。就像历史的范例，我想。同一种族的两代人的代表。每个都担负着代表其时代的使命。

“你妻子当然出门了！”老头开始用他在家时惯常的腔调说，“茶当然是温乎的！”

“可惜她出了意外，我正要去她那儿，”阿诺尔德答道，“我不喜欢你用这种腔调说她。”

“我没啥恶意。再说是什么意外？”

“我也不知道，我先过去。”

“不过，”老头说，“意外对于一个女艺术家而言只是个广告。人家说，莎拉·伯恩哈特自从一条腿截肢之后挣的钱比原来翻了一番。”

“老天！”阿诺尔德大叫道。

“我不是说你妻子要截去一条腿。她挣的钱也不及莎拉·伯恩哈特的三分之一。”

“谁在这种情况下还谈钱？”

“我经常不得不接济你，我的儿子，自从你和她结婚以来。你知道我的生意做得不是最好的。我的官司已经花了我好一笔钱。现在我还得付这趟昂贵的路费。”

“你怎么能在这种情形之下拿钱的事指责我？你知道的，我娶的是个女艺术家。”

“艺术为了面包！”老齐珀确证道。

“我现在就要告诉你，”阿诺尔德接着说道，“你明天还必须给我置办好路费。你来得正好。如果艾娜真的出了意外，我必须把她送到最好的疗养院去。不能让她想着预支酬劳，那会把她一拴好几年。我必须保证她在物质上自由自在。”

“你要多少钱？”老头问。这一刻他模仿他看电影时看到的许多美国亿万富翁，那些马甲口袋里揣着一沓支票，准备以父亲的慷慨对他们的儿子倾囊相助的亿万富翁。

“你能置办多少就要多少！”阿诺尔德说。

“这太过分了！”老头勃然大怒，为了延期支付一张张到期汇票，他每个月还不得不做各种徒劳的努力呢。

“谁知道艺术是不是真的占领了她的身心。”老齐珀接着说道，平静下来，带着一种行家的腔调，用一个造作的措辞证明自己懂行。

“她是我见过的最热衷艺术的女演员！”阿诺尔德叫道，“她一举手就抵得上那些著名悲剧女演员所有的独白。”

“要成为伟大的悲剧女演员她连身高都不够！”老齐珀反驳道，“再说我现在见都没见过她！”

“啊，假如她现在毫发无损，你今晚就能见到她，就会承认我说得对。”

“哦，您也为之折服吗？”老头问我说。

“我觉得她很有本事。”我答道。

“对对对，她很有本事！”齐珀连声说道。我发觉老头心中对儿媳的自豪感再次油然而生，他之所以一直抑制，似乎就为了让自己和受伤的虚荣心也过得去。满脑子想着打官司的对象，为明天当庭——面对一家柏林法庭——所要扮演的角色准备着，他被迫赋予儿媳的意义较诸她在太平日子里应得的为少。然而眼下她因发生意外，不仅就其私人身份，而且就其女演员身份而言都再次显得更为重要起来。老齐珀反驳儿子其实只不过出于戏剧性的原因，为了表现自己，为了让对白不至于枯死，因为他喜欢制造那种他很难被说服，只有多花点时间才能被说服的假象。

因此他们又就艾娜的天才争吵了一会儿。

对老头我并不感到惊讶。我有些惊讶地观察我的朋友阿诺尔德。我觉得仿佛只有在父与子争论一个他们实际想法一致的话题时才能够确定他们之间的相似性。我在阿诺尔德的表情中发现了一种嘻嘻哈哈、孩子气的欢快劲儿，与如此命运般地刻画在老头脸上的一模一样。只不过阿诺尔德脸上的这股劲儿似乎蒙着一层飘然的悲伤面纱。就像儿子已对其自身的可笑性有了认识，因此才有悲剧性；而父亲仍带着和一个骄傲的凯旋者一样的特点，自以为他正是因为这个特点将战无不胜。

我们就这么又坐了好久——阿诺尔德的火车晚上才开——喝了许多杯咖啡，谈论艾娜。终于——天色已晚——齐珀提高了嗓门说，如同一个为正义而狂热者只想要正义胜利而不惜放弃他自己的胜利：

“公正就是公正！向真理致敬！给我看一张艾娜的照片！”

阿诺尔德拿来了一打。饰演各种角色的艾娜。老齐珀从兜里抽出放大镜，眯起一只眼端详，身子从桌子一边弓着伸向另一边。

终于，他说：

“你似乎是对的！她有一种高贵的姿态，我想说！我几乎听到她在吟咏！美狄亚！最后她是怎样把毒衣送去的，你都知道！可惜我很少去城堡剧院。那里的免费票不好弄，另外我也不喜欢被搞得伤心兮兮的。但她有种高贵的姿态，这位女士。

假如她哪天去城堡剧院演，我一定去！”

阿诺尔德啊阿诺尔德，他像我一样对他父亲了如指掌，阿诺尔德大呼：“她是个伟大的演员，不是吗?！”就像他是从一个大行家的口中听到的这个评语。

夜色降临到房间里，将两张脸的特征变得模糊不清。现在他们坐在那儿，相似如哥俩。看不清哪是老子的灰发，哪是儿子的褐发。

他们俩坐在夜色里像坐在船舱中，扬帆慢悠悠、傻里傻气、高高兴兴地驶向同一个命运。

18

次日上午齐珀的官司开庭了。尽管这场官司在两位齐珀的人生中只意味着一个不重要的小插曲，在我正在写的这篇报道中也不构成重要的细节，但我却不能对庭审拒不知无不言。因为我并非整个过程都在。我也没时间和兴趣像法律人士说的那样埋首于诉讼的案情。我只大概知道老齐珀当然理亏，他出于轻率和爱找不痛快，倒要看看打官司又如何。事关向德国供纸的订单：大概如此。但我对庭审的主题比对主人公还不在乎。

庭审都进行了两个小时了，我才走进法庭。在场的只有寥寥几个听众。老齐珀马上发现了我。他坐在他的辩护律师身旁，尽管此人穿着法律人士常见的法袍，老齐珀却显得远比他庄重，一定程度上比他还更有律师范儿。他穿着一身黑西装，面前的长椅上放着一顶大礼帽，他在一个公文包装的文件里翻来翻去，不时呷一口水，朝观众席看看，尽管没几个人看他。我一进来，他马上看到了，朝我友好地招手，给我指了指第一排的某个座位。他对我微笑示意。他摆弄着一根铅笔，削铅笔发出一阵有规律的嗖嗖声，让法官停顿了一下，尽管这位正在说一句很长并且听起来很重要的句子。似乎法庭里没有人发现老齐珀有什么奇怪的。相反所有人都被他的气派所吸引。很可能他们，这些不像我那么了解老齐珀的人，以为他用敏锐的认真倾听着庭审过程，以为他对自己的公正如此确信，以至于他只不过守着公文包里一个对原告不利的惊喜等着结束。每逢齐珀的律师说什么，老头便侧耳倾听，瞬间之后却不赞同地摇起头。是的，这位古怪的被告如此夸张，以至于他似乎当着他的辩护律师的面就冲法官会心地挤眉弄眼嘲笑律师的幼稚。辩护律师又坐下了，有点蒙，询问老齐珀自己是不是搞错了什么。这位被告便傻乎乎并啰里啰唆地低声给他的律师分析起案情来。这位对此大概已熟悉，只不过试图将之用一种格外细致的表述变得有利于其目的，重又站起身来。但不等他说完两句话，老齐珀就又开始用越来越剧烈的摇头否定他。以至于最后法官要求老头自己说。齐珀便逐字逐句地重复起他的律师说过的话。因为以他的聪明，也足以将实际情况诠释得肯定比法院或原告方代表更有利。但由于在别人谈论他的事儿时难以保持沉默并对其辩护律师判定他所扮演的哑巴角色感到轻微受辱，老齐珀坐下时便把他站起时自己讲述的事实否掉。而每当在他摇头否定时法官问他："那么，齐珀先生，您承认——"他便站起来令人惊讶地宣布："绝不。我完全赞同我的辩护律师的看法。"随之齐珀向法庭鞠一躬，再向他的律师鞠一小躬，坐下，扭过头看我并微笑。

由于被告人这种非同寻常的习惯，诉讼似乎将会变得更加错综复杂。因此，所有参与者的脸上都浮现出一丝轻微的倦意。只有老齐珀的脸上红光满面，清爽，看起来像刚出浴，我怀疑他要是赢了这场官司还会不会显出这么一副得意的样子。辩护律师想要利用全场对他输掉的事情的倦意，便提出不确定何时的延期申请，申请传唤新证人并宣称想要补充新"证据"。法庭欣然听取了这份申请并予以采纳。齐珀深鞠一躬，啪的一声合上公文包，已经戴好手套的右手拿着大礼帽，用如此矜持的慢步离开法庭，以至于法院的侍者可能不知情地向他鞠了一躬，仿佛面前是个大检察官。

我期待齐珀先生会跟我谈论诉讼的事。但他用这个问题招呼我："阿诺尔德动身了吗？"我肯定之后，齐珀说："那我把钱寄给他。我找我的律师返还预付金。这个人非常无能，我的律师先生。我只是不想让他出洋相。您知道整个庭审过程中我在想什么吗？我在想，要是让我儿子做律师就好了。阿诺尔德特别有法律头脑。”

晚上老齐珀坐车回家。当我在火车站跟他握手的时候，他突然说：“我们还会再见吗？”就像猛然间有一朵云掠过了他阳光满面的愚蠢。也许是早已站在他身后的死神轻轻拍了拍他的肩膀。我本来还想照常说句安慰的话，但我刚一张嘴火车就已开走了，我只好冲我的老朋友挥挥手。久久地我还能分辨出他的手帕。好像比其他的手帕舞动得都更厉害。

19

就在当晚我在深夜俱乐部里见到了那个恶棍。他说，艾娜从马上摔了下来，摔伤了。他不得不回去，因为他的钱花光了，拍摄一直还没开始，管理部门的人不见了踪影。因此，艾娜就给她丈夫发电报求助了。

事实表明，艾娜伤得很重。她被送进柏林一家疗养院。

这是阿诺尔德最美好的时光。因为他可以整宿待在她那儿，他就住在疗养院。

白天她接受一个女艺人遭遇意外情况下应得的探访。她得到了所有这种情形下在考虑之列的补偿。她体验到人们向她表示的满满敬意。没有什么比读着讣告的同时知道人还活着更惬意的了。

拍摄延期了。在有些关于庆祝和舞会的报道中提到，大家很“想念”她。哦，一张花团锦簇的病榻之甜美的陈设！一场严重事故的幸福结局！既被探访又被想念！

她要动手术。结果表明，她还要瘸上好一阵儿。

渐渐地她的名字从报纸上消失了。电影拍了，没有她。她的替代者饱受批评。预支酬金缩水了。她离开了疗养院。阿诺尔德搬进她的别墅。

她卖掉了汽车。她辞退了园丁。女友们都搬出去了。屋里只剩留声机。探访少见了。似乎年轻的齐珀夫妇仅以阿诺尔德的收入为生。

他们卖掉房子，搬到城里租了套房子。一开始是临街房屋里的一套大房子。后来阿诺尔德得知背街的房屋里有一套一般大的房子，但租金却便宜了一半。他们便搬进一幢背街的房屋。到他们那儿要先穿过一条长长的过道，一个宽敞的庭院，院子里母鸡咯咯叫。看门人敞着厨房的窗户。能闻到他吃的是什么。现在阿诺尔德也有了一间客厅。不再像他家的那个又黑又潮的沙龙，而是个又暖和又干燥的。柜子上摆着小佛像，小小的肚子里装着小小的抽屉。这些抽屉里放着小玩意儿、废料、艾娜礼服上的部件。

他们有个女仆，是个严厉的妇女，长着一张树根一样的脸，疙疙瘩瘩，黢黑。她系着一条长长的蓝围裙。图案让我想起齐珀夫人的围裙。

他们在一个房门通往厨房的房间吃饭。他们围坐在一张小圆桌上吃饭，每天艾娜都让带鲜花来。

她十分仔细地遍读以前连名字都不知道的报纸。自从声名零落，她就搜寻世界上的新鲜事，这个沉沦世界上的新鲜事，带着痛苦与好奇。由于她暂且漫无目的地看，似乎她的理智减退了。理智是个只在特定条件下起作用的系统。

艾娜变得敏感、多疑、哭哭啼啼，成了个牢骚满腹的小妇人。她推理依旧敏锐，但是错的。她怀疑阿诺尔德为了她工作不够卖力。“他的义务是，”她说，“每天让世人记起我。但我没戏演他却感到高兴。”如果他回到家讲，他去参加某个聚会了，她就问：“大家提到我了吗？”阿诺尔德必须毫发不差地报告，因什么机会、为什么、如何这般谈话就说到了艾娜。他必须描述女士们的着装，逐字逐句地重说他说过的话。她不是曾经也被她母亲刨根问底吗？

她的伤没有痊愈。天冷的时候就加重。冬季她被送到尼斯。她不想一个人去。阿诺尔德只好陪她。他得到六周假。等假期结束了，她逼他待在她身边。他们借债。老齐珀又寄了一次钱。

半年后我在蒙特卡洛碰见阿诺尔德。他赌博而且赢了。不是大数目。但他能和他妻子靠赢钱为生。他每天赢几百法郎。

“我根本没什么方法，”阿诺尔德说，“我赢钱就因为我知足。我每天上午到这儿来，慢悠悠，心不在焉，就像走进一个什么事没有、微不足道的机关。每晚六点我把筹码兑成现金。从来不多于一千法郎。有时一百，有时三百，有时七百五。”

“艾娜怎样？”

“越来越好。她胖了，又在操心减肥的事了。她决心再去演戏。但我不信。——再说了，她现在对我来说无所谓。”

“无所谓？”

“对，为什么不呢？我现在不是恋爱。我们过得就像一对老夫老妻。我就是懒得和她分开。我都已经那么习以为常了，对这个赌场，对每天来往尼斯的公交车，对艾娜，她不是坐在窗边就是坐在水边。我过得还不赖。”

我坐车走了，阿诺尔德许诺会给我写信。在接下来的几个月里他没写。

有一次我在报上读到，艾娜重返影坛了。她将去美国。

几个月后我看到一部美国电影，里面有她。这是一部故事片，如行话所言。艾娜是个熟女，在争夺一个四十多岁的男士的斗争中是一个十六岁少女的对手。这个十六岁的少女是她外甥女。这位占尽先机，因此艾娜获得同情。最后她获胜。她必须聪明正直，有优越感，有点厉害，深晓生活的艰辛，对男人持怀疑态度，但天生一副剂量足以在寂寞中神伤的心肠；但又没那么多愁善感，以至于黯然落泪。更要知道，别人换作她的话早就哭了。而她却是那些人家说勇敢吞下眼泪的人之一。然而在现实生活中她将被那个十六岁少女打败。因为生活很公平，鲜见成功的案例合乎那些人的心意，他们表明他们即便没有外在的幸运仍懂得怎样经得起考验。然而美利坚合众国特有的电影正义却使艾娜的成就达到顶峰。

我还能看出她走路微微有点跛。观众肯定看不出来。很可能，我想，她将在神奇的好莱坞得到一副白金或石膏做的新髋骨，好让她那条病腿附着在一个可靠的根基上。到了美国还有什么不可能的。

可惜我不能看出她在那边是怎么安排她的职业生涯的。这部我现在看的电影仅仅让我远远地感到之前发生的种种试验。

我又去看了一遍，再看了第三遍。我一再地感到，似乎我从某一幕中，从她的表情中，从她的动作中，能猜出的比这部戏表现的还多。但我没体验到丝毫新意。我只是牢记住她的脸。她在电影中看起来很美，美得只有在美国才能那么美。她如此高贵，只有在美国才能那么高贵，当人春风得意时。她如此有女人味，如此无助，在一种无情的孤独迫近的那几分钟里如此感人，以至于你会把她当作一个完美女人。

突然送来一张阿诺尔德寄的明信片，一张来自里斯本的风景明信片，写着问候。几周之后又寄来一张，这次是来自波士顿。好一阵之后我收到第三张，来自阿姆斯特丹。他出了什么事？是怎样的命运如此剧烈地席卷着他东奔西突？

我应该很快就会知道。

20

我收到阿诺尔德从阿姆斯特丹寄来的最后一张明信片几个月之后，我去了维也纳。

我决定去齐珀家看看，不仅因为我对阿诺尔德的命运感兴趣，还因为我想同老齐珀聊聊。我又一次看到他们住的那条嘈杂的街道，那幢有假大理石石膏花饰的宽房子，右边是“时尚饰品店”，橱窗中摆的所有物件都属“奢侈品”，材质却都和你一眼望去自以为是的另样。看起来像鳄鱼皮的其实是牛皮仿造的，蛇皮源自蜥蜴，丝绸是人造丝，蓝宝石是玻璃，金戒指是包金，银餐具是阿尔帕卡假银，钢是镍，玳瑁是橡胶，就连铁也不是真的。我看到大门左边的那个老摄影作品展示橱柜，里面摆的总是新婚夫妇的照片。我上次见的时候这儿还挂着一张老齐珀身穿中士军装的照片，最后一张战争时代的照片——其他军装照都被摄影师拿掉了。老齐珀之所以还在，是因为摄影师很可能考虑到他是一位有威望的近邻。

我看到那个冰冷的石头楼梯，那个只铺到第三层楼的稀疏的绿色地毯，那个铁栏杆和那些走廊里的彩色窗玻璃，上面镶嵌着白色裸女，所谓的象征形象。在走到齐珀家之前，我闻到路过的房子里的香味，豌豆、人和床的味儿。我看到齐珀门上贴的字条：请使劲敲门，门铃坏了——它坏了多少年了？——和黑咕隆咚的前厅，从我最初少年时起这里就有一把雨伞倚在架子上，没有人知道是谁忘这儿的。然后我们就拿着玩。渐渐地它的皮肤不见了，只见干巴巴的钢骨架。

最后，我想起了老齐珀——“老”齐珀。对我而言他一直都老，还在他自以为年轻的时候就是。时至今日他多大年纪了啊！他的黑色西装得绿成什么样了，他的白色领带灰不溜秋的得脏成什么样了，他手杖的象牙柄得松动成什么样了；他现在同他妻子相处得得多温柔了，也许他们在一起过得跟一对老鸽子似的。他们不再互射毒箭，毒已经没危险了，或者身体已经对此习以为常。齐珀巴西的弟弟还回来过复活节吗？旺德尔秘书还住在客厅吗？

当我想到我很快又能坐在齐珀家的“餐厅”里了，我感觉像是唤醒了一种无聊的老病痛，它陪伴了人一整个童年，比如肿胀的扁桃体，然而也拜它所赐才得以在床上无忧无虑地赖上几个钟头。从齐珀家的许多变故中，从那些总是假装快乐的、悲伤的努力产生的悲伤的结果中，从那些破灭的希望中，它们的颜色总是闪着虚假的光，仿佛它们不是自然绿，而是画上的绿——从这种悲伤的变换中我估摸出我自己度过的时光。现在我马上到了齐珀像我这么大时已经做父亲了的年纪。而我却仍旧觉得我还和阿诺尔德一起去上学呢。他坐在右边的角落里，在第三排。

我对老齐珀有一种温情，他对我很好，有时候开心地和我在一起。他曾说："把你的手伸过来我看看，你受伤了啊？咱们去附近的药店涂点儿药。"当我们的队伍出征时，他还叫："卢布林大捷！"——他所做的一切都是虚假的。他在药店里买了些治手伤的假药，他用一种对我们徒劳无益的胜利安慰我们。他的笑话并不逗，他的严肃很可笑，他的抱负偏离了目标，他是个记忆力很差的演说家，是个什么也不会制作的木匠，是个只演奏一首曲子的小提琴师傅——这首曲子很悲伤，而他听着这首曲子很快乐。但他却充斥着我的日子。阿诺尔德有时候把他借给我。

我上午早早就去找齐珀了，因为我知道他按老习惯十一点钟到街上散步，饭后去咖啡馆坐着，晚上到电影院用掉免费票。我离那栋房子大约十步之遥，阳光洒在街道上淡淡的黄，这时候我看到人们正将一个黑色箱子装上一辆黑色的马车，两个戴黑色大礼帽的男人随后登上驾驶座，缰绳紧绷，灵车在太阳的光辉下轧轧滚动起来。

没别人，正是齐珀死了。

时尚饰品店老板告诉我的。一周前齐珀夫人去布尔诺她兄弟那儿了。昨天老头还跟他——时尚饰品店老板——说呢，他夫人离家太久了。这么幸福的婚姻让人连十天不见都如隔三秋。晚上他就死了。女房屋管理员一早六点给墓地打了电话。就在他像每晚一样地想要给他的表——我对它记忆如此真切——上发条的瞬间，齐珀死了。他松开的表掉在地上，他也倒在地上。女仆后来发现他的时候就是这样的。

三天后我目睹了人们怎么安葬他。齐珀夫人站在坟边，她没哭。她所有的眼泪早就哭干了，我想。许多协会的成员发了言。阿诺尔德没来。

两天后我想到他母亲那儿去，问问他的情况。

21

次日上午我遇见一位阿诺尔德和我共同的朋友，爱德华·P。瘦削且轻手轻脚，总是靠墙或沿马路边儿，从不在某个空间的中央漫步，P让人想起一个与身体分离，不再找它，从而放弃了肉体存在的影子。他不仅漫步于马路的边缘，也漫步于事件的边缘。一定程度上，他为它们镶边儿。从外围，就像他不属于这个世界，对这个世界和世界上的事件表态。

虽然他热衷于此事。虽然他能够对丑恶义愤填膺，对平庸嗤之以鼻，对美好赞叹不已。但即便如此，与其说他是个愤世嫉俗的人，不如说他是个愤世嫉俗的鬼魂，他的激情源自彼岸，他加诸人及其行为的尺度并非尘世的尺度，因此他的评价不公正。他有一套天上或地狱的正义，却没有人间的。在我认识的所有人当中他似乎最有天赋理解那些从无名之手中失手撒落的令人费解的命运。

他来自文人艺术家汇聚的咖啡馆，他也是。但他在那儿不像其他人那样是客人，而是一种咖啡馆的精神，也许是一个鬼魂，一个早已失踪的作家的灵魂，他没留下一部作品，在和彼岸熟人的朋友圈里找不到寻常闹鬼的理由，而只有和他们像人类一样聊天的由头。他不读书，不看戏，但他知道写了什么演了什么。他不发表评价，在他看来对单独一个作品发表评价是轻率的或者也是过于轻蔑的。他给每一个现象指定其在一个世纪中的位置，站在俯瞰三千或六千年的峰巅谈论一本微不足道的书，它在其所处的那个十年中一个小小的抽屉里找到其位置并被遗忘。

我记得我老躲着他，出于对他所处的那个高度的畏惧，从那儿到我这儿吹的是劈头盖脸冷冰冰的风。毕竟人只要活着，年轻，有希望，虽然想永存，但身在覆盖人生几十年的有限苍穹中仍旧感到开心，对所说的一句话的微不足道、毫无意义，对所搞的一件事情，对所受的一次苦痛最好都视而不见。跟P交谈，就像仰望银河，就着数以十万计的太阳和数以百万计的行星体验我们的太阳和我们的地球被赋予的命运。他的冷酷既非无情也非残忍，因为你感到它很必要。但你很可能必须很老之后才能与P交谈。

P还从未离开过这座城市。他有病，他也没上战场，他等死。由于他肯定要死，人们总是惊讶他还活着。有些人抱怨他不守诺言。也许他们像我一样怕他。

我无论如何没想到他会活得过老齐珀。因为尽管齐珀老得多，我却似乎觉得他因其所有古怪特征而应永垂不朽。仿佛老齐珀不属于寻常生命，而属于另一种不为腐败和沉沦所臣服的生命亚门，而年轻的爱德华·P尽管是个鬼魂，却作为一尊肉体仍旧是这个世界弱弱的一分子，死亡时刻都在这个世界上空纷纷扬扬，像冬天的雪。

“我今天在报上看到，”P说，“老齐珀死了。您认识他吗？他是维也纳某区的吹牛大王。一个自由主义小市民的典型，一个我要不是看在他头脑混乱的分儿上会厌恶得不得了的市侩。”

“您大概知道阿诺尔德在哪儿吗？”

“啊，您不了解阿诺尔德的命运吗？如果我记得没错，您总是说，生活从未像作家一样前后矛盾。如果我记得没错，您晚上在咖啡屋，在‘红色一角’的沙发上布道说：作者的使命在于抄袭他所目睹之物。我记得对吗？假如您是优秀、古老一派的小说家，那么您有一个非常好的素材：阿诺尔德的人生。您知道他和艾娜在蒙特卡洛每日以赌博赢钱为生。这还不够传奇吗？对了，等一下！这个狡猾的艾娜（您也曾上过她的当，您也是）成功地从尼斯出发，她在那儿认识了一个美国的电影人，到了好莱坞。很可能您也看过她的最近一部电影。一个出色的角色。这终于算是没有丝毫天赋的优秀女演员了。在他妻子从蒙特卡洛离开的那天，阿诺尔德开始输钱。他得生活。但他学什么了？他父亲把他教育成一个天才，像我父亲对我一样——但这对我没什么害处，因为我反正没什么生活能力。阿诺尔德仅有一门手艺拜其父所赐：您还记得，他拉小提琴，弹钢琴。这种情形之下怎么办呢？您也许还记得阿诺尔德拉得怎样？当然不是得天独厚的艺术家！但‘感人肺腑’，老齐珀会说。也许他该成为一名音乐家的。您还记得这是个多么气派的旁观者吗？记得他总坐在我们桌旁一言不发的样子吗？嗨，不重要，我们说您的小说吧。

“阿诺尔德去了一家音乐咖啡馆，人家不要钢琴师，但要一名第一小提琴手。每晚一次，独奏，有钢琴伴奏。《圣母颂》之类的曲子。您知道这样的虔诚间歇，当世上的人们变得尴尬而小市民变得虔诚时。您发觉了吗？人们听独奏时在吸溜他们的咖啡。然后有几个鼓掌的，并且为了激怒世上的人们要求再来一首。独奏小提琴手鞠躬。他不再拉了。人家雇他没要求独奏两首。但乐队指挥给了个手势。他站起来再次演奏起来。第二首拉完没人再鼓掌了。即便小市民也受不了了。独奏者坐下，有点被痛殴的感觉。

“齐珀就是这样一位独奏者。

“但还有更神的呢。——走，我们得喝杯咖啡去，我不能再这么叨叨。老约翰，那个堂倌，四十年来第一次去度假了。我不赊账。您请我吧。”

在咖啡馆P继续讲：

“一天晚上著名的小丑洛克来到尼斯的咖啡馆，恰逢独奏。间歇时他走到阿诺尔德面前，聘他做搭档。阿诺尔德于是成了一名真正的乐师。我从不知道该把他的脸往哪放。现在我知道了：它一定属于杂耍剧院。”

P掏出一个钱包，取出一张照片。是阿诺尔德。他穿着灯笼裤和瘦瘦的西装上衣，戴着宽佩带的浅色硬礼帽。

“一顶真正的哈比希礼帽！”我惊呼。

“噢，您看！”P接着说，“您看看这张脸！这张脸挨了两万记耳光。它有一种狗一样的悲伤。它是如此悲伤，因为它无法叙述它多么悲伤。您想想他的演出。他走上舞台，一无所知，他不知道前排坐着观众。他是个白痴，他看起来就像个只要吃饱喝足就欢天喜地的主儿。他想在小提琴上拉一曲。但他一开拉，立马就来了另一个小丑，一个自信的，也是个傻瓜，但是个有抱负的傻瓜，一个业已搞明白有观众、老板、薪水的傻瓜。这个聪明的傻瓜给了我们阿诺尔德一记耳光。阿诺尔德刚刚抹了两下琴弓。但他在另一个小丑还没发觉之前拉出的这两声如此清亮，如此美如天籁，以至于每位听众都为阿诺尔德不再继续拉而难过。您明白吗？当然了。您曾目睹过，您知道阿诺尔德的音乐天赋刚好足以拉出这两声天籁。

“这就是小说！”

“我没觉得有什么像小说的，”我说，“即便我要写阿诺尔德的人生，也不会是这种意义上的小说。我不得不指责您，这个结尾在我看来有点做作。我会让阿诺尔德继续在咖啡馆做独奏小提琴手。我也不能把他和他父亲分开处理。”

“您说得对！”P 叫道，“齐珀父子密不可分。您仔细看这位父亲。他对阿诺尔德的不幸负有责任，对阿诺尔德仍旧不幸负有责任。（但这是次要的。）我们的所有父辈对我们的不幸都负有责任。这是打过仗的这代人的父辈。他们为了铁付出了他们的表链、他们的婚戒。唉，他们多爱国啊！再没有比我有病更令我父亲难堪的：这妨碍了我去打仗。您想想吧：是谁1914年夏天在塞尔维亚公使馆前抗议？是我们还是我们的父辈？是谁——尽管是在赌场里——把敌人‘包围’？在下午，玩六十六点牌戏的时候？您像头公牛一样地被装车拉走了，您父亲对您母亲说：‘一颗子弹都不会挨。’尽管您父亲也入过伍，可他充其量守卫过弗洛里茨多夫附近的桥。

“您想想吧：您复员归来，现代历史上最不幸的一代。发生了什么呢？您父亲有时间和原本为您指定的姑娘们又生一堆孩子。你们还没到家，你们的父亲就又坐在他们发动战争的位置上了。他们办报纸，制造公共舆论，缔结合约，搞政治。你们，年轻一辈，比老一辈聪明千百倍，但是疲惫，半死不活，你们只好歇菜。你们无以为生。你们是死在战场上还是返乡归来都无所谓。你们返乡到哪里去呢？——还不是回到你们父母的家中！

“您想想这些令人毛骨悚然的父母的家吧！您见过齐珀家的图书馆吗？我经常把玩那些书。那儿有三年装订精美的《摩登时代》《德意志男童书》和《塞京根的号手》——何等文学啊！您记得那个五斗橱吗？我们家有个类似的。我离它还有一米远就怕起它的棱角来。多么致命的家具！多么叮当响的吊灯，装着用电照明的瓷做的蜡烛，可是卷得跟蜡似的！那些个每年过年挂到写字台前的日历！还有那些个订阅的有社论的报纸。我父亲至今如果不知道‘他’说了啥都还难以入睡。‘他’是社论背后大写的绝对的他。‘他’处于无所不知的位置，‘他’根本就是个和他的读者一样的蠢货小市民。

“阿诺尔德是战争一代的年轻人。（走，我们走走。）”

我们走回公园。P 说了很久。他试图将阿诺尔德的无所谓、他的悲伤、他的优柔寡断、他的虚弱、他的不加批判归咎于教养，归咎于战争。

日头已经很高了，带孩子的保姆们准备回家了，到了正午时分。我听 P 多么不留情面地从时代中解释人。他也许比我有更多的权利如此果断，也比其他任何一个人都如此，因为他是个要死的人。他必须每时每刻对一切现象做出判断，当天就做，他每时每刻都在等死。

我不反驳他，我承认他说得对。我只说：“假如我有父亲，我不会怪他。”老齐珀有很小一部分算是我父亲。“他们自以为高人一等，以至于他们眼中只有他们的黑白，他们的有罪或无辜。他们像上帝像法官一样评判：按照目的按照行动。而我们，参战的我们，却按照造人所用的材料评判。

“当我们返乡时，我们不仅疲惫，半死不活，而且无所谓。我们仍旧如此。我们不原谅我们的父辈，就像我们不原谅还没等我们有立足之地就替代我们的年轻一辈。我们不原谅，我们遗忘。或者不如说：我们不是遗忘，我们是根本就不睁眼。我们心不在焉。我们无所谓。人们、国家、世界的命运，这关我们什么事？我们不革命，我们消极抵抗。我们不愤怒，不埋怨，不辩解，什么也不期望，什么也不担忧——我们不自愿地死去，如此而已。我们知道未来还会有一代人像我们的父辈一样。还会再次爆发战争。我们观察那些因世界不幸而受苦者——比如您——那些没上战场者和那些苦于立志做出点儿改善和改变者可笑的装腔作势。假如怀疑不以参与为前提，我就会说：我们是怀疑主义者。但是我们根本不参与。您嘲讽激情。我们也不相信风趣。您厌恶反动。我们也怀疑革命的成功。您想要什么？——我们错误地回来了。”

P 沉默了。

我盯着那些气冲冲地收拾他们玩具的孩子，他们什么也不想落下，每个孩子都从玩伴手里不由分说地夺过每一个属于自己的玩具。但公园里正午时分绿色的和平、保姆们温柔的金黄色面孔和钟声深沉的歌唱令我和当下的一切和解了——也包括和小人物悲伤的本能及老一辈的迟钝。

就连苍蝇也嗡嗡的，像在模仿钟声……

作者致阿诺尔德·齐珀的信

亲爱的阿诺尔德：

也许，甚至很可能我这份关于你父亲和你简朴人生的简朴报告将送到你手中。可能你已经放弃再次和我信件联系，可能你已经开始了你的新生存，以很可能合理的决心不再触碰过去。那么这封我正写给你的信将是你许久之后收到的我们友谊唯一的信物，一件绝不因手头这份报告而结束或哪怕只是减弱的我对你友谊的信物。因为等你读完之后你会看到，我既未穷尽我们的友谊，也未穷尽你的命运。对，还没等我在文章后面画上句号，我就觉得似乎我对你的情况报道得并非太多了，而是太少太少。究其原因，我觉得似乎恰在于我在你我之间没看到那种存在于你父亲和我之间的距离。也许我也有那种一定程度上合理的恐惧，即若我想再多写你，我就不得不也提到我自己一些并非不重要的事——而这会超出我的任务范围。以那种只有隔着距离才产生的清晰描绘你，对我而言，如上所述，不可能。但我觉得你父亲和你的人生似乎如此必要地联系在一起，以至于我如果想去掉你，将不得不隐瞒许多东西。而对于作家而言，他缄默之处即撒谎之始。

这一切我都必须直截了当地告诉你，一定程度上是当面直言，尽管总还是有这封信永远到不了你那儿的风险。我感到有向你致歉的必要，并非因为我把你的人生当作我这本书的对象，而是相反：因为关于你我能够报道的太少了。你属于那些人，无须向其解释在爆料和示范性展现之间有何区别。我已经知道，你绝不会对这本书感到愤怒，而是会为之感到高兴，视你觉得我的尝试成败如何而定：我尝试在两个人身上展现两代人的不同与相似之处，以便这种展现能够不再是关于两个个体人生的私人报道。因为无论你父亲的个体性多么强，可以说多么古怪，他的形象对我们的父辈那一代而言都更具典型性，我希望我的某个跟我们年龄相仿的读者会在齐珀先生身上，至少在齐珀的许多特点中看到自己父亲的影子，恰如他肯定在你身上看到了他自己，如同我相信在你身上看到了我自己一样。是的，我向你坦承，我有时候觉得似乎可以是你，可以自己站在杂耍剧院的舞台上，可以徒劳地试图在我的小提琴上开始表演。也许，我想，我和观众的可悲关系，在这种按照导演安排被阻止、遭到观众大声嘲笑的演奏中，比通过那些我试图——徒劳地像你试图演奏一样——令自己变得可以理解的吃力的话语得到了更好的显现。你的职业有一种更为粗糙，但唯其如此也更为清楚的象征意义。它象征着被阻止表演的我们战后返乡者这一代：一个角色，一种行为，一把小提琴。我们将永远不能把自己变得可以理解，我亲爱的阿诺尔德，像你父亲还能做到的那样。我们遭受了巨大损失。我们人数太少了。对于这个世界而言太少了，在这个世界上只有大众纯物理的分量取得突破，而不是一种统一体的精神能量。

可我还是祝贺你找到新职业。你只要继续努力徒劳地演奏，就像我对徒劳地写作欲罢不能。“徒劳地”，这意味着：貌似徒劳地。因为如你所知，不定在哪儿有个地方留着我们表演的印记，不可辨认，但以一种奇特的方式影响力十足，若非现在则想必几年以后，若非几年以后则想必千百年以后。人们很可能会不知道是我写的你拉的，还是相反。但在那种较其含电量更强的氛围的精神内涵中将有你的一声琴音遥远的回声荡漾，此外还有我得以记下的一个思想同样遥远的回响。我们整整一代人错失的渴望必将永垂不朽，一如其永未得偿所愿。

故交问好。

约瑟夫·罗特

右与左

王怡 译

第一部

1

我还记得保罗·伯恩海姆似乎将会成为天才的日子。

他是马贩子的孙子，银行家的儿子。祖父，经营有方，小有积蓄；父亲并不擅长经营，却出奇地好运。菲利克斯·伯恩海姆先生，保罗的父亲，总是带着目空一切的傲慢招摇过市。他身上也有股平庸的愚昧劲，让人觉得平易近人，反而值得尊敬。 可是他的运气实在好到让人嫉妒，以致仍然树敌无数。而且，似乎命运之神害怕菲利克斯·伯恩海姆的敌人们不能嫉妒到完全绝望，还在某天给他们额外开出了头彩。

一般来说，中了头彩的人总会低调处理，像对待家族丑闻一样小心封锁消息。伯恩海姆先生却似乎唯恐天下不知，变本加厉地展示他对身边的人多么蔑视。原本每天出于礼节跟他打招呼的人就不多，再被他漠然、心不在焉的态度怠慢，越发寥寥无几。原本他倒只是跟人过不去。现在他似乎已不再满足于此，还鼓足了劲，跟自然过不去。伯恩海姆先生住在市郊一条通往杉树林的公路旁，父亲在那给他留了一幢大房子。这座房子被花园环抱，周围种满了各种果树、橡树和菩提树。房子的外墙漆成黄色，屋顶红色，四周砌着一人高的灰色墙。花园里有些树长在墙边，枝繁叶茂，树冠一直伸展到公路的中间。从不知道什么时候开始，墙外树下就放着两把绿色的长椅，供疲惫的路人休息。麻雀爱在房子里筑巢，夏日的傍晚，归巢的鸟儿在老树的枝叶间叽叽喳喳。夏日炎炎时，这堵墙，这些树和那两把长椅是一片难得的清凉；在寒风凛冽的冬日，这里也是一个有些温暖气息的角落。

夏天的某一天，那两把绿色的长椅突然消失了。围墙后面搭起了比墙还高的木制脚手架。院子里，那些很有年头的老树被砍掉了。大树的树冠倒地，树枝崩裂的巨响到处都能听到。原先的围墙也被推倒了。路人们通过脚手架的缝隙，看到伯恩海姆家现在光秃秃的花园和孤零零的黄色房子，不由心生悲凉之情，仿佛那孤零零的是他们的房子，被推倒砍下的是他们的围墙和大树。

几个月以后，原来黄色的老房子也不见了，取而代之的是一座闪亮的白色新房。新房有石砌的露台，带着南方风情的平屋顶，外墙选的是最时兴的样式，屋檐下交替装饰着天使和魔鬼的头像。房前坡道更是富丽堂皇，走在上面，感觉要去的不像是私宅，而是高级法院、议会大厦或者大学主楼。取代以前的石头围墙的是密密麻麻的灰白铁栅栏，顶上锋利的钢针朝天而立，既防鸟，又防贼。花园里建起了花坛，都是无聊的圆形和心形，铺上了绿得发蓝的塑料草皮，还种了几株玫瑰，都病恹恹地耷拉在木架子上。花坛中摆着一群陶制的小矮人，都上着鲜艳的颜色，红帽子白胡子，面带微笑，陶制的小手里拿着铲子、锄头、浇水壶等各种劳动工具，俨然把格吕茨尔公司生产的小矮人人偶整个部落都搬来了。花坛之间，小路蜿蜒曲折，路面上铺满小石子，光是看着耳边都有石子摩擦鞋底的沙沙声。整个花园里面没有任何可以坐的地方，似乎在这个富丽堂皇的花园里面必须时刻不停地走来走去，让人看着都觉得累。花园里的植物也都是疲惫的样子，纤细的玫瑰花枝瑟瑟发抖，三色紫罗兰看起来陶瓷一般失真。小矮人人偶们笑容可掬，可是也调节不了花园里的气氛。即使园丁正拖着长长的水管在浇水，也不能让人感觉到片刻夏日的清凉，而是像电影院检票员为了调节温度往观众头上喷的水雾，又黏又闷。在大宅阳台的上方，伯恩海姆先生让人用难以辨认的字体刻上了“无忧宫”三个字。

有时候，一般是下午的样子，人们也看见伯恩海姆先生和园丁一起在花坛里走来走去，共同蹂躏自然。园丁剪子咔嚓一声，那些才种上不久，还没来得及生长的植物就必须得学习它们新主人制定的服务标准。大宅的窗户向来都紧闭着。绝大多数的时候，窗帘也拉得严严的。伯恩海姆家有时候也在晚上举办宴会，透过厚厚的黄色窗帘能隐约辨认出枝状吊灯，大厅里似乎灯火闪烁，人影憧憧。

伯恩海姆家的宴会总是保持着一种冷静威严的气氛。宴会上喝的，都是特选的葡萄酒，却并没有葡萄酒的功效。客人们似乎越喝越是清醒。伯恩海姆先生最爱邀请的客人，是周边的庄园主以及一些军官。除此之外，有封建贵族背景的客人，以及几个他精心挑选的工厂主和金融界人士也是他的座上客。他对这些客人的尊敬，以及唯恐在他们面前失态的心理，都让伯恩海姆先生神经紧绷，心情难以愉悦。而他的客人们感受到主人的拘谨，所以从进门的那一刻开始，整晚也都是正襟危坐。伯恩海姆太太听不懂即兴的笑话，也不觉得传闻逸事有趣。而且，她有犹太人血统——而他家客人讲的大多数逸事又都是犹太人的笑话，比如“一次一个犹太人坐火车……”，所以一旦有人有准备讲个小故事的意思，伯恩海姆太太就已经觉得会受到伤害，而陷入一种阴暗的困惑的沉默——出于对犹太人笑话的恐惧。伯恩海姆先生觉得在宴会上和客人谈论他的生意并不合适。客人们则认为和伯恩海姆先生谈论农业、军事或者马匹饲养实属多此一举。有时候伯恩海姆家唯一的女儿——贝塔，会在钢琴上演奏一曲肖邦，她的琴技就和一般体面家庭的小姐一样精湛。有时伯恩海姆家的宴会上也会跳舞。午夜后一个小时，所有的客人都告辞回家了。窗户后的灯光熄灭。一切都进入睡眠。只有更夫、狗和花园里的小矮人人偶还醒着。

保罗·伯恩海姆，像所有体面家庭的孩子一样，晚上九点准时上床睡觉。他和弟弟特奥多尔同住在一个房间。然而不到整个房子里完全安静，保罗就睡不着。他是个敏感的男孩。大家说他是个“紧张的孩子”，认为他的敏感代表他有着特殊的天赋。

在他年少的时候，致力于表现这特殊的天赋。伯恩海姆家发迹的时候，保罗十二岁，却有十八岁的智力水平。在他家从典型中产阶级迅速向带有封建贵族倾向的大富商转变的过程中，野心自然而然地膨胀起来。他对父亲的财富和社会地位心知肚明，也很清楚这可以给他提供一个优越的“地位”。他模仿父亲的傲慢。他挑衅同学和老师。他的腰肢纤软，行动柔缓，唇红齿白，面色略泛青，浅色的眼睛，眼神空洞，睫毛黑长，头发柔软。他微笑着坐在教室的长凳上，懒洋洋的，漫不经心。从他的坐姿可以看出，他对父亲的势力从来都心知肚明：我父亲可以买下整个学校。面对学校的权威，其他同学都感觉渺小又无助。唯独他，可以用父亲的权力与之抗衡：他的房间的权力，他的英式早餐——火腿煎蛋和仆人剥好的橙子——的权力，他的家庭教师——他每天下午就着热巧克力和饼干享受单独的课后补习——的权力，他的私家酒窖的权力，他的汽车的权力，他的花园和他的小矮人人偶的权力。他浑身散发着牛奶的味道、温暖房间的味道、肥皂的味道、浴缸的味道、保健体操的味道、家庭医生的味道和女仆的味道。学校以及功课，似乎只是他生活中微不足道的一部分。外面的世界，即将是他的舞台。他满耳都是大千世界的召唤，所以在学校，只是做客。他从来也不完全是班级的成员。有时候，保罗的父亲开车到学校来接他，即使比放学时间提前了一个小时，他也堂而皇之离开教室。然后第二天再交上家庭医生开的病假条。

尽管如此，有的时候，他似乎仍然很渴望能有个朋友。但是，他却完全不谙交友之道。他的财富，像山一样隔在自己和其他同学的中间。“下午到我家来吧，我的家庭教师在，他会把我们俩的作业都做好。”他有时候向同学发出邀请。但是很少有人受邀。他讲这句话的时候，刻意加强语气，强调“我的家庭教师”。

他学得很轻松，很多东西都能猜中。他博览群书。父亲给他建了一座图书馆。尽管家里的房子中并没有其他图书馆，父亲总是多此一举地说“我儿子的图书馆”，或者指挥女仆：“安娜，请到我儿子的图书馆里去！”有一次，保罗试着按照照片，给他父亲画像。“我的儿子是个旷世奇才。”老伯恩海姆惊呼——然后买来速写本、颜料、画布、画笔，雇用了一个美术老师，并且着手将房子的顶楼改建成一个画室。

每周两次，傍晚五点到七点之间，保罗和他的妹妹练习钢琴。如果这时候走过他家，总能听到四手联奏柴可夫斯基的钢琴曲。有时有人第二天碰到他，提到“昨天我听到你家有人四手联奏”！“没错，是我和我的妹妹！她比我还弹得好得多。”这个小小的“还”字总让大家觉得很气愤。

父母带他一起去听音乐会。之后他总是哼唱着听来的旋律，对作品、作曲家、音乐厅和指挥家的名字如数家珍，还尤其喜爱模仿指挥家。暑假里他四处云游，为了防止荒废功课，总有一个家庭教师随行。他深入山区，跨越重洋，穿过人迹罕至的海滨，然后沉默又骄傲地回来，傲慢地暗示大家，所有人都应该像他一样，了解外面的世界。他是见过世面的人。他读到的或者听到的东西都亲眼见过。他头脑敏捷，联想丰富。而且他的“私人阅读”书单包罗万象，从“他的图书馆”里汲取了大量细枝末节的知识。这些细节虽然完全无用，但是足以镇住听众，让他显得学识渊博。虽然他对任何事都满不在乎，但这是可以“原谅”的。他玩世不恭的态度并没有让人怀疑他的品行。因为大家认为伯恩海姆这样的家庭是品行端正的保证。那些有异议的老师会被保罗的父亲个别教育——请到家里来用顿“便餐”。来客们被他家发光的木地板、成群的仆人、光鲜的女儿所震慑，灰溜溜地回到自己的寒舍，从此老老实实。

和异性的交往对保罗·伯恩海姆来说也从来不是问题。他逐渐变得精通各类社交活动，谈吐得体，既是出色的舞伴，又在体育方面训练有素。他的兴趣爱好总在不断地变化。他这半年热爱音乐，下个月则痴迷击剑，今年喜欢绘画，明年则是文学爱好者，最终，一个州法院法官年轻的太太成为他钟情的对象。她偏爱年轻的男孩，几乎和这个不大不小城市的男孩都调过情。在对她的爱慕之中，他统一了所有的爱好和才华。他为她画出风景和羊群，为她击剑，为她谱曲，为她写诗歌颂自然。最终她垂青一个年轻的候补军官，保罗为了“忘记她”而一头扎进艺术史。他决定，这就是自己要奋斗终身的领域。很快，无论他看见什么人，什么东西——街道也好，田野也好——都得援引某个著名艺术家或者某知名作品。艺术史专家往往容易丧失直接感知描述事物的能力，而他在年少的时候就早已有过之而无不及。

然而他对艺术史的激情也很快褪去了。取而代之的，是一种征服社会的野心。或者说他对艺术史的爱好过渡到了对征服社会的爱好。艺术史是一门有助社交成功的工具科学。保罗·伯恩海姆有一个眼神，半是看着人，半是望着天，看上去既快乐又无辜，既迷人又深沉，这肯定就是从哪幅基督教圣人画像学来的。保罗的眼睛似乎在用长长的睫毛过滤天空的光线。

怀揣各种魅力，以及谙熟艺术及艺术评论的不凡品味，他投身于这个城市的社交生活。所谓社交生活，无外乎是各家的母亲在尽力为自家快成年的女儿张罗门好婚事。只要是有女儿的人家，都很欢迎保罗。无论主人家是什么气氛，他都能正好讨人欢心。他就像一个全能的乐手，能演奏交响乐团里需要的每一种乐器，并且知道怎么样优雅地作假。正经事（自己编造的和道听途说的），他能讲一个钟头。一个钟头以后，他完全聊出了状态，欲罢不能。如果他讲个老掉牙的奇闻逸事，就会每次增加些新的细节；如果他想征引一句乏味的格言，则总是卖足关子，做足姿态再讲；如果他重复一个别人已经讲过的笑话，则会肆无忌惮地调侃不在场的同僚。听他讲话的女孩总是咯咯笑起来，赤裸裸地笑，虽然这笑只露出了牙齿，但这就像她们在露出年轻的胸脯；她们只是拍拍手，但这就像她们在打开双腿；她们只是递给他一本书、一幅画或者乐谱，但这就像她们在掀开闺床；她们只是拢拢头发，但这就像她们在解开发髻。保罗就是从这个时候开始定期去妓院的，每周两次，像个中年的公务员一样有规律。这样他才能对少女身体夸夸其谈，把它们和著名的画作做比较。他散布着这家或那家女儿的所谓秘密，吹嘘着那些臆想中的酥胸，那些他在幻想中看过摸过的身体。

他依然还是在作画，作曲，写诗。当他妹妹和一个骑兵上尉订婚的时候，他写了一首长诗，还谱了曲，然后演奏并且演唱了这首曲子。后来，因为他的妹夫是机械技术爱好者，保罗也对技术领域产生了兴趣，亲手拆了自家汽车的发动机——这可是城里最早的几辆汽车之一。最后，他还学了骑术，和妹夫一起巡游在杉树林里的骑道上。城里原本对老伯恩海姆先生不满的居民逐渐地变得宽容了，因为他毕竟给他们的故乡创造了一个天才。老伯恩海姆的一个宿敌，本来一向心存芥蒂，但是现在因为家里有个待嫁的女儿，也开始恭恭敬敬地招呼菲利克斯·伯恩海姆。

那时还有传闻说伯恩海姆先生将会获得一个重要奖项。也有人说他将被提升为贵族。令人感慨的是，这个有望获封的贵族头衔完全平息了大家对他们的怨气。伯恩海姆一家作为未来的贵族，比市民阶层傲慢一点也无可厚非。既然他们的傲慢现在有了一个科学根据，大家也就觉得这合情合理。因为当时彼城人普遍认为，贵族无论世袭的也好，加封的也好，傲慢都像是他们的随身饰品，那么未来贵族阶层自然也应该有这个身份道具。

这些传闻到底有没有事实根据现在不得而知。如果不是突如其来地发生了那件事，伯恩海姆先生也可能只是被聘作了枢密商务顾问。这个突发的小概率事件真是个老掉牙的故事，乏善可陈，都不好意思写进小说。

当时有一个马戏团在彼城巡演。演到第十场还是第十一场的时候发生了一个事故：一个年轻的女杂技演员从空中飞人的秋千上掉了下来，正好掉进了伯恩海姆先生的包厢。当时包厢里只有他一个人，因为他家人都认为马戏团表演粗俗不堪。之后有人传言，说伯恩海姆先生“机智果断”地张开双臂，接住了那个跌落的女演员。真实与否，无从考证。还有人传言，说伯恩海姆先生从马戏团的第一场表演开始就关注这个女演员，并且给她送过花。这也一样无从考证。可以考证的是，伯恩海姆先生把她送进了医院，多次前去探望，而且当马戏团离开彼城的时候，他执意让她留下。他给她租了一间公寓，勇敢地爱上了她。伯恩海姆先生，市民阶层的骄傲，候补贵族，骑兵上尉的岳父，爱上了一个杂技演员。伯恩海姆太太对她的丈夫宣布：“你让你的情妇住到家里来好了，我会去我妹妹家。”她于是就去了妹妹家。骑兵上尉申请调离，去了另外一个驻地。伯恩海姆家的大宅，现在只住着他的两个儿子和仆人。门窗紧闭，黄色的窗帘经常几个月都没有拉开过。老伯恩海姆的脾气却一如既往。他依然傲慢，冒天下之大不韪，爱上一个年轻女孩。这件事之后，传言他会被嘉奖一事，很快没有人提起了。

这可能是菲利克斯·伯恩海姆一生唯一的壮举。多年以后，当他的儿子保罗面临类似考验却临阵脱逃的时候，我不由想起老伯恩海姆的勇气。对比父子俩，我发现勇气这个东西真是会在宗族繁衍的过程中损耗，儿子往往比父辈要懦弱很多。

那个外地女孩只在彼城住了几个月。她从天而降的唯一目的似乎是成全菲利克斯·伯恩海姆，诱惑他在有生之年勇敢一次，送他些让昙花一现的美色，让他真正蜕变为自然的贵族。那女孩某天毫无声息地消失了。如果要给这个戏剧性的故事一个戏剧性的结尾的话，她或许只是想念她的马戏团，想念她空中飞人的秋千了，因为杂技表演也可以是一种不能放弃的天职。

伯恩海姆太太回来了。伯恩海姆家的大宅热闹了些。父亲的风流韵事原本让保罗很受伤，因为计划颁发的奖项最终没能得到，而且他的骑兵上尉妹夫因此离开了彼城。然而这受伤的感觉并没持续多久，很快他甚至觉得父亲“人老心不老”是件挺让人开心的事情。

除此之外，他准备。

很快他就将开始一段全新生活了。

2

保罗毫无悬念地以优异的成绩通过了中学毕业考试。从此他只穿两套新西装。他觉得那些学生时代穿过的衣服不健康，像是在生慢性传染病时穿过的病号服。他的新西服裁剪宽松，浅色的，很难断定具体是什么颜色，布料柔软，绒绒的，轻巧又暖和。做西装的布料是英国产的，这正是保罗·伯恩海姆想要前往的国家。

当时彼城的年轻人当中没有人去英国。仅有一个人提到，他或许想到巴黎去“学一口完美的法语”。大家普遍觉得这个想法很可疑。而老伯恩海姆早就向大家宣布过：“等我的儿子中学毕业了，我就要送他去大千世界！”在当时富有市民阶层的某些圈子里，大千世界指的就是英国。

这个圈子里的绅士们几年前就开始从英国定制西服，他们都是海军俱乐部的成员，推崇英国政治和英国宪法，有的人经常见到英国国王爱德华七世，虽然几乎都是在度假胜地玛利亚温泉的大街上。他们和英国人做生意，喝威士忌和掺水烈酒，虽然啤酒其实更对他们的胃口；相约在酒吧聚会，虽然他们其实更喜欢咖啡馆；聚会的时候大家尽量寡言少语，虽然他们天生喜爱喧哗热闹的氛围。他们都竞相成了收藏家，四处搜刮各种无用的东西，因为他们相信，凡是有品味的男人都应该有点“怪癖”。他们早上健身，夏天去海滨度假或者乘船出游，以求皮肤在含有盐分的海风中变成粗粝的红色。对伦敦的一切——无论是大雾、证券交易所，还是警察——他们都夸夸其谈。有的人甚至讲话的时候都用“well”代替“是”，还煞有其事地订阅英文报纸，也不在乎当报纸送达的时候，上面的所谓新闻早已成了旧闻。这些英文报纸的读者养成了习惯，凡是他们还没有在英文报纸上读到的消息，就当作还没有发生。“先等等再说吧，”有什么新闻的时候，他们总是这样说，“明天报纸就来了。”他们的儿女英文和德文一样流利。彼城当时似乎正有一个盎格鲁－撒克逊民族在逐渐形成，随时准备投入不列颠帝国的怀抱。即使在这个一年到头也没有一个雾天的内陆城市，他们的吃穿住行都要像在四面环海的岛国英格兰一样。

在穿了几个星期英国定制的西装以后，保罗宣布，想去英国生活几年。为了确保大家不低估在英国生活学习的价值，他总是接着解释道：“英国的学院入学条件远没有大家想象的容易。外国人要是没有至少两个体面的英国人推荐，根本不可能被录取！而且申请人必须为人处事都十全十美！这样的人在我们这里真是少见。我要去的是牛津大学！下周我还得练习游泳。”

听这话让人觉得他准备游泳去牛津。

因为他的印象中英国人对艺术史并不感兴趣，而是更加务实，所以他决定攻读政治管理、历史和法理学。他不再谈论艺术家和画作了。转眼之间，他的图书馆里就已经有了这些专业的学术书籍。而且，他熟读了各种介绍资料，已经对牛津了如指掌。他讲牛津故事头头是道的样子，俨然是才从牛津归来，而不是计划要去。更为奇怪的是，向他请教的人听这些故事不仅津津有味，还都深信不疑。而且不仅是他，就连他的父亲也做出一副牛津专家的样子，给大家讲解种种牛津学问。甚至连和老伯恩海姆同一个俱乐部的成员们也受到熏陶，在家旁征博引牛津的课表。待嫁的姑娘们奔走相告：“保罗要去牛津啦！”她们和彼城市民阶层中的好些人都爱称他为保罗。他是他们的共同的宠儿。如果一个人像保罗这样招得万人宠爱，那么素不相识的人也会省略姓氏，亲昵地直呼其名。

保罗是在六月里一个风和日丽的日子启程去牛津的。好些年轻的女子一路送他到车站。他的父母一个星期之前就离家度假去了，当时并不在城里。他母亲刻意这样安排，因为“保罗远行的时候我不想是被他留在家里的那个人！如果我自己也在旅行，分别不会那么让人难以忍受”。当天保罗穿着他那件混色的西装，左嘴角叼着一个短烟斗，站在车窗旁，俨然时尚杂志里的模特。火车缓缓驶出车站时，他向送行人群中最漂亮的三个姑娘分别抛出一朵玫瑰花，身手惊人地敏捷。三枝玫瑰中只有一枝掉在了地上。那个姑娘俯身去捡，抬头的时候，已经看不见保罗的身影了。他终于离开了，彼城似乎在这个夏日的傍晚感到了他的离去，很是感伤。

时不时有人收到保罗·伯恩海姆的信。都是模板式的，绅士风格的信。信纸总是规整的三折，让人想起羊皮纸质的文书。信纸左上角印着保罗姓名的缩写，深蓝色的文织字母闪闪发光。他的信用拉丁字体写，寥寥几行，潇潇洒洒的，行距和边距都很大。寄信人从来也不在信封上留名字。信封的中间用深蓝色的火漆封缄，加盖着他姓名缩写的文织字母，字母 P 精巧地绕在字母 B 当中，像一个包裹在母腹中的水果。信里往往对一些喜闻乐见的内容泛泛而谈。体育领域的术语，比如涉及赛艇或者帆船运动的外来词，和豪门望族的姓氏在他的信里交替出现。当中还穿插着些诸如巴布、泰德或者皮特的昵称，像散落在文中的小火炮。

后来他在伦敦通过领事馆医生介绍入伍，缓期几年服役。当然，他未来所属的是骑兵部队。

关于入伍一事，他在给朋友的信里这样写道：

“所以，我亲爱的，现在时机已到！骑兵部队，希望可以是龙骑兵。缓期两年入伍，到那时我肯定已经像美国西部牛仔一样精通骑术。在这买了马，取名肯德基，它像猫一样有个性。医生很棒，我是应征青年中最好看的，而且有两下子，其他的都是些普通商行职员，还有一个体力工人。可怜虫。不过他也入选了。就像真有战事一般。之后又在伦敦待了两天，街头巷尾晃晃。又见到了女人，我实在是在修道院一样的学院里待久了。想起基督教课的老师，他其实是个不错的人。他还活着吗？我的老朋友啊，再过一年，我就要回家待两星期。我现在必须走了，得为了下周训练！太可怕啦！击剑联赛，之后还有舞会。我几乎忘记怎么跳舞了，还得再捡起来。你看，我真是忙都忙不过来。祝你好运，一切顺利！”

他写给家里的信也差不多这样。除了报告他在学校的活动日程，他似乎也没什么好说的。然而他还是按时写，似乎给家里人写信也是课表的一部分，就像击剑和赛艇训练。

“我只想知道，”老伯恩海姆在他的俱乐部里说，“这些小子到底什么时候有时间学习！他信里从没提到过跟学术有关的东西。”

跟英国关系“最好”的工厂主郎先生对英式教育深信不疑，听到这话不无怒气：

“英国人当然知道怎么教育年轻人！你看英国人就知道，他们比我们懂得多。精神健康，体魄强壮，您看，这就是他们的教育标准。”

“健全的精神寄寓健全的体魄。”周围的人一听不约而同地想到了这句拉丁语的名言。他们七嘴八舌，以至于只有一个人完整征引了全句。郎先生没能直接说出原文实在心有不甘，赶紧喊出恺撒大帝的名言：“骰子已经掷出！”这样这群崇拜英伦文化的绅士都证明了自己的人文功底深厚。

塔罗牌局开始了。

值得一提的是，那个杂技团女演员从彼城消失以后，几周之内，老伯恩海姆一时满城风雨的风流韵事就从人们的记忆里抹去了。考虑到菲利克斯·伯恩海姆的冤家仍旧数量可观，彼城人民的选择性健忘实在让人钦佩。几乎可以由此得出，凡是有名望的人物，哪怕再可憎，大家也不能接受他当众出丑。平心而论，老伯恩海姆出轨没有造成任何长远影响，除了他的女婿调离彼城，女儿随迁。伯恩海姆太太也早就回到自己家住了。可能她心里对丈夫还是记恨的。但是她是个公认的“模范太太”，所以表现得完全不露声色。在力所能及的范围以内，她还是很有理性的。问题在于，她往往会高估自己的能力。她不惜对某位部长，某个诗人，对文艺复兴或者是某宗教发表高见，口气像评论家里的用人一样不屑。如果年轻三十岁的话，那么她某些愚蠢的见解可能还能显得有种无知的可爱。她似乎是因为曾经靠漂亮女孩的一派胡言征服了世界，所以慢慢认定只有对自己不了解的事物都妄加评论，才是保持魅力的途径。她完全忘记了自己是个老太太。虽然她头发花白，慢慢地已经开始染发，但是当她说出一句无知蠢话，总感觉少女的光彩重回自己早已松弛的容颜。在这个短暂的瞬间，青春的影子仿佛被她的健忘唤醒，和风一般拂过她的脸颊。然而这影子一秒不到便消失得无影无踪，她的愚蠢却余音绕梁。这个时候，伯恩海姆先生为了缓和局面，总是徒劳地讲个蹩脚笑话，客人们只是越发地震惊。多少年来总是这尴尬的局面！曾经，他太太的谈吐天真可爱，而现在同样的话讲出来，却无知到让人闻之变色。客人们无从和当年比较，他却深知两者之间的天壤之别。

虽然频繁发生，可是每当伯恩海姆太太又讲出蠢话，这反差还是总让他震惊到目瞪口呆。一般人受到惊吓会不由得大叫，老伯恩海姆则是条件反射一样甩出个笑话。这举动让伯恩海姆太太怒火中烧。她立即气急败坏地嘟嘟囔囔——这在她年少的时候想必是表达不满的有效方式——现在这却让她看起来比真实的年龄还要老十岁。她认为自己有权发表高见。她是“教育”的忠实拥护者，坚信教育不仅是在贵族阶层代代传承的特权，而是也传承到了她的身上。她嫁了个富有的丈夫，还有个拥有“图书馆”的儿子，这足以让她有资格高谈阔论。

她曾经是个漂亮的女孩，被宠坏了。脸颊轮廓分明，眉眼间——头发和肤色都和儿子保罗一样——散发着一股挥之不去的沉静，冰冷的拒人千里之外的沉静，让人想起一扇紧闭的门，而不是孤独旷野的安静。她的额头上完全没有抬头纹，仿佛皱纹都是不速之客。她的灰眼睛总是既在卖弄风情，又时时带着敌意。她的眼神富有“皇家”风范——至少她自己是这样认为的——可是这颇有风范的眼神每天只是落在所谓的“内饰”上，比如窗帘、衣裙、戒指、项链或者家务事需要用到的器具。对，家务事。因为伯恩海姆太太既不遗余力地追求带有“皇家”风范的生活，想时时处处像“女王”一样出场，同时却还想做一个“朴素谦逊的女人”。圣诞节前，她为了给某人一个“惊喜”，会在多余的桌布上绣些多余的花。这时候她会完全被自己的勤俭持家所感动，沉浸在一种甜蜜的悲情中，仿佛要为自己落泪。“你看，菲利克斯，”她说，“郎太太肯定不会亲手做这些。”

“你其实也不用做这些。”菲利克斯回答。

“那该怎么办呢？你想花一大笔钱去买吗？”

“我压根不需要任何桌布。”

“好吧，等到真没有的时候，你又会板着一张脸！”

“你还是看看我大衣的纽扣吧——今天就掉了一个。”

“拿给我！”伯恩海姆太太高兴地命令道，“管家丽斯真是靠不住的！我事事都得亲力亲为！”

伯恩海姆太太欢快地叹着气，开始钉扣子。叹气是必不可少的，因为这样才能使将要进行的工作显得更有难度，让进行这项工作的人更有价值，更有成就感。

“保罗写信给我说，”她突然想起来，“你给他的钱寄得太少！”

“我自有分寸！”

“是，可是你不清楚牛津的情况！”

“你也不比我清楚。”

“谁说的？我爸爸弗里茨，他不是在索邦大学读过书吗？”

“这不是一回事，这完全就不是件事！”

“菲利克斯，你能不能讲话的时候态度好点！”菲利克斯于是开始考虑，他是不是真的态度不好。他沉默着。然后伯恩海姆太太就完全忘记了之前的对话。

“好了，现在这颗扣子再也不会松啦！”她孩子一般兴高采烈地宣布。然后他们都上床睡觉去了。

他们的小儿子特奥多尔从来都少有人提到。因为他更像爸爸——至少伯恩海姆太太一有机会就这样宣称——家里人觉得他不像他哥哥那么“天才”。伯恩海姆太太认为丈夫无外乎运气好。她既不认为他有学识，也不认为他有能力。像好些九十年代中产阶级出身的女孩一样，她看不起商业活动和商人。这些女孩都受过教育，出嫁的时候会有一笔嫁妆，都学习钢琴，都是通俗文学爱好者，也都对商人持这种态度。按照伯恩海姆太太的看法，政府官员优于银行家，因为金融人士没有“文化”。鉴于她的表亲是律师，她从来都认为自己是下嫁到伯恩海姆家的。近年来她还好几次想过要跟一个学者或者军官偷情，仿佛和社会高层人士私通会补偿她嫁给一个普通银行家的牺牲。无论是伯恩海姆太太有点“脾气”时挂在嘴边的“可是，菲利克斯”，还是当风带上一扇窗或者一道门时，她对“这破房子”的抱怨，或者是她丈夫不小心碰倒一把椅子的时候，她“你不能小心点”的训斥，都无一不体现了这不公的命运对伯恩海姆太太造成了多大的伤害。

然而她还是常常给丈夫提出些好建议，比如应该如何预计规避商业风险，洞察某些人的阴谋，对仆人和供货商保持警惕，随时核对账单，或者怎么样保持房间整洁，安排夏天的旅程，并且赢得售票员、海关官员以及酒店服务人员的尊敬。她有一种动物性的家庭本能，这赋予她警醒、智慧、善良的一面。然而这些美好品质的边界就是伯恩海姆家大宅花园的院墙。院墙之外，她刻薄、冷酷、盲目而又固执。对她来说，即使同样是乞丐，一旦进入她家院墙，暂且不管通过什么途径，也就和外面路上的乞丐有了区别。她的乐善好施只局限在某些特定的日子、特定的时刻。其他时候，她并不需要好心肠。在遵循这个规则的前提下，她还是有定期做些善事的需求的。如果有人告诉她陌生人遭遇的不幸事件，她也会对其细节感兴趣，比如这是星期三还是星期四发生的，白天还是晚上，发生在房间里还是大街上。但是即使对这个事件的始末非常好奇，她也绝对不会前往事故的现场。因为她回避所有和事故、疾病或者死亡、哀悼相关的地点。所有这些地方在她看来都有可能导致传染。如果她丈夫提到“郎先生，或者斯道菲尔先生，或者瓦格拉姆太太病了”，她的反应总是“那千万不要去，菲利克斯”。对任何事情的渴求达到狂热的地步，就会变得残忍。对平安的渴求也一样。

她想念她的儿子保罗。他的信她读了一遍又一遍，却从来不知道信里在说些什么。她试着在字里行间寻找蛛丝马迹，“她的孩子”是身体健康还是在隐瞒病情。因为她认为他是个

“有担当的年轻人”，即使生病也不会有只言片语。她每周给他写两封信——不是回信，也不是有事情需要通知他，只是些试图通过字句，建立起某种亲吻和拥抱一般的肢体接触 。这些信，保罗都只是草草浏览，然后付之一炬。他对他的母亲很不满意。他真希望母亲是个“真正的淑女”。在陌生人面前，他也就把她描述成一个真正的淑女。有时候他幻想着从头重新培养她。他幻想着和她住在一座英式的庄园里，她有着优雅的白发，读哈代[①]的书，很受贵族友人的尊敬。保罗故事里她的形象，其实也是她自己梦寐以求的样子。谈到他父亲的时候，保罗也遵循相同的风格，略微进行加工。不过他很少谈及家乡和父母，因为他不能讲实情，而说谎总是有风险的。他还想在英国至少待一年半。但是他突然收到了一封召唤他回家的电报。

老伯恩海姆先生一周前开始了一段长途旅程。因为患了痛风病，他想到坐船去埃及。但是才在法国马赛上了轮船，他就去世了。他的旅伴是一个他宣称是他女儿的年轻女士。这个女士可能是——这样的事，谁也说不清楚——他死亡的间接原因。运回的尸体身上一点现金都没有。有人推断那个年轻的女士就是当年的杂技演员。但是人们往往喜欢添油加醋，把原本简单的事件往浪漫的方向复杂化。这个老男人偏爱年轻女孩

① 托马斯·哈代（ Thomas Hardy），英国现实主义作家。——译者注

十有八九确有其事，但是说他对这个想必不容易找到的年轻女孩情有独钟，则多半是杜撰。至少他死在一艘船上，在大海的门槛上，在一个美貌青年的臂弯里，远比他绝大部分的人生自由而有尊严，或者至少比大家知道的他的人生更自由，更有尊严。有可能他真像儿子保罗说的那样，是条“汉子”，傲慢，壮实，快乐又放荡不羁。

他的女婿，那个骑兵上尉，护送尸体运回彼城。保罗回来参加葬礼。

伯恩海姆太太在墓前落泪，这可能是她人生中第一次。她站在她儿女们的中间，漂亮又冷漠的眼睛红肿着，让人想起带血的冰块。伯恩海姆先生被葬在大理石墓穴里。宽大的墓碑装饰着蓝色条纹，上刻着他的生平，用的简单黑色字体远比伯恩海姆大宅上刻的“无忧宫”庄重。

但是墓碑十字架上的天使还是和伯恩海姆家屋梁上的天使如出一辙。

3

渐渐地，保罗重新回归欧陆气质。在他父亲的丧期，他穿深色低调的服饰也似乎很得体。他暂时也没有回英国的打算。

家里的生意，他并不了解，不知道是应该留在银行，还是应该完成学业，他也不知道到底该学什么。父亲留下三份不同的遗嘱，但都是很早以前写的。对于伯恩海姆家和他们的银行生意，众说纷纭——有传言认为，伯恩海姆家的资产远没有大家以为的多。

保罗对他未来的计划缄口不提。他依然还是会谈论牛津的学院。但是在他亲身经历之后，这谈论的内容和之前在宣传册子里看来的并没有什么不同。他在父亲的办公室里一坐就是几个小时，百无聊赖地翻阅那些账本，在和秘书和雇员谈话的时候，唯恐他们看出自己其实一无所知，唯恐有人会利用他的无知。他母亲多疑和狭隘冷酷的天性，现在也在保罗的身上有所体现。在资深的雇员面前，他从来没承认过自己的无知。连母亲以及舅舅们的建议，他最后也都否决了。老伯恩海姆和他的小舅子之间一直有矛盾，现在这些矛盾开始显山露水。

当战争召唤他的时候，保罗就正处于这样的困境当中。他立刻就为祖国，为战马，为龙骑兵团热血沸腾。由于伯恩海姆太太坚信，只有可怜的步兵才会战死沙场，所以她完全没有顾虑，真心地为她儿子骄傲。当他第一次穿着军装站在她面前的时候——虽然他还没有真的当过兵，但是也已经开始穿军装了——她不由得热泪盈眶。第一，为保罗的威武帅气而欣慰；第二，感慨她的丈夫不能看到这一幕；第三，因为她总是容易被制服感动（这是她又犯少女病了）。遵循龙骑兵团的传统，保罗蓄起了八字胡。这个传统在战后逐渐瓦解——这是后话。这样他看起来比普通的一年志愿兵积极多了。不知情的人往往会误认为保罗·伯恩海姆出身于一个骑兵世家，他的骑术，他的举止，他的观念和他的军装都给人这样的印象。在骑兵团的贵族弟子中间，他用举止来弥补中产阶级的出身。签名的时候他故意写得很潦草，这样也分辨不清是“冯·伯恩海姆”还是“伯恩海姆”。

然而有一天保罗突然收到了离开骑兵团的调令。他惊呆了，就像一般人收到入伍通知一样恐慌。国家就此和一个出色的军官失之交臂，甚至可以说，断送了一个未来的英雄。因为保罗·伯恩海姆的虚荣其实会为爱国英雄主义提供源源不断的动力。按照这个命令的指示，他却应该去后勤部门报到。

保罗的调令对多少人来说是求之不得的好事！然而几乎就在离开龙骑兵团的同时，他转变成了一个激进的反战者。保罗·伯恩海姆似乎在别处找到了生命的意义所在。他开始和和平主义者往来，为非法小报撰写文章，在地下反战集会发表演讲。虽然他既没有做记者的天分，也不怎么擅长演讲，但是在这些小人物——低级士兵、逃兵和革命分子——面前，他的军官身份，他的中产阶级出身，他的光鲜外表都为他赢得了一些声望。他闪亮的军官徽章，靴子上的马刺——后勤军官也是需要骑马的，他泛着橄榄色光泽的皮肤，他手臂和腰身流畅的动作都让这些人着迷。他们对他心存感激，因为他把原本要献给祖国的英雄主义都献给了被祖国迫害的反战团体。他们为他而骄傲——这骄傲和他们对社会高层的憎恨其实同出一辙。大家总会高估投敌者。所以保罗·伯恩海姆才在革命团体中占有一席之地。

值得注意的是，保罗的政治立场对他的装扮并没有什么影响。他参加反战活动，也依然是全副军装出席。做作的英雄主义和反叛的政治立场，在他身上并存。看装束的话，他帽子上挂满奖章，紧身系带军装上衣；吱吱作响的红色皮带上不佩剑，而是一把短匕首，脚蹬黄色软皮靴，下身穿着别致的马裤，全然是一个顶级的后勤军官。保罗的工作是在前线后方、腹地区域以及占领区购买和征用马匹和粮食。所以他长年在不同的城市和国家间往返，也时常借宿在各处的庄园里。这些庄园主虽然号称爱国，哄抬收购物资的价格或者争取减少征用数量却都不遗余力，使出浑身招数让保罗接受。然而无论受到如何热情的款待，他也不为所动。可以说，保罗离开骑兵团，国家虽然失去了一个战场上的英雄，却赢得了一个绝对廉洁的后勤军官。因为他无论是在征用物资，还是在压低采购价格的时候，都怀着革命者对资产阶级和贵族阶级的深仇大恨，绝不手软。他的反战反政府立场，对他的本职工作反而大有帮助。工作对象对他的畏惧，以及反战团体成员对他的尊敬都让他大为满足。而且因为他工作极度认真是有目共睹，所以完全没有人会怀疑他跟反政府组织有联系。可能世上少有人像他一样，能站在反军国主义的立场上严格遵循军国主义的道德规范。保罗以前博览群书谈吐高雅，这却不妨碍他在女孩子面前讲粗俗浅薄的笑话。现在也是一样，他既能在军官俱乐部或者某某庄园如鱼得水，无论是跟人寒暄，还是演奏时兴的钢琴曲助兴，或者驰骋舞场都不在话下；与此同时，他却也在构思下一篇反战文章，谋划某次游行示威，或者准备他的演讲。看来人的内心和头脑里，各种信念和爱好往往复杂混乱，并不见得会造成心理障碍。

一天，保罗在乌克兰基辅城南的一个庄园结识了庄园管家尼克塔·本兹波若德科。因为出身于一个历史悠久的哥萨克家庭，本兹波若德科远近闻名。他生性彪悍，无所畏惧又狡猾鲁莽，多次拒不缴纳征用物资，或者在交易时大举欺诈，阻挠军方完成订货任务，以次充好，用病马瞎马代替通过军检的健康马匹，供给骑兵团。

保罗·伯恩海姆是第一个跟他唱对台戏的人。保罗向当局报案，揭发这个哥萨克人。但法庭却并没有审理。一次，冤家路窄，两人在日梅林卡火车站巧遇。

“您好，少尉先生！”哥萨克人说。

“您还没有被捕吗？”

“您看我这不是还自由着嘛，少尉先生！我哪里都有关系。”

于是两人一起喝了两杯。他们坐在一个临时的小酒馆里，昏暗简陋的木棚只留了一个小洞当窗户通风，鸟也出入自由。哥萨克人突然说：

“我有些传单给您看，少尉先生！”

“我会让人逮捕你的。”伯恩海姆回答道，起身准备离开。

哥萨克人堵住门，面带笑容，右手拿着一把匕首。“举起手来！”他命令道，语气当中也有笑意。伯恩海姆一时不知所措，不知道这个哥萨克人到底是间谍，还是军方的秘密警察，也或许他是革命分子？他是偶然拿到这些传单的，还是在发酒疯？外面天黑了，风呼呼地刮，保罗·伯恩海姆决定收下传单。如果之后有人追究，他可以说是被人算计的。

哥萨克人左手扔给他一沓传单，仍旧堵着门，右手持刀。在傍晚的阳光里，他看起来越发高大了。他沙黄色的外套、浅灰色的皮帽子、黄色的生皮靴子以及灰色的眼睛都闪着银光。他的头顶几乎能触及酒馆的顶棚。在伯恩海姆的错觉中，对手变得越来越高大的同时，他自己在变得越来越矮小。忘却的儿时回忆突然复苏，那些以前噩梦里的鬼怪，黑屋子里的恐怖故事又都活灵活现，恐惧，千头万臂地向这个成年人扑来。平常他喝这点酒完全不是问题，但是今天头晕眼花，因为他整天都没怎么吃东西，空腹喝下烈酒。我为什么要和这个小子到这来。他脑子里只有这个句子还是清楚完整的。除此之外，他只能想起些零碎的单词，比如“最后的时刻”这个词总在他脑海里回旋，就像一种即将来到的痛苦，在等待它降临的时候，人甚至会对痛苦产生期待的情绪，因为等待的煎熬更加难以忍受。

伯恩海姆突然又想起另外一个词。这个词愚蠢至极，换在其他任何时候都不可能左右保罗的行动。从小到大，各种所谓的名言警句、说教故事、经典读物，或者写给小孩看的英雄传说都致力于把一些空洞的词植入我们的大脑。在我们警醒的时候，这些词潜伏在我们的意识当中，一动不动，就像白天倒挂在树上的蝙蝠，然而一旦我们的意识暮光一般稍稍有点模糊，它们就会出动，重新盘旋在我们周围。那个瞬间，伯恩海姆想起的就是这样的一个词：苟且偷安。再幼稚也好，即使是聪明人，也难免不被它唤起那所谓的男子气概。另外，即使作为反战主义者，保罗·伯恩海姆还是有诸如“虽死犹荣”一类的概念的。他在龙骑兵团服役时间虽然短，可这不是没有对他造成影响。就在他被酒精麻痹的大脑还在努力想把这个词拼凑完整的时候，他就做出了在当时的情况下能做的最愚蠢的事：他英雄一般想要掏出他的手枪。可是转瞬间，本兹波若德科的匕首就已经刺进了他的右臂。保罗还记得看到木棚的门开了，最后一缕微弱的暮光射进幽暗的酒馆。后来木棚的门又关上了——保罗听到了木门吱吱呀呀的声音——随后酒馆里又黑了下来。本兹波若德科走了。

保罗不再试图拔出插在右臂里的匕首。木棚里的黑暗包围着他，似乎唤起了他体内的另一种更浓烈的黑暗。这黑暗通过视觉神经，也涌入他的眼睛，就像外界的黑暗通过视网膜进入眼睛一样。里外都是黑暗。他记不得有没有闭上眼睛。在他手臂的伤口上，疼痛感叮当作响，好像流出的血敲在钢质的匕首上，可以发出带着金属感的铃声。

几个小时以后保罗醒过来，发现右臂上缠着绷带，睡在酒馆犹太店主房间里的沙发上，随即又昏睡过去。

几天以后，保罗·伯恩海姆离开了日梅林卡。传单都消失了。所发生的一切像梦一样不真切。他甚至开始怀疑右臂上的伤口是否真的是本兹波若德科所赐。本兹波若德科当然也消失了。

但至少这次的事件让保罗·伯恩海姆重回正轨。现在战争已经进入第三年。不知道是出于恐惧，还是出于良知，保罗自愿放弃他安逸的职位，报名到前线服役。似乎死神在那个傍晚和他擦肩而过的时候，给他尝了些黑色的红色的糖果，唤起了保罗对黑暗、鲜血和恐惧的向往。保罗不再关心他的反战分子朋友，不再参与编辑他们的报纸或者组织演讲。他叛逃出了他们的阵营，就像他当初叛逃到他们的阵营一样。

人就是这样形形色色，难以理解。

4

保罗·伯恩海姆就这样上了前线。

在十一月阴冷的某一天——从天上落下来的雨，和从地上升起来的雾混合在一起，四处都是迷茫的一片湿——伯恩海姆独自奔赴战场。

保罗·伯恩海姆现在是步兵某团的少尉，所在的部队几周前才被派驻在东线南部。“你真是走运，”团部的军官们告诉他，“我们刚刚才被调派到这前线上最平静的一段。你要是几天前来报到的话，就还得到阿尔卑斯山脉去，那儿真是个活地狱！”然而，如果可以选择的话，保罗其实更愿意到阿尔卑斯山去投奔组织，因为在那战死沙场真的是家常便饭。来到这被冠以“田园”美名的东线，实在是有悖于他自愿加入步兵，要和之前的人生彻底了断的决绝。现在的保罗，想要的是刻骨铭心的经历，是危在旦夕的危急，是艰苦卓绝的考验。保罗认为，自己一生难得有过这样的决心，所以应该充分利用，以求自此成为一个持之以恒的人。他害怕还没有从中受益，这决心就消失殆尽了。保罗毕竟天性难以持之以恒，无论是对艺术史，还是英国、骑兵，或者是反战主义，他的热情都是转瞬即逝的。保罗现在一心想要成为一个彻头彻尾的步兵军官，就像他曾经一心想要成为一个彻头彻尾的英国绅士一样。

但是这暗地里想要脱胎换骨的决心，保罗·伯恩海姆自己并没有完全意识到。在他的决心之上，还浓雾一般萦绕着一层漠然，就像这十一月的天气一样阴暗又沉重。保罗已经独自在冷飕飕的二等车厢里面坐了几个小时。除了他之外的唯一一个旅客早已经下车了。这虽然还是下午，却也阴暗得像黄昏一般，车厢里的黄色灯光油腻腻的，让保罗想起万灵节时墓地里的灯火。他时不时用袖口擦去车窗玻璃上的雾气，看看火车是不是还在行进。这一带是丘陵地貌，十一月的冷雨铺天盖地，像铅灰色的帷幕一般。帷幕的后面是一些村寨，农庄都是破败萧条的样子，女人们用长上衣包着头，犹太人则穿着黑色的长袍，黄色的田里留着庄稼的残茬，街道弯弯曲曲的，上面黑色的泥浆在雨里泛着光，电线杆零落得横七竖八，被遗弃的行军厨房陷在污泥中，辎重队伍正在行军，间或还能看见深褐色的营房和铁轨，以及列车沿途逐一停靠的小火车站。其实这列火车在没有到站的时候也常常停下来，似乎它对于要进入前方的战场顾虑重重，似乎它抓住一切机会能停就停，等着停战的时刻随时到来。

保罗的脑海里突然闪过一个貌似荒唐的想法，让他不由得心生恐惧——现在大家都在忙着缔结停战条约了，他来到战场其实已经为时过晚，再不会有机会翻盘，他将被迫带着那个哥萨克人在他人生中留下的耻辱印记，回到日常生活中去。按照保罗目前的心境，他希望这战争至少再打五年。然而，按照现在的局势，他不久就得回到家里的大宅子，他母亲身边，回到银行工作，跟他的用人以及雇员们继续朝夕相处。在这战局向和平演变的大趋势面前，保罗对战争的渴望和对休战的恐惧都很无助。谁能相信就在不久以前，同一个保罗·伯恩海姆还在激情澎湃地写着反战文章，进行着反战演讲。如果他自己想起这些，肯定也会觉得很匪夷所思。保罗的反战者岁月完全被一个名叫尼克塔·本兹波若德科的哥萨克男子掩盖了，在那次诡异交锋的阴影下，再也看不明白。这个男人威胁他，打伤他，并最终战胜了他，然后消失了。仅此而已。没错，可是，这个男人可能知道得还更多，他知道我的一切，可能比我自己还知道得多。他能将我玩弄于股掌之间，他可以毁灭我的生活——而且他已经消失了，我在明处，他却永远在暗处。可是只要我在前线，命运就在我自己手里——保罗这样安慰自己。我随时都有可能战死。而且，如果那个哥萨克人知道我在反战组织的活动，我就全部都予以否认。我会做一个勇敢的战士，大家会相信我的。有可能是反战组织里，我以前的朋友或同僚出卖了我。我会一概否认。他们也没有证据。他们连有我笔迹的文稿都没有，所有的文章我都是用打字机写的，署的也是假名。而且这反正都无关紧要。

雨一直在下。每次火车停下来，行车的声响退去，雨声立刻填补进它的空缺。这单调重复的旋律让保罗体会到前所未有的平静。雨点的执着温柔又迫切，铺天盖地，似乎消解了各个地区的不同和各种风景之间的差异，千百里的距离仿佛都不存在了。组成世界的，不再是山脉、峡谷和城市，而只是漫无边际的十一月。在这漠然的铅灰大幕之下，保罗也暂时淡忘了他的烦恼。他觉得自己就像一件窗外田里最卑微最渺小，完全没有生气的东西，手无寸铁地淋着雨。比如一根稻草，毫无意识地躺在地上，等着命运的终结，假使稻草有喜怒感知，此刻的它也是完全漠然的——无论是被小溪冲走，还是被靴子踏碎，它都完全无所谓。

这样保罗·伯恩海姆第一次感受到了战争。就像千百万应征入伍的士兵一样，在盲目的屈服于盲目的命运时，他感到某种崇高的沉着。当夜幕降临，车窗外像筑起了一道黑色的高墙，车厢里昏黄的灯光亮起来的时候，有好几秒钟，他觉得自己就像一具尸体，在点着灯的墓穴里。远远留在身后的，是所有那些喜悦和忧愁，恐惧和希望。他逃离了所有这一切。对于像他这样逃离生活的人来说，再没有比前线和死亡更安静、更安全的藏身之地了。

保罗想起出发前不久写下的遗嘱。如果战死沙场，他所有的财产都将归母亲所有，除了很少的一部分留给他弟弟特奥多尔——父亲的遗嘱完全没有提到他。一想到弟弟，保罗赶紧转换思绪。虽然他到前线赴死完全是自愿的，但想到弟弟在战场之外长大成人，肯定会经历战争的结束以及战后的好时光，保罗总还是有些嫉妒。他不配！保罗对自己说。不过很快他就又沉浸在死亡的预感带给他的喜悦之中了。

在这种情绪当中，保罗回想着过去的种种，不由自主地夸大着他昔日的光环，一时重回当年的不可一世。我曾经富可敌国，青春年少，意气风发。我也曾风流倜傥，也曾周游世界。我死而无憾。这时保罗却突然想起了尼克塔·本兹波若德科。我应该早点上战场的，他想。我就不该加入反战组织。现在我哪里是自愿为国捐躯，完全是迫不得已。我这是罪有应得。

夜渐渐深了，越来越冷。保罗想要关掉车厢里的灯。他想静静地躺在彻底的、坟墓一般的黑暗里。像躺在一个行进的坟墓里，驶向彼岸。然而车灯却关不掉，这是盏长明灯，已经在为救赎他的灵魂而燃烧。保罗的手指都冻僵了，但他还是尝试着在笔记本里写下点东西。写作有利于整理思绪！他想。可是他连一个句子都写不出来，只能开始在本子上涂鸦，就像曾经在宗教课上无聊之至的时候。保罗想起了学校的同学，他甚至还能勾画出好几个人的相貌。于是保罗画完了全班同学、教室还有老师们。那一夜就这样过去了。

第二天早上，雨变成了细细的冰雹和玻璃般的雪花，敲打在车窗上，声音略微带有金属感。

火车最终抵达这段旅程的终点站。那里像是世界的尽头。从这里开始，只能乘坐马匹拉的窄轨列车继续前进。这趟窄轨列车正是驶向部队的指挥部。

保罗和一些休假后返回部队的士兵一起，坐进窄轨列车低矮的车厢。列车的门窗都敞开着，传来士兵们的歌声，像隔了一堵厚墙，伴随着远处传来的炮火声。寒风和刺骨的雨夹雪打在身上，保罗都没怎么感觉到。这是他第一次看见伤员——一组伤兵正在撤退，他们胳膊上缠着白色的绷带，在卫生兵的搀扶下一瘸一拐地前行，走过之处，无论是黑色潮湿的田地还是黄色的黏土，都留着血痕。保罗·伯恩海姆站在车厢一角，竖着大衣领子，手插在口袋里，目光呆滞地看着这些后撤的伤员，看着绷带炫目的白色，锈红的血迹，他们军装上灰色的污渍和道路上黑色的粪便。远处的炮火声越来越密集。同车的士兵不再唱歌了，又一天慢慢地沉入黄昏里。

那天一入夜，保罗就上阵了，这真是不期而遇的好运气，不过他那时候对“好运气”还有着全然不同的定义。那天夜里敌军估计会发起冲锋。所有的战友都在给家里写战地遗书。保罗也给他母亲写了封信，不是因为他真有话要留给她，而只是因为其他人都在写，他不想显得古怪。她可能会为我落泪的，保罗对自己说，他想起父亲的墓地、母亲的泪水和空洞的眼神。给弟弟特奥多尔，保罗没有留下只言片语。然而，他却并没有战死，保罗·伯恩海姆！他被刺刀刺穿了右脸颊。第二天早晨，他被送进了战地医院，做了颌骨手术。在伤口恢复期间，他又得了伤寒，被转送到后方的传染病医院。也许是老菲利克斯·伯恩海姆冥冥之中在保护他引以为豪的儿子，也许是老伯恩海姆生意兴隆的好运气还在保罗身上延续，保罗大难不死。直到发着高烧，和其他四个伤员一起躺在营房里的军官隔间，保罗才体会到了对死的恐惧和对生的向往，虽然他一度对生死抱着无所谓的态度。保罗用尽一切力气，保持着对生的信念，他把那天战斗中留下伤口看作是命运对他网开一面的承诺。虽然同病房的病友几乎每两天就有人撒手人寰，保罗·伯恩海姆即使烧到迷迷糊糊、神志不清，也一直坚信自己会活下来。

保罗慢慢地好起来。他出院了，却又不慎着凉，患上肺炎，进了另一所医院。

患上肺炎正中保罗下怀，仿佛正是满足他求生的愿望，让他再也不用上战场。哥萨克人事件他也早就淡忘了。他又变回了保罗·伯恩海姆本来的样子。躺在靠窗墙边的床位上，他仍然还是那个聪明成功得不可一世的保罗。他曾经的傲慢像是他忠实的朋友，不离不弃。夜里，病房门上亮着蓝色的夜灯。同屋病友呼吸急促，鼾声如雷，听起来不像是个人，而像是某种古怪的动物。这蓝色灯光让人想起冬天的月光，是保罗最后的假想敌。他向这盏无辜的灯提出强烈抗议。像保罗·伯恩海姆这样的人物，是有跟一般的病人不一样的需求的，都是因为这盏灯的存在，他才没有机会点支蜡烛，在烛光里看书、作画或者写点东西。在这个鬼地方不仅每天被苯酚和碘酒熏，而且连书也看不成。我家大宅子里的房间多么宽敞体面！家里墙纸的花纹保罗·伯恩海姆还历历在目，还有那金色的铜锣，开早饭时温暖地敲响，还有柴可夫斯基的美妙旋律，他和妹妹一起四手演奏的钢琴曲！战地医院的死气沉沉，病房里浓烈的药品味道，医生白大褂的不食人间烟火以及病友们的奄奄一息都和保罗清醒、强烈又傲慢的求生欲望完全不同，就像健康和疾病一样大相径庭。保罗·伯恩海姆很以康复为荣，好像这全是他自己的功劳。他看不起其他病人，似乎他们因病低人一等。他同样也看不起医生，因为苯酚的味道太大。他习惯性地认为每个负责他的医生都是牙医技工，只有在战时才能滥竽充数。在保罗·伯恩海姆的榜单上，内科医生高于牙医技工，就像在他母亲的榜单上，政府职员高于银行家。为了报复医院不够照顾他的特殊需求，他对待护士就像对待女仆。他受伤前可能有那么几个小时因为觉得生无可恋，没有像往常一样傲慢自大，这些他都要现在变本加厉地补回来。保罗·伯恩海姆似乎天生就容不下任何谦逊的品行，哪怕只是昙花一现，也一定要用加倍的傲慢来补偿。都说苦难、危险和濒死的经历会改变一个人。这个说法明显不对，保罗·伯恩海姆就是反例。

保罗·伯恩海姆的恢复期真就一直拖到他不用再担心战争的时候。他一出院，就被准了探亲假，假还没休完，革命就爆发了。

值得一提的是，即使在这个时候，保罗·伯恩海姆也没有脱下军装，换便装出行。他不再以军衔为荣，因为他是战败方的一员。让他看不起的人和事很多，但是他最藐视的，就是败寇。他多少还有些庆幸，因为现在他参加反战组织的经历不会再构成什么威胁。暗地里保罗甚至还稍稍有点骄傲，因为英国，他的英国，是战胜国。就好像世界证明了保罗·伯恩海姆对英国的推崇是明智的。当谈论战争的时候，他总是摆出一副“我就说嘛”的样子。尽管如此，他还是不能勉为其难响应造反的士兵号召，卸下戎装。因为无论是造反、革命的人民还是战败的祖国，他都看不起。

这样他终于有一天被几个士兵打得头破血流，几家保守右翼团体的报纸却把他作为英雄主义和爱国主义的模范大肆鼓吹。这是他第一次看到自己的名字刊登在报刊上。于是他真就保守爱国起来，就像他从来没有参加过反战活动，就像他从不曾在战场上贪生怕死，就像他从没有推崇英国胜过自己的祖国。仿佛他出任议员或者内政部长，都是指日可待的事情。

当然是内政部长。

5

保罗·伯恩海姆其实是想事先电话通告他要回家的消息的。无奈和伯恩海姆太太打电话是件困难的事情。只要讲话的人不在视线之内，伯恩海姆太太就有些理解障碍。最少她也得在脑子里把这个人的形象勾画出来。只有等这个想象从头到脚勾画丰满了，她才能开始去思考某个问题的含义。在伯恩海姆太太的世界里，词语和人类的语言似乎都只是动作和眼神表情的辅助手段，不足以道事达意。她时常不分场合，口不择言，这可能是其原因。

于是保罗发了一份电报给他母亲。然而电报也能让伯恩海姆太太措手不及。在她看来，电报的发明就是为了迅速又可靠地传播事故讯息。自从她成了寡妇，尤其是战争爆发以来，伯恩海姆太太逐渐推崇“节俭度日”——她自己总爱这样说——并且开始计算保罗每次花了多少钱发电报。读到保罗讯息的喜悦，和她收到电报时的惊恐，以及算出电报资费时的心痛差不多持平。等到她证实不是坏消息，从惊恐中平复下来，并且克服了数字数算价格的强迫症，她才能逐渐地理解到电报的意思。

伯恩海姆太太知道保罗负伤，也知道他长时间卧病在床。因保罗从来没有告诉过母亲他换到了步兵部队，伯恩海姆太太自始至终保持着对骑兵部队的乐观信念。即使当她得知保罗负伤的时候，她也从来没有想过儿子可能会丧命。在骑兵部队受伤对伯恩海姆太太来说，不过就像用水果刀切到了手指而已。就算是伤寒，在伯恩海姆太太看来也不会对骑兵致命。“保罗是军官，”她说，“他肯定会得到很好的照顾。”所以在整个战争期间，让伯恩海姆太太日夜担惊受怕的，完全不是她的儿子，而只是钱。她对贫穷怀有极大的恐惧。她发现家里一直没什么收入，开销却很多。梅尔威希先生，她丈夫的一个老雇员，每个月都来向她报告业务情况。停战、革命、街上的瘸子，以及用她的话来说“从四面八方朝家里拥来”的大群乞丐，都让她非常焦灼不安。所以保罗要回家的消息也只不过让她稍稍高兴了几分钟而已。晚上特奥多尔回家时，伯恩海姆太太给他看了保罗的电报。他读完以后把电报原封不动地折好，放在桌上，一言不发，开始看报纸。伯恩海姆太太拿起总是武器一样挂在腰间的长柄眼镜，啪啪弹开，在眼前架好，然后仔细观察着她的小儿子，就像在看舞台上的表演。恼怒的时候，伯恩海姆太太爱用她的长柄眼镜。她发现长柄眼镜对用人们有特殊的威慑力。特奥多尔听到她眼镜的声响，埋在报纸后面的头沉得更低了。

伯恩海姆太太摘下眼镜。沉默了几秒钟后，她说："你就像你父亲一样没心没肺。但他至少聪明。他是个天才生意人。

"你呢，却还是个无所事事的废物。这么多年你都不学无术。如果不是战争特殊时期，降低考试标准，你不知道还要留多少级，或者干脆辍学做鞋匠。就跟我表哥阿诺德一副德行。他欠了一屁股债，最后死在疯人院里。疯人院还花了我们好多钱，不过好在他被关在那里，否则他肯定会犯事进监狱，最后还得让我们打点。"

伯恩海姆太太的责骂停顿了几分钟。特奥多尔依然在看报纸，她突然大叫起来："我们没钱了，特奥多尔，你听见了吗？我们没钱来救废物了，无所事事的人现在只能沦落成罪犯！你会进监狱的，你听见了吗？"

特奥多尔两手捂住耳朵，继续看他的报纸。"你的母亲要跟你说话，立刻把报纸放下。"伯恩海姆太太的声音低了些。

特奥多尔放下了捂耳朵的手，却仍旧还是看报纸。

有时候特奥多尔能一直保持沉默，直到伯恩海姆太太放弃，叹着气离开房间。今天她却似乎并不准备让步，而是重振旗鼓，继续开始说教。像是在慢慢地从嘴里拉出一根连绵不断的丝，她的每一句话都保持着均匀的语速，单调的嗓音让人抓狂。她一开头，特奥多尔就觉得这句话似乎再也不会终止了。伯恩海姆太太对她这种讲话方式的功效似乎心知肚明，而且为了进一步加强其效果，她还有专门的动作与之相呼应，配合着讲话的旋律。她摊开的手掌一次次以相同的频率，沿着桌子的边缘，分别向左右抚平桌布。虽然特奥多尔躲在报纸后面，但是母亲这双苍白的，变得有些紫的手还是总会扎进他的视线。这双老妇人无力的手让他逐渐产生了深深的恐惧感，像看到杀人犯双手一样。他全身僵直，报纸也读不下去了，那些专栏啊，报道啊，都模糊起来。但是他努力不露马脚，装作还在读报的样子，慢慢地翻页，不由得跟着他母亲的语速，被她的节奏控制了。

“哥哥从前线回家，”伯恩海姆太太说，“正常人都应该高兴吧。然而你却哭丧着脸。保罗没战死沙场却让你失望了？你以为做母亲的会不知道她的儿子在打什么算盘？上天有眼，而且你故去的父亲也知道，只是他从来不相信我，我跟他说过多少次，你从小就是个邪恶的孩子，像蜘蛛一样狠毒，猫一样虚伪，驴一样愚蠢。你的天性如此，再怎么教养也是徒劳。我以前总是跟菲利克斯说，只有出生前就得到了灵魂的小孩，后天才有可能被教育好。你就是个活生生的例子，你就没有灵魂。你如果不是害怕的话，肯定会出手打你的老母亲，你早就想看到我闭眼了，早就想看到我的尸体，真可怕。但是我不会就这样断气的，看不到你改邪归正我死不瞑目，但是你怎么可能改邪归正呢，你整天都在干吗，跟你那些朋友们鬼混，这些人我一个都不喜欢，保罗在你这个年纪已经风度翩翩了，他的舞跳得那么出色，在高级舞会上博得好多漂亮小姐的欢心，而不是像你一样整天在树林里躺着，四处胡乱开枪，你的强盗匕首和杀人犯手枪让我害怕，安娜都不愿意收拾你的房间了，我得亲自给你收拾房间吗？”

特奥多尔的脸泛起一层几乎发紫的暗红。他狠狠地把报纸扔到地上，站起来，一脚踢倒身后的椅子。深色镜框后，他的小眼睛不停转动着，似乎在搜寻长桌上有什么东西可以用来砸向他的母亲。可是桌上什么也没有，他开始反复大吼同一句话：

“把报纸捡起来，把它捡起来，把它捡起来，捡起来，母亲，母亲！”

特奥多尔的脸一会儿就恢复了苍白的颜色。

特奥多尔的脸泛黄，消瘦，还平得让人想起发酵不足，烤塌掉的面包，似乎中间是凹进去而不是凸出来。他的鼻子很小，没有血色，似乎一直到鼻尖都还跟面颊连在一起。特奥多尔的嘴唇很薄，闭起来也不能完全盖住牙齿。和惯于耸肩的人一样，他的下巴前凸。特奥多尔的耳朵也发黄，很大，还像羊皮纸一样，呈半透明状，而且毛边，仿佛是到边缘的地方原料不够了。他的额头像个男孩一样没有长开，却又像上了年纪的人一样，刻着四五道抬头纹，以及鼻根上方两道深深的眉心纹。额头上方是稀疏的头发，浅黄色，都极力地往上梳起。反光的镜片后面，特奥多尔清亮的眼睛带着恐惧的神色，像在看着一场突然燃起的大火。他的嗓音变得清澈又悲悯。听起来似乎是他在寻求母亲的帮助，请她帮忙把报纸捡起来。特奥多尔不由得发起抖来。为了避免牙齿打战，他不得不咬紧牙关，却还坚持着，含混不清地喊着：

“把报纸捡起来，把它捡起来，把它捡起来！”

伯恩海姆太太举起她的长柄眼镜，不无幸灾乐祸之心，观赏着特奥多尔失态。她非常享受这一刻。只有在这样的时候，她才能真的感受到自己的优越。仿佛只有他人的无理取闹，才能唤醒她的逻辑思维。虽然笑意还没有挂上嘴角，伯恩海姆太太的目光已经是带着胜利的微笑了。在特奥多尔窒息的沉默中，她平静地说：

“你真的没必要往地上扔报纸。即便在扔报纸是必要的情况下，你的母亲也不需要帮你把它捡起来。自己弯下腰捡吧，这对你有好处。多俯身挺健康的，就像在森林里散步一样。弯腰，我的儿子，自己弯腰捡吧！”

伯恩海姆太太说这些话的时候语气温柔又平静，洋溢着母性，字里行间却又隐藏着恶毒，笑里藏刀。

特奥多尔摔门而去。伯恩海姆太太冲着门的方向望了好一阵，直到所有的回音也都完全消失了。

然后她俯身捡起报纸，开始看报。

特奥多尔朝着走廊的方向走去。

他面带微笑，轻手轻脚。近视让他格外小心。他伸出头，四下看看，然后走向衣帽架对面的大立柜。立柜左边第二格里有一个铁皮盒子，一个存钱罐。这个存钱罐是一个慈善组织给伯恩海姆太太的，希望她每月把里面的零钱捐出来。但是伯恩海姆太太即使是捐款，也不满足于一张发票，而是一定要亲眼看到钱的去向。所以她用这个存钱罐攒了零钱，每周有一天，亲自给上门的乞丐。

这个铁皮盒子上挂着一把小锁。特奥多尔之前其实已经多次尝试过，想用他搜集的各种钥匙开这把锁。他知道，没有任何事情能比偷走这个盒子里的钱更让伯恩海姆太太伤心——这些钱因为迟早会被施舍出去，本来就已经让她很心痛。

这次特奥多尔先把存钱罐拿回了他的房间。他锁上门，一把把地试钥匙，停下思考一会儿，然后拿来一把刀，小心地撬盒盖上投放币的开口，直到它约有一指宽。特奥多尔既害怕又高兴，心跳加速……他干脆停下手上的动作，集中精力想象他母亲会有多生气。不由自主的，他突然喊了出来："无赖！"被自己的声音吓了一跳，特奥多尔屏住呼吸，竖着耳朵，听房间外面是否有人。好在外面并没有什么声响，特奥多尔松了口气，把手上的存钱罐反转过来。“哐啷！”——这声音却出乎意料地响。特奥多尔不得不再次屏住呼吸听外面的动静。他蹑手蹑脚地开个门缝，看到走廊上没有人才放下心来。然后，他小心翼翼的，从撬宽了的存钱罐开口处，把里面的硬币一个个往外掏。有的硬币很容易就掏出来了，有的却顽固地卡在存钱罐里面。特奥多尔有些累了，坐下休息，然后继续，直到深夜。他就像一个猎人，执着又耐心。最后存钱罐里面只有寥寥可数的几个硬币了。特奥多尔仔细地把撬开的投币口压回原状，悄悄溜出房间，把存钱罐放回大立柜。

特奥多尔数了数掏出来的钱。不多不少刚好是“神与铁”协会两个月的会费。他两年前加入了这个协会。

“神与铁”协会是由一个名叫伦哈特的年轻人创建的。他本人出身于市民阶层，却规定协会所有的成员都应当是贵族出身。无奈成立两个月之后，也只招募到四个满足条件的会员。于是协会章程做了调整，修改为只有“雅利安家庭出身的金发年轻人”才可以加入。可要是细看的话，协会创建人自己的头发其实也不是金色，而是更偏棕色。但无论怎样，州法院院长黑头发的儿子想入会就被拒绝了。于是这个年轻人向他父亲告状，说伦哈特和特奥多尔·伯恩海姆污蔑他是犹太人。愤怒的州法院院长随即约见这两位，并令他们通过儿子的入会申请。

这样，此协会的章程里，入会要求就只剩下了一条，即犹太人不得加入。

“神与铁”协会的成员们相互接济书籍、钱和武器。他们发誓，通过学校的战时考试毕业以后也会长期保持联系。而且，协会成员们都报名参加了志愿者医疗队。这样他们一起“出勤”，参加伤员运输，四处把担架抬上抬下，而且他们可以坐在救护车的副驾上，拉着警报在城里横冲直撞。这些年轻人每天都在热切地期待，希望宣布他们这一级学生的入伍令。然而最终等来的，却是各国停战，和平到来的消息。于是此协会发誓要向新生的共和国寻仇。协会成员找到反对共和国的秘密组织，并和他们结盟，每周两次在城外演习。

特奥多尔在这些操练中并不出色。他不擅长任何体力活动。特奥多尔的肤色苍白，步伐又急又短，任何动作都很剧烈。他说话的时候，语调常常轻柔得听不见，而即便是说很无关紧要的东西，也往往很激动。大家似乎能听见他剧烈跳动的脉搏。他的胸口里，似乎装了一颗小鸟的心脏，永远都在激动不安地颤动。特奥多尔遇到人的时候，能表现得像是刚刚得知了一个让人惊讶的消息，需要悄悄分享。

“您已经知道了吗？我还没有告诉您吗？——昨天我收到古斯塔夫的一封信。”

即使是最不重要的事件，特奥多尔都能装神弄鬼，让它显得危险又神秘。尤其是要显得神秘。他致力于打探一些其他人还不知道的消息，然后打着“千万不能告诉别人”的名头，告诉其他协会成员。通过这种方式，特奥多尔相信，自己是个重要人物。而对失去这种重要性的恐惧，也随之而来。

特奥多尔熟谙公共关系，懂得概念的重要：荣誉、自由、民族、德国。他不惜一切代价，想要成为有影响力的人物。他对疾病的恐惧——咽峡炎、肺炎、胸膜炎，都是随时可能患上的常见疾病——让他变得焦虑。特奥多尔很难有耐心读完一整本书。但是只要读了十页，他就会对这本书赞不绝口，或者直接把它判定为“垃圾”。因为特奥多尔热爱极端的表达方式——这可能是他青少年时代唯一明显的迹象。

特奥多尔自视甚高。他有时幻想着写一部家族史，探寻家族谱系，证明伯恩海姆家族是一个古老的贵族世家。母亲的犹太出身却显得尤为碍眼。特奥多尔虽然很害怕生病，但是他对母亲身世有可能在同学面前曝光的恐惧，远远超越了他对疾病的恐惧。于是，特奥多尔决定，编造一些虚假的故事，以备在同学面前讲到母亲家族的不时之需。他不惜代价撒谎的决心之坚定，对母亲身世泄露的恐惧之深，导致他对自己的谎言逐渐信以为真，觉得并没有不可告人之处。随着时间的推移，特奥多尔编造的那些谎话，慢慢都成了他眼中千真万确的事实。他坚信自己高人一等，所以言行处处都很傲慢。同学们之所以还能忍受他，是因为特奥多尔傲慢之余，时不时交替着用亲昵的态度和奉承恭维来拉拢人心。比如，特奥多尔会这样奉承一个同学：“别告诉其他人，说实话，您是这群人中间唯一目标明确、眼光远大的人！”或者：“太精彩了，让人佩服得五体投地，这确实是个成就！”

当特奥多尔说这些奉承话的时候，他可能确实也是这样想的。协会成员结伴郊游或者一起演习，特奥多尔都不太情愿参加。不仅仅是因为他有健康方面的顾虑，还因为他往往会由于大家的某些粗鲁言论，或是过分殷勤的举动，又或者一个恶俗的玩笑感觉受到了侮辱。特奥多尔对自己高贵出身的心理暗示如此成功，以至于还发展出了与之匹配的，高贵的脆弱。其实特奥多尔既不喜欢操练行军或者射击，也不喜欢露营。他之所以留在这个协会里，是因为这是个秘密的地下组织，参加就成为密谋者，是在从事冒险活动，同时也是因为协会里的同伴们可以做他的听众。特奥多尔不喜欢高筒靴子，也不喜欢绑腿。亲近自然的同伴们让他觉得平庸。他更寄希望于“技术”。“为了未来”——他尤其喜欢这句话。特奥多尔真切地希望看到德意志民族凭借现代技术，征服全世界。他眼中的现代技术，包括飞机、水平对卧引擎、价廉物美的汽车、化学产品，以及各种古怪的机器。在树林里进行新军演习被他私下戏谑地称为浪漫主义。但是为了利用这些协会的活动，有朝一日成为一个真正有势力的人物，或者至少有些影响力的人物，特奥多尔现在不得不先参加这些浪漫主义的活动。于是特奥多尔总是在撒谎，但是他并不在乎。口是心非是他的人生准则。

这天夜里，特奥多尔一直睡不着。他的母亲发现存钱罐被偷空的话会气死的——对，气得死掉，这样她就不存在了，那么特奥多尔的烦恼就少了一个——这些钱也正好相当于特奥多尔一个月的零花钱，本来他就觉得零花钱少得可怜。

想到保罗即将回家，特奥多尔洗劫存钱罐成功的喜悦之情荡然无存。半夜两点多他还不能合眼，对自己嘀咕道，这又是一个无眠之夜。这时候又还开始下雨了。

特奥多尔的窗口边有个排水管，果然不一会就有滴滴答答的水声。他打开床头柜上的台灯，觉得不够亮，只好起身去开墙上的大灯开关。因为特奥多尔在光线不好的地方总觉得没有安全感，所以他先戴上了眼镜。开灯之后，特奥多尔不由得在穿衣镜前停下来，端详着镜中的自己。睡衣看上去不错，他很满意。睡衣的布料泛着丝绸特有的光泽，宽宽的绲边是旧式骑兵上装的式样，颜色像是夏日的晚霞。特奥多尔热爱各种睡衣、高级内衣、丝质长袜。在他看来，在夜里也衣着考究，是高贵气质的表现。每天早上快速打出完美的领带，也是他的一大享受。特奥多尔当时支持州法院院长的黑发儿子加入“神与铁”协会不无私心，因为这个年轻人常常把订阅的男士时尚杂志借给他看。

为了多少能睡一会，特奥多尔吃了一颗佛罗拿[①]。可是佛罗拿“对心脏不好”。特奥多尔常常担心药店误把毒药当作药物卖给他。这些愚蠢的药剂师，他想，会把人像老鼠一样毒死。如果一个药剂师看我不顺眼，他想我死易如反掌。所以需要对这些家伙和善些。明天我就和善地对待他们。只要是男人，特奥多尔都叫作“家伙”。对他来说有两种家伙：他崇拜的和他鄙视的。

特奥多尔的哥哥保罗是那种他鄙视又嫉妒的家伙。明天这个家伙就要回来了！他富有、年轻，又健康，一个卑鄙的幸运儿。他的财产会给我一份吗？肯定不会。他是个守财奴。（无论是他崇拜的还是鄙视的“家伙”，特奥多尔都一概自行杜撰出他们吝啬的品行。）明天他就回来霸占整幢房子了，和母亲联合起来针对我。我要高傲矜持地接待他。我要尽我所能。

“尽我所能”，特奥多尔喃喃地重复着。他又陷入了恐惧。佛罗拿没起到什么效果，屋顶的排水管还是在滴滴答答地响，风夹着雨点，像是小石子敲打在窗玻璃上。特奥多尔随手翻开一本书，《教育家伦勃朗》[②]，这是他在保罗的图书馆里面找到

① 是第一个商品化的巴比妥类药物，属长效类催眠药，具镇静、催眠、抗惊厥及抗癫痫作用。 ——译者注

② 尤利乌斯·朗贝（Julius Langbehn）以笔名“一个德国人”发表于1890年的作品，鼓吹民族主义。——译者注

的。特奥多尔在书里看到了一句喜欢的话，决定把它背下来，好在明天和伦哈特讨论的时候征引。一背书，困意袭来，特奥多尔慢慢睡着了。

窗口渐渐泛起了白色。

6

特奥多尔很晚才醒来。

走廊上传来保罗的声音，特奥多尔决定尽可能推迟和哥哥的重逢，所以又在床上躺了两个小时。他的母亲来敲过门。可是特奥多尔一言不发，只是咳嗽了一阵。他一直躺在床上，直到听到母亲走开，在饭厅跟保罗讲话。

特奥多尔精心梳理了一番，最后把“神与铁”协会的徽章插进纽洞。他觉得自己像是在准备出迎一个危险的敌人，直觉告诉他需要做好一切准备。特奥多尔一共有三把手枪。他取出其中一把，检查了弹匣，插进裤兜。然后他蹑手蹑脚地——就像是想出其不意地吓唬谁一样——走近饭厅，驻足在门外听了一会儿里面的动静，然后走了进去。

兄弟俩马马虎虎地拥抱了一下，敷衍地互吻脸颊，却连脸颊都没有碰到。

“你戴着的是个什么徽章？”保罗问道。

“这是我们的协会！”特奥多尔回答。

“你们那个协会干什么的？”

“什么都干！”

对话停滞了。

特奥多尔受不了沉默，开始在房间里来回踱步。他低着头，操着小碎步，右手的拇指插在马甲的袖口里。他看起来像在背诵什么东西，又或者是他哥哥给了他一道难题，他在试图破解。

“你起得挺晚的？”

“是啊！”特奥多尔嘟囔。

“你昨天晚上很晚上床吗？”

特奥多尔心里一惊。难道哥哥发现了存钱罐的事？

“是啊，我睡得挺晚的。你知道吗，下雨的声音吵得我睡不着，而且，我也在工作！”

“你在看书？”

“对，我在读马克思，已经读了几个月了。”

特奥多尔就喜欢说让人目瞪口呆的谎话。听话的人震惊之余，每每完全忘记怀疑所听之言的真实性，反倒会心生崇敬。

“你怎么想起来研究马克思的？”

“这个家伙还是有些正确的东西。他看问题还是很敏锐的。而且，要想克敌制胜，就得先知己知彼。”

“你准备写反对马克思的文章？”

“写文章？写文章早就过时了！行动至上！”

“什么算是行动？”

“用脑子，用双手干出的实事就是行动。比如说：在德国重建秩序，推翻政府，把布尔什维克和犹太人赶出所有政党，燃起欢庆的火焰，宣战！”

“这是以你们协会的名义发表的言论吗？”保罗问。

“当然，”特奥多尔回答，“我们这没有人像你这样疯狂，不合群。我们肯定不会再输掉任何战争。”

“所以你是在怪我战败了？”

“正是，就是你和其他的犹太人的过错！”

“所以我们之间算是宣战了？”

“至少是敌对关系。如果必要的话，宣战也无妨！”

“这样的话，”保罗停顿了一会儿，平静地说，“那我们不能在同一个屋檐下生活。我们可能得征求母亲的意见——因为按照父亲的遗嘱，这房子是属于她的——问她谁可以留下来。”

“法律关我屁事。按照你们的罗马——犹太法律，要搬走的人多半是我。”

“我们的法律总之不是日耳曼法律。”

“走着瞧！”

特奥多尔又开始踱步，右手拇指还是插在马甲的袖口里。

他想要通过一种含蓄、就事论事的方式来和哥哥对抗。

“你读过马克思的书吗？”

“没有，”保罗说，“只读过其他人对他的负面评价！”

特奥多尔虽然反对马克思，却仍然认为，如果保罗实事求是，承认马克思的高明之处，那么他还会有点和解的愿望。他说：

“无论如何，这个马克思，是个大人物！”

“大人物”这个词特别让保罗反感，特奥多尔说出这个词的口气，也尤其刺耳。保罗感觉，弟弟的存在就刺痛了他的双眼。他的双手，因为愤怒颤抖发麻，不得不插在裤兜里。

“你就是个文盲！”保罗突然说，“最基础的常识都还有得你学！”

“你有什么资格，完全没有，你完全没有资格！”特奥多尔的嗓门大了起来，“基础的常识，什么老生常谈。你们所谓的智慧就不过是这个！你们就是带着这些常识，输掉了战争！我们要开启德国的新时代。你们的常识都是狗屁！我们才不从头开始呢。不是非要读过赫尔德和莱辛，才是人，才是德国人！你们这样和我们说话，无外乎是因为嫉妒。你们不愿意看到我们后来居上。你们对我们心怀怨恨！你们嫉妒我们有未来！你们的古典教育一文不值！真相就是这样！你这个傻瓜！”

特奥多尔大吼出这最后一句话时几乎是在咆哮了，把伯恩海姆太太也从厨房里惊了出来。她还没开口讲话，先用手背抵抵眉框，以确保即将需要用到的泪水能顺利地从干涩的双眼中挤出。伯恩海姆太太靠门站住，说：

“你看，保罗，你的弟弟可不是个愚蠢的孩子？”

特奥多尔瞟了他的母亲和哥哥一眼，俨然是看着战败敌人尸体般的眼神。然后他掏出手帕，开始擦眼镜。特奥多尔的眼皮上下颤动着，小眼睛不时瞄着母亲和哥哥，心想：我镇住他们！——他随后戴上眼镜。

这时保罗冷不丁地站起来，两个拳头来势汹汹地挥向特奥多尔的脸颊。特奥多尔的手朝装着手枪的口袋摸去。在这一瞬间，保罗眼前又浮现出和尼克塔交锋的一幕。他飞快地击中了特奥多尔的眼睛。哗的一声，特奥多尔的眼镜碎了。就在这时，伯恩海姆太太惊声尖叫起来。

有那么几分钟，屋子里的三个人都呆若木鸡，就像蜡像馆里的仿真人像一样一动不动。空气好像凝结了，只有壁架上的钟在嘀嗒，雨淅沥沥地打在窗户上，走廊里传来水管嗡嗡的声音。

然后这三个人像突然被解冻一般，四下散去。伯恩海姆太太夺门而出。之后保罗也离开了饭厅，去了他的图书馆。

剩下特奥多尔，捡着地上散落的玻璃碴。其实特奥多尔本不想管这些玻璃碴。他也不知道拿它们有什么用。或许应该把碎玻璃悄悄撒进煮饭的锅里，好割破所有人的喉管；或者一把扔进保罗的眼睛；又或者倒进装盐的瓶子。特奥多尔把碎玻璃攥在手心，探着头走进自己的房间，仿佛在找寻什么。他拿起大衣，一边换上长靴一边想：我可不会落个肺炎，这岂不正顺了你们的意。特奥多尔出门去眼镜店，随后一路走到“神与铁”协会。

保罗发现，他家庭图书馆里的藏书多半不知所终。他于是到特奥多尔的房间，从书架上拿下一些书，都放回他的图书馆里。然后保罗又折返特奥多尔的房间，四下环顾。他发现，墙上的衣钩上挂着三件防雨夹克，夹克的袖子上，肩部下方都绣上了白底黑纹的“卍”字纹样。墙角放着一根拐杖，从把手处不难看出，这实际上是一根钢制短棍，隐藏在拐杖的木质空壳里面。保罗还在特奥多尔的床头柜里找到了一把猎枪、两把手枪。此外，书桌放拆信刀的抽屉里有两把匕首，桌面上的墨水瓶边有个小小的方型硬纸盒，里面装满了子弹。特奥多尔的武器装备，足以抵挡一个连的袭击。

特奥多尔的房间里很热，除了各个房间里都配备了的暖气设备，这里还有一个小小的钢制火炉。火炉现在是凉的，不过可以看出昨天夜里还用过。因为有了这个临时取暖设备，特奥多尔的房间有些下级军官宿舍的感觉。特奥多尔没有火钳，用一把废弃的伞骨代替。离火炉不远的墙上挂着两根交叉的棍子，中间挂着一个瞄准器，这显然是特奥多尔珍视的东西。

整幢房子里，只有特奥多尔的房间是暖和的。自从伯恩海姆太太厉行节约以来，只有温度降到五摄氏度以下，她才允许管家开动暖气。家具上，地毯上，房间的窗户上都像罩了一层荒芜的薄冰。家里的一切井井有条，整洁干净，不食人间烟火，就像在家具店的展示间。所有东西都似乎是全新的，从来没有使用过。家具熠熠发亮，像才买回来的一样。地毯也都一尘不染。其实伯恩海姆太太已经让人把好些地毯卷起来，放进储藏室了。这些地毯就被庄重地束之高阁，却又似乎还在满怀希望地等着人来取它们出去。地板上曾经铺着地毯的地方，现在只剩下一层光秃秃的砖红色漆布，软塌塌地摊在那里。人走在上面，像是走在大块的橡皮上。菲利克斯·伯恩海姆先生重修这栋房子的时候装的钟——他在世的时候，因为深知时间宝贵，尤其喜欢钟，所以或挂钟或座钟，每个房间都配备了一个——现在只剩下饭厅壁炉上的最后一个还在运作。伯恩海姆太太认为，这样的贵重物品如果使用，必然会有可观的损耗。但是她还是把这些停滞的钟留在原地，每个房间都有。它们白色银色的钟盘变得落寞又无用，指针多年来停在相同的位置，给房间的空旷又加上一股呼之不去的沉默气息。

保罗在宅子里上上下下走了几圈。每次在父亲大幅的半身像前经过的时候，他都停下脚步。这幅画挂在父亲以前的书房里，下面的书架上以前总堆满了各种书报和信件。现在，这个书架最上层的格子里只有一把孤零零的小台秤，用于称信件重量的黄铜秤盘发着冷光，好像因为气温过低在微微颤抖。父亲画像的目光似乎就落在秤上面。而证明死者的目光没有重量，仿佛成了这台秤现在唯一的功用。保罗努力地想要在这幅蹩脚的画像中找到父亲真实的样子。然而画作只是寥寥点到了父亲容貌最基本的特征，不足以让保罗识别出父亲的影子。他还记得父亲的一些肢体动作和他的手，手上有青紫的血管，手指甲是四方形的，干净得几乎发白。但是父亲的容貌却只是一片模糊，好像他从来没有存在过。即使现在打开棺材，也不能解决这个问题，因为他父亲的脸现在必定已经千疮百孔，早就是各种虫子的家园和食物。

保罗第一次为父亲的离世而感到难过。父亲曾经是这个家里唯一的力量和温暖。保罗决定，离开这宅子。只要他的母亲还在，这里就不可能有什么改变。母亲肯定不会让特奥多尔搬出去。保罗决定自己离开。

保罗穿过花园。玫瑰花枝被包在稻草里面，在雨里瑟瑟发抖，栅栏上新种的灌木稍许长大了些。花坛里的小矮人人偶都狼狈地滴答着雨水，它们明艳的颜色都渐渐褪尽了，带着童话色彩的白胡子里混杂进日晒雨淋的青苔绿。曾经，这些全新的小老头来到这个全新的花园。现在，它们却要见证世事凋零，丧尽欢快的品性。跟人不同，格吕茨尔公司生产的小矮人人偶刚出厂的时候，在它们的青年时代，头发胡子雪白，然后随着年纪增长而逐渐褪色。花园里的碎石子小路没有人维护了，烂泥渐渐吞没了所有的碎石，踩上去再没有小石子的声音。在这个下着冷雨的秋日，花园看上去更像个废弃的工地。

“我们的园丁在干吗呢？”保罗吃饭的时候问他的母亲。“我把他辞退了，”伯恩海姆太太说，“是这样的，战时他应征入伍离开了。一个多星期以前他从前线回来，但是我没有重新雇用他。门房也可以料理花园。我们得控制开销，保罗！汽车我也卖了，我还卖了两匹马，把马厩租了一部分给戈尔斯特内尔。”

“谁？”

“那个牛奶商，你不认识他吗？我们已经一年多没有厨师了，只有一个女仆。我现在都是自己在厨房做点饭。”

“暖气也都不开了。”

“地窖里还有些煤，但是这不够这个冬天用的。如果现在就开暖气的话，一月份该怎么办呢？现在这世道！乞丐都不请自到，态度顽劣。总有一天他们会袭击我们的。现在就是个无法无天的世道。梅尔威希建议我买股票。如果真动乱了，我要股票有什么用？”

“钱会变得一文不值的，母亲！”

“一文不值？钱？”伯恩海姆太太惊呼道，“那还有什么保值的？”她的口气就像是有人告诉她太阳明天不会再升起。

“买股票，”保罗说，“确实更好。”

“不，看在老天分上，保罗！”母亲说，“女人家买什么股票！女人不懂股市。”

“那就让梅尔威希操办吧！”

“这可不行，你知道的。他之前建议我买了战时公债。你明天去办公室，跟他讨论。这几个月以来，他真不称我心。他家里出了些问题。他的儿子的腿被截肢了，没工作。这些人啊！职员只有在没有经济压力的时候才能是个正派人。”

伯恩海姆太太说这些话的口气，俨然还是带着当年“皇族般的高贵”。她仍然还是很适应这样的派头。虽然保罗从没有对家里的职员有过什么好感，母亲的话他仍然觉得很刺耳。“可是母亲——梅尔威希先生为我们工作三十年了！”

“然后他在第三十一年开始偷东西。”伯恩海姆太太说。随即她似乎用了很大的力量紧闭双唇，这让她整个下颌的肌肉皮肤都绷起来，脸看起来像一块白色的石头。

保罗当天下午下班前就去找梅尔威希先生了。他像平常一样在磨砂玻璃屏风后面，坐在他架高的书桌旁。他浓密、花白的小胡子拧在一起，绿色的眼睛像玻璃瓶的颜色，目光严肃，说起话来总是略带怨气。梅尔威希属于那种服务得太久的职员，不再能分辨正派和铁石心肠的区别，诚实到坚如磐石。

“局面很糟糕，保罗先生。”梅尔威希说——他虽然只是在抱怨，听起来却像是指责。“自从先生辞世以来，我们丢了很多客户。这些客户大都去了那几家大银行。所有小银行的日子都不好过。其他小银行好多都开始做些不那么正经的生意，但是这肯定不符合您仙逝的父亲的意愿。”

“说‘去世’就可以了，梅尔威希先生。”保罗打断了他。为了不让梅尔威希继续抱怨下去，保罗说：

“现在我们会重振旗鼓的，梅尔威希先生。我会带领大家重新开始。”

“是时候了，保罗先生——”

“母亲，”保罗晚上对伯恩海姆太太说，“我为梅尔威希先生担保。我检查过所有账目。他只是笨而已。”

“所有的职员都愚蠢，我的孩子。你买报纸了吗？特奥多尔今天没回家。通常他会带份报纸回家。”

“我们不是订了报纸吗？”

“不再是了，我的孩子！我退订了。”

“你怎么不让人去买一份呢？”

“我以为你会买一份，特奥多尔也会带一份回来，这样我们就已经有两份了。”

“我现在去买。”

当保罗再回到家的时候，桌上有一份电报："罗伯特星期三来。吻你，丽娜。"

还有个罗伯特。保罗几乎把他忘得一干二净了。这个骑兵上尉现在该干吗呢？

"得给他安排个差事。"伯恩海姆太太这样认为。

"他对生意一窍不通。"

"没关系，他会学会的！他这样的人才！"

伯恩海姆太太看男人，从来都是以貌取人。她尤其钟爱女婿。"罗伯特这么仪表堂堂——即使穿便装，看起来也像个骑士。"保罗想到自己当年没能留在骑兵营，心里一阵不快。如果不是没能留在骑兵营，他就不会遇到尼克塔。如果没有遇到尼克塔，他就不会那么长时间卧病在床。保罗没表示对罗伯特的不满。当妹夫来访的时候，保罗甚至表现得很友好。妹夫其实是个挺和善的人。他只是穿了一套难看得吓人的便装。他的领带实在太宽，深绿色的帽子又实在太小。保罗决定，先带罗伯特去裁缝铺和帽子店一趟，然后再给他找个好理发师。

保罗于是把这个光鲜起来的前骑兵上尉安插进了银行。妹夫还活着，保罗其实还是很庆幸的。 他是个靠得住的人。保罗自己负责起了银行的"外勤"工作。"外勤"对他来说，就是旅行。最后保罗在柏林租了一套公寓住下，一个星期只回银行一次。

7

一天下午，当保罗离开公寓的时候，门房对他说："早上好，伯恩海姆先生！刚才您楼上三楼的房间空出来啦。"

保罗才起床不久。他习惯性地对每天起床后首先得知的消息更感兴趣。而且，保罗对公寓的门房有着某种依赖性。虽然保罗每周三次用外汇支付了小费，但是这个门房深谙让保罗愧疚之道，让他觉得付出的一点小钱和得到的服务完全不成正比。保罗现在如果不对门房给的消息做出回应，他肯定会觉得尴尬。除此之外，想到在他头上的房间空出来实在让人不快，谁知道什么人会搬进来呢，说不定会开个游艺俱乐部，吵死人。而且他也不想显得像另外一个租客，吝啬鬼一样爱财如命。于是，保罗拿出生意人的样子，向门房打听空房间的租金。"十美金一个月！"门房说，他似乎从来不敢跟伯恩海姆先生提另外的货币。"我要了，"保罗当机立断，就像在电话上简明地宣布，"我要了，成交！"

保罗也确实需要一个额外的房间。他在选帝侯大街上走得越远，就越觉得这个房间是必要的。这是个二月的大雾天，街角处的乞丐和瘸子都蒙着一层烟灰色，三米之内不见人影。路灯都提前打开了，却像是熄灭了的星星。保罗知道，如果刚才没有租那个空房间，那么现在他肯定很难过。租了这个房间，今天则有个让人兴奋的小事。今天保罗没有收到任何信件。每当信箱空空的时候，保罗总觉得分外孤独。这样的时候他就是个悲观主义者，而且迷信。他想象着某些神秘的敌对势力要么阻止了他的通信对象写信，要么就是半路拦截销毁了那些已经写好的信件。保罗自己其实并不爱写平常的书信。他要么发电报，要么写挂号信。看来昨天没人想到我，如果信箱哪天是空的，保罗就这样对自己说。我朋友遍天下，可其实还是这么孤独。连马尔加都没有给我写信。

没有收到信的时候，保罗会满心欢喜地期待着去市中心的办公室处理工作信件。（保罗不说市中心，而是用英语“City”这个词。）否则他对工作信件真没什么兴趣。保罗的一个合作伙伴转租给他一间办公室，他把秘书和一个文员安置在里面。这两个人负责接听并记录电话，自主结算小笔的业务，遇到大笔业务则给保罗的公寓打电话。每天下午，保罗起床以后就到办公室来。如果他在家收到了信件，保罗就坐车来。如果哪天没有信件，那他就会走路来办公室，以便路上充分玩味这份孤独感。这样这孤独的苦痛有时间转化为温和的忧郁，对于今天的业务信件能有惊喜的希望也一点点增长。一封私人信件也有可能混进了公函之中。

保罗决定退掉在“City”里的办公室，然后把楼上的空房间改建为办公用途。昨天晚上保罗一个人在家待了几个小时，没有朋友来访，没有信件，没有人打电话。这样的时候，他感觉被孤独感所囚禁，就像身处监狱。保罗跟几个女人有点关系，但是只要她们不在身边，他就不会挂念。跟他长期约会的马尔加住在维也纳，一个月来柏林看他一次。她是个年轻的女演员，无论如何也不愿意放弃演艺事业。保罗没能在柏林的剧院给她找到一个差事。但是就算马尔加长期待在保罗身边，他的孤独感也丝毫不会减弱。马尔加跟保罗在一起，只是因为世俗之见认为她需要一个男人。保罗也并不爱她，但是同样也是碍于传统，应该有一个女朋友。有女朋友的人，在社会上甚至生意场上都显得更可靠。

独处不容易。孤独的时候，让人难堪的想法就会像潮水一样涌上心头。保罗独处的时候，就会想到尼克塔，想到战地医院，想到他失去了的英国，想到半途而废的牛津。保罗现在快三十岁了。他认为生命的第三十个年头是成名成才的最后机会。如果三十岁还没能成为一个重要人物，那么这辈子都不会再有机会了。那么生命也就失去了意义。保罗觉得如果安享平庸的生活，就是出卖了自己，出卖了他的才华，出卖了他天才的少年时代，出卖了他已故的父亲。要么成名要么死去，在保罗看来，他的未来没有其他的可能。把成名的光环想象得越耀眼，他对死亡的恐惧就更深刻。而保罗现在就已经有时会被死亡的空洞所包围占据。

为了逃避这种死亡的感觉，保罗热衷于社交。他交往的人都靠他生活，都是在时代的迷雾中走出影子，被这时代的迷雾所塑造。这些人都活跃在艺术和冒险之间的灰色地带，这个地带充满未知，边界模糊，又变化莫测。他们多少和戏剧、绘画或是文学有些关系，可是自己又不是演员、画家或者作家。可能有个人给某本杂志写过一个星期的稿子。另一个收了报社一篇报道的预付款，可是他永远也不会写完交稿。再有人成立了一个青年剧团，但是在第一场演出时就被逮捕了。还有人把自己的公寓租给了一家赌场，不能再回家，却又在另一家赌场把收来的租金都输光了。还有一个学过医学的人，专长是堕胎，但是保险起见只在朋友圈子里行医，所以也收不到一分钱诊费。另外一个人组织集会实施通灵术，却被自己的“媒介”告发。还有一个同时为当地警察和外国官员开展情报活动，欺诈两边雇主，然后得躲避两边的报复行动。还有人给俄国移民办假护照以及当局的居留许可。还有人给极端报纸提供地下民族主义组织的假新闻。然后还有一个人在这些报纸出版前就把它们都买下来，再从那些保守的有钱人那里收取奖金。当时的世道证明，每时每刻，品行无外乎由货币的涨跌所掌控。这是个老道理，但是在那些货币价值相对稳定的年头，被遗忘多时。

全球的证券市场正决定着社会的道德。

这些人任何时候都是伯恩海姆公寓里的座上客。保罗·伯恩海姆是他们当中唯一真正挣钱的，也就是唯一挣外汇的人。所以保罗自然高人一等。这种优越感越使用就越明显。有时候保罗喜欢高估他的朋友们，这样他自己也显得更有影响力。他给自己创造出一种前呼后拥的假象，好像真的过着大东家一般的生活。就像他父亲当年一样，保罗现在也在英国定制西装、皮鞋和帽子。他用英国产的烟斗抽英国产的烟草，吃水果燕麦粥和生肉，又开始像年轻时一样骑马。但是没有自己的马真的让他很苦恼。保罗贷款买了一辆汽车，雇用了穿着制服的司机。其实他还想拥有几匹马，还想再多买几辆汽车。保罗和所有人一样，都相信经济决定政治，也决定整个国家，甚至整个欧洲的生活。他对艺术史和文学的兴趣减退了，取而代之的是经常谈论“经济现实”。“关键的是，”保罗对昆理希博士——他的一个朋友——说道，“控制市场。市场就是公共舆论。媒体都是银行的奴隶。谁能控制所有的银行及其奴隶，就能执政，统治国家。”

昆理希博士是个左派，同情俄国，自认为是个革命者，唯独还缺少了革命。他聚精会神地听着保罗·伯恩海姆的长篇大论——资产阶级社会秩序的反对者在为了推翻它做准备的时候，总是这么认真。伯恩海姆认为昆理希博士是一个重要的无产阶级领袖，昆理希博士眼中的伯恩海姆是重工业界的秘密亲信。作为两个敌对阶级的代表，他们就这样面对面地坐在一起，心平气和，就事论事，甚至发展出了友谊。想到自己对对方产生的影响，两个人都很满意。

“那我们岂不是还要和俄国人做生意了！”保罗不无讽刺地对昆理希博士说。

“我们在这里从你们那夺回的钱，你们会在俄国挣回来！”昆理希博士回答。

晚上保罗和昆理希博士一起玩牌。昆理希博士输了。他认为，价值观导致自己在游戏里不走运，因为他天生视金钱如粪土。随后，他向赢了钱的保罗借了一些钱，又按照传统，宣布保罗在赌场得意，在情场必然会失意。昆理希博士晚上不谈政治，而是更喜欢卡斯特内讲的奇闻逸事。卡斯特内时不时会带些色情书刊来给大家翻阅。总有些手头困难的人会帮他代购。伯恩海姆已经从卡斯特内手上转买过好些色情读物了，用于消遣来访的女性客人。他总是对她们说：“我还有点事得出去一下，半个小时的样子。您在这先看看杂志吧。不过千万别碰这一摞，这是荼毒女性的东西！”当他一刻钟之后提前回来，客人保准正在看这些禁书。

保罗·伯恩海姆每周都要在家设宴几次，通宵达旦宴请宾客。他的司机戴着白手套，给客人们服务。晚餐过后，一个年轻的诗人会朗诵些戏剧作品。房间里的吊灯都关了，只有角落里的蜡染灯罩后，还零星地亮着几盏灯。朗诵的诗人坐在一把扶手椅上。其他的客人都躺在坐垫上——伯恩海姆有大量的各色坐垫——就像临时的沙发。随着戏剧作品情节的推进，听众对身边女客人的兴趣也逐渐增长。当诗人读最后一幕的时候，大多数客人已经在暗处躺下了，就像在拉下的帷幕后面。

蜡染罩的灯也关了。黑暗中时不时还能隐约看见一只手，在摸索着寻找杯子。旁边的房间里，司机用留声机轻声地放一首柔和的曲子。有人跟着轻轻哼唱。还有两个人摇摇晃晃地站起身来跳舞，随着旋律转了几圈以后又倒下了，好像是身体里控制四肢的发条转完了。大多数人还能打起精神抽烟。随着烟雾弥散开来的，还有他们嘴里陈腐的味道。葡萄酒味、香烟味和香粉香水的味道混杂在一起，似乎变成了薄荷和牙膏的味道。天不亮司机就用小杯子给客人送来黑咖啡。他的白手套仿佛永远也不会脏，雪白雪白地在黑暗里闪耀。这些戴着金手链的绅士和淑女们跷着小指，端起杯子享用咖啡。

然后客人们纷纷离去，没有人告别，大家都悄悄地消失在白天与黑夜之间，好像是出于对黎明的恐惧。最后一位客人离开半个小时之后，保罗都不知道家里是否还有其他人。于是他像守夜人一样巡视各个房间。在清晨的第一缕阳光里，保罗在家里的角落里、成堆的坐垫间寻找睡着的客人。他其实暗地里希望有一个客人留下来，但是又害怕如果说出来就没有人要走。当保罗最后确定没有其他人之后，他开始在钢琴上弹奏少年时代的乐曲。冬日像灌了铅一样，慢慢爬上窗口。保罗任凭手指跟随记忆，不受控制地拂过键盘。这样弹出的曲调似乎延迟着到达他的耳朵，就像听见别人在几间房以外弹琴。琴声响起的时候，也是窗外的大街上开始有人声的时候。保罗想起他童年时候的清晨，去学校之前的时间，醒来和起床之间那短暂又漫长的一刻钟，这时他总是竖着耳朵聆听远处的街道上和旁边的房间里传来的声音。整个宅子里，甚至屋外的街道上，都充满了现磨咖啡和在油脂里嗞嗞作响的煎蛋的香气。在保罗离开家以后，这香气还会伴随他一段路。路上轻型农用车正慢慢地往城里开。在第一个拐弯处保罗总会遇到市政府的洒水车，像是金属制成一般，沉重得嘎吱作响。当时还是两匹骨架高大，纪念碑一般的马在拉这车。它们似乎也在一路数着自己威慑人心的蹄声。早上各家各户的院子还都空着，商贩沿街叫卖的吆喝声回荡在院墙间。民房敞开的窗户里传出整理房间的女仆的歌声，和商贩的吆喝像是在一唱一和。保罗的眼前浮现出一个个同学的面容，他可以按照字母顺序回忆出每个同学的名字，随即这些名字又都慢慢地在往事中模糊了。

要是没有在战争中丧命，他们都会成为怎么样的人啊，保罗心想。而且他们当时都不及我十分之一！——在通宵达旦之后的清晨，保罗·伯恩海姆前所未有地清醒，一个个拆穿自己自欺欺人的骗局。只有这时，他才会看到，这不过是些毫无价值的酒肉朋友，而这貌似奢华的生活也只是金玉其外败絮其中。保罗关于儿时房间的记忆还这样地鲜活真切，镜子一般折射出了他当下生活的空虚。就像伪造的珍珠一旦跟真的放在一起，立马相形见绌。像一座咄咄逼人的冰山，在向保罗人生的第三十个年头漂来。抱负困扰着他，带给他肉体的折磨，无处可逃。让这所谓的雄心壮志离开我吧，保罗心想，如果能做个手术，把它切掉！这不是性格，这是个多余的器官，病入膏肓。像一个吝啬鬼盘点他无用的珍宝，保罗罗列着自己无用的才华。他会作画，演奏乐器，写作，他谈吐风趣，多少会做点生意，也略通世故，懂点国民经济和世界政治。他混得还不错，能挣点钱。可是这一切既不足以让保罗成为枭雄，也没能让他真正体会到贫穷的苦涩。这世上必定还有秘诀，成功的秘诀。仔细想想，应该能找到吧。或许他需要攀一门幸运的亲事。

又是新的一天来了，可怕的一天。这新的一天给人带来空虚、寒冷和让人惊恐的真相。这些真相惊醒了死亡的影子，是平庸的救赎：然而这是怎样的救赎啊！就像人们在劫难来临时闭上眼睛一样，伯恩海姆在新的一天来临时闭上了眼睛，睡着了。

每天顶多需要工作两小时。生意已经上了路。跟梅尔威希打两个电话挣的就足以支付两个月的花销。单靠黑市和三个城市的证券市场上美元汇率的差价就能得来奢华生活。终于说服了老梅尔威希跟操控黑市的人合作。否则这个老员工就会被解雇。“没有怜悯之心，”保罗说，“就没有弱点。”“不要多愁善感！”这是保罗的口头禅。

把办公室搬到公寓楼上的房间来之后，保罗不会觉得那么孤独了。就在楼上，那坐着他雇来的人。这些人都靠这份工作维持生计，所以得听从保罗的吩咐。朋友借了钱，常常觉得可以用友情抵消掉。雇员和朋友可不一样。每天下午三点左右，保罗上楼去办公室。只要他的钥匙插进锁孔，里面就立刻传来两台打字机噼噼啪啪运作的声音。进门就看到两个年轻女孩，全神贯注地坐在打字机前工作，就像她们完全没有听到保罗进门的声音。她们按照对女性文员的要求，猛兽一般扑在一封无足轻重的公文上，似乎试图用打字机的拉杆把它撕碎。这很讨她们雇主的欢心，保罗欣赏的，不是她们的勤奋，而是她们面对他时的畏惧心理。这样的卑躬屈膝也让保罗·伯恩海姆心情愉悦。这是一个需要勇气，需要当机立断的时代。在这个时代，贸易受战争的影响之深，发展出一套连业务都要开始以“行动”命名的策略。按照这个时代的风气，伯恩海姆的目光匆匆扫过书桌，以及那些已经整整齐齐拆好，等他处理的公函。保罗·伯恩海姆处理信件时，秘书有事的话总是畏畏缩缩地等在一边，唯恐打扰老板读信。这时他尤其喜欢用余光瞄着秘书，然后变得和蔼可亲——这也是老板享受权力的手段。

“您那有什么就尽管给我看吧。”

保罗·伯恩海姆观察着秘书的西装——僵硬的布料发着廉价的光泽——心中一种难以名状的喜悦，就像年少时，拿着成绩单和那些还需要在学校等着补考的同学们告别。

“电话业务？”

“到现在一共四笔，”秘书说，“日常用地、农业、贷款以及罗宾逊先生。”

“罗宾逊？多少？”

“总共500！”

“中国的？”

“不，美国！”

“那有人机工程方面的回音了吗，进口和出口？”

“电话打不通，伯恩海姆先生。这没什么意义，如果我可以发表看法的话。”

“不！”伯恩海姆说，“你不需要有看法。”——他看出秘书现在在心底暗自默念：他有道理，他每周支付我十五美元。

“我们要，”伯恩海姆继续说，“继续关注这件事。嗅觉要敏锐！”这时候电话铃声突然响起，辛勤文员姑娘们的打字声停顿了。秘书立马跳起来，赶在伯恩海姆伸手之前接起了电话。一瞬间整个房间里分外安静。之前一直忙碌的两台打字机沉静了。同样沉静的，还有坐在打字机后面的两个姑娘。她们的脸上是一种漠然的虔诚，就像在教堂里听一场例行公事的祷告，或者参加陌生人的婚礼。

“是谁啊？”伯恩海姆问秘书。出于对每周十五美金薪水的尊敬，秘书庄重地接听所有的电话，严格遵循行业规范。现在他也一如既往地专业，回答之前果断地用手遮住话筒。由于现在一方面需要控制音量，另一方面又害怕低声耳语有损对老板的恭敬态度，秘书找到了一种折中的方法，即省略句子的某些成分，仅用不完整的词句，好像完整的句子比暗示更容易被偷听。

“杜塞尔多夫的格拉尼西，明天签字！”秘书结结巴巴地说。

“让他先等等！”伯恩海姆命令道，“我正在开会。”

秘书继续通话：

“不好意思，先生，还得麻烦您耐心等一下，或者一个小时之后再打来。伯恩海姆先生正在开一个重要的会议。”他觉得有必要在会议前面加上“重要的”。这样他自己好像也同样变得重要了。

有人一本正经地谈论他的重要会议，保罗·伯恩海姆确实很受用。和所有人一样，他也喜欢这些无伤大雅的小谎话。无中生有常常是为了不成为类似谎话的牺牲品。出于这个原因，他说：

“请您给罗宾逊先生打个电话，告诉他，我有个重要的会议，明天可以接待他来访。”

“罗宾逊先生，”秘书打过电话后报告道，“请您到他那边去见他。他明天正好没有时间来！”

“那就让他等着吧！”伯恩海姆装作很生气的样子说。罗宾逊着实激怒了他，但其实最让人生气的是，这回答完全在他的意料之外。伯恩海姆本来还想让秘书办几件事，但是现在他变得迷信起来！今天就是诸事不顺！

保罗·伯恩海姆准备起身，结束今天的工作，电话却又一次响了。“您的弟弟。”秘书说。

保罗问道：“是你吗，特奥多尔？”

“是的，”特奥多尔回答，“别走，我五分钟以后到你家。”然后特奥多尔来了。

特奥多尔现在又穿便装了，军装风衣在家束之高阁。保罗请他坐下，他却拒绝了。特奥多尔就这样站在冬日傍晚的余晖里。几片发光的雪花还在他大衣的肩上，转眼就匆匆化了。他手里捏着帽子，不难看出他恨不得双手抓紧帽子。这样站在他哥哥的公寓里，特奥多尔是多么地屈辱。陌生的家具，陌生的房间，保罗显得更加陌生了。这里的一切都属于保罗，只属于保罗。这里不是母亲的大宅子，在那特奥多尔带着高尚的愤懑情绪，觉得自己本是主人，不过被剥夺了继承权。他会帮我吗？直到特奥多尔按响保罗的门铃之前，都没有任何计划。特奥多尔完全不能想象自己该怎么开口，保罗又会怎么回答。现在他一言不发地站着。窗外的黄昏突然就填满了房间。保罗没有开灯，好像是他叫来了黑暗的天空来帮忙对付特奥多尔。

在天黑以前我会说的，特奥多尔想。

“我马上需要至少两千美元！”特奥多尔终于开口了。

“我没有！”

“我今天夜里就要离开。和古斯塔夫一起。你不认识他。他犯了点事。”

“你说什么？你跟这事有什么关系？”

“你想要的话，可以向警察举报我。我也参与了！”特奥多尔突然意识到，保罗可能认为他是个卑劣的强盗，他赶紧补充：

“这是政治事件。”

政治，这个词的最后一个音节萦绕在保罗的耳朵里。天完全黑了。保罗想起了尼克塔。

“我没钱！”

“打电话借啊，现在就打，马上，快点！”特奥多尔的声音大起来。好像他觉得既然到了晚上，也就没有必要小心了。

“如果我不给你钱的话，”保罗慢悠悠地问，“会怎样呢？”

“你！”特奥多尔气急败坏。他伸手抓向桌子，一个玻璃镇纸掉进他手里，被他狠狠地摔在地板上。哗的一声。

就在这个时候门铃响了。保罗开了门。尼古拉·勃兰德斯走进来。

尼古拉·勃兰德斯是个高大的中年男子，四十多岁的样子，身姿老虎一般矫健，柔软敏捷得惊人。他的嗓音低沉柔和，吐词带些外来口音，让人着迷。很多时候，听者会觉得勃兰德斯是故意把重音放在错误的音节上。认识他的人，都会为勃兰德斯才智之敏锐广博而惊叹。而他近乎固执地一再重复错误的发音，也就更显得蹊跷。勃兰德斯有个不礼貌的习惯，即别人讲话，他都会以自己特有的语调和错误的重音重复一次。听起来好像是他反而在纠正说话的人，或者是他不确定自己是否真的听明白了。这往往让人对勃兰德斯心生疑虑。大家都不喜欢自己的错误被人纠正，如果明明正确还被人纠正，就更让人愤懑。勃兰德斯始终让人觉得陌生。一个人的陌生感在某个范围内，人们通常能够接受，甚至觉得讨人喜欢。但是勃兰德斯的陌生感远远超出了这个范围。如果把他放在一个人类学博物馆里，作为无伤大雅的画像挂在墙上，那么大家顶多觉得他很有“异域风情”。但是勃兰德斯却鲜活地在身边。

勃兰德斯天生骨架宽大，像是带有蒙古血统。他黑色的山羊胡子很浓密，裹住了他的宽脸和心形的下巴，规整得像是贴上去的。由于勃兰德斯嘴唇上方的胡子又剃得很干净，常让人错以为他是参加了化装舞会后，下巴上的假胡子忘记摘下。勃兰德斯的眼睛狭长，斜斜地刻在脸颊上，颜色是出人意料的浅灰色。他下半部分的面颊是三角形，肤色暗黄，眉眼以上却是又宽又高的额头，白得像是从另一个人那里移植过来的。勃兰德斯稀疏的头发黯黑色，一缕缕凌乱地垂着，倒是和他的五官比较呼应。

人们对于这个不同寻常的人知之甚少，只知道勃兰德斯和千万俄国人一样，是俄国大革命的时候离开家乡的。勃兰德斯既没有家人，也没有任何亲戚。他没有老朋友，在柏林也没有交到新朋友。他既不和外国人，也不和本地人交往。勃兰德斯仅仅是和人做生意，做的还是些不那么正大光明的生意。这都让人们注意到了他，开始怀疑他的品行有问题。勃兰德斯很快出名了，因为仇恨和怀疑远比尊重和爱戴容易让人走红。见过勃兰德斯的人都不会再忘记他。他忧郁的嗓音让人着迷。大家推断这个人身后隐藏着不可告人的秘密。

在各家银行，行长会客室的等候区域，证券交易所，或者是商业区的咖啡馆，人们都会偶遇勃兰德斯。除此之外，大家知道他住在城西的一家小旅馆里面，却不在那边解决一日三餐。也有人深夜在地下游艺俱乐部里看到勃兰德斯。他总是坐在一个角落，喝酒，结账，然后离开。这个钟点餐馆都关门了，游艺俱乐部对他来说，不过是代替餐馆罢了。勃兰德斯从来不受邀去他人家做客。他去哪都是步行。在和勃兰德斯做生意的所有人里面，只有他没有汽车，也只有他，从来都很从容。人们总看见勃兰德斯一路慢悠悠地信步踱来，拿着的拐杖金属头向上指向天空，就像扛在肩上的武器。他握着拐杖柄的手插在口袋里，窄边的帽子遮住了眼睛。这样勃兰德斯看起来俨然是全副武装的样子，自信得像是带领着大队人马前进的将领。

几个月以前，勃兰德斯和保罗·伯恩海姆做成过一笔大生意。当时有一批老旧的战地厨房设备，堆放在施泰尔马克州的库房里。因为无能，国家政府对这批设备不闻不问，何况这还是协约国武器委员会监管的对象。于是，精明的商人勃兰德斯准备把这些设备作为报废的钢材，低价卖到南斯拉夫去。这笔生意一旦做成，盈利率会有百分之三十，唯一的问题是，买家要求卖方是一家正规的奥地利公司。勃兰德斯于是找到保罗·伯恩海姆，让他以伯恩海姆银行之名，既作为自己的买家，又作为南斯拉夫客户的卖家加入。这笔买卖的金额不大，而且勃兰德斯会自行打通区政府和财政局官员，伯恩海姆几乎不承担什么风险，所以他也就同意了。买卖操作完毕以后，收到的款项却让伯恩海姆大吃一惊——他和勃兰德斯约定的利润是百分之三十，收到的却有百分之四十五。保罗唯恐这是个陷阱，把多出的百分之十五返还给了勃兰德斯。之后保罗收到勃兰德斯的信，说自己一时糊涂，汇了百分之四十五。

在那之后伯恩海姆便再没有勃兰德斯的消息了。恰好在今天晚上，当保罗的弟弟意外造访的时候，勃兰德斯也上门，更是让人觉得离奇。保罗·伯恩海姆越发地焦虑了。勃兰德斯有何贵干？他认识我弟弟吗？他和警察有关系吗？这两个人都受到了什么威胁吗？

保罗呆滞地站了好几秒钟，不知道说什么好。让勃兰德斯进门后他关了门，手却还握着门把手，看起来像他准备把公寓转交给客人，自己离开。勃兰德斯放下了拐杖，示意他已经进了屋。他还没有取帽子，在等着保罗招呼他。保罗却一再地沉默不语，勃兰德斯终于自己开口：

“您里面还有一位客人，我打扰您了。可能我现在离开更好。”

这时特奥多尔打开了灯。他坐在一把宽大的扶手椅上，显得瘦小又苍白，一副冻僵的样子。勃兰德斯远远地对他点点头，他却只垂下了眼帘。

保罗本来希望陌生人的到来会让弟弟自行离开。然而特奥多尔却打破了大家的沉默：

“你什么时候能把钱给我？”

“这不可能——”保罗说。

特奥多尔站起来。他起得这么急促，上身前倾，手还在口袋里来不及掏出来，像是要给保罗一个既尖刻又具有威胁性的答复，紧绷的身体似乎一触即发。

就在这个时候勃兰德斯开口了：“您需要多少呢，年轻的伯恩海姆先生？”

“我弟弟想要两千美元。可是我一时筹不到这么多。你看，现在都什么时候了！”保罗说。“我能助您一臂之力吗？”勃兰德斯问，随即掏出一沓用橡皮筋扎着的钞票，都是卷起来的美元。他数了两百张百元大钞递给保罗。勃兰德斯数得如此之快——在提问之后几秒钟以内，他就已经用橡皮筋重新扎好了剩余的钞票。

保罗一言不发地——沉默得好像他已经哑了几十年——把这些钞票递给了他弟弟。

特奥多尔点点头，保罗跟着他走进前厅。特奥多尔还没到门口，保罗就已经打开了门。兄弟俩没有握手道别。特奥多尔离开了。保罗慢慢地关上门。他转身的时候在镜子里看见勃兰德斯。他肯定看见这两兄弟道别的一幕了。

“谢谢您，”保罗开始说，“明天我就——”

“不必了，”保罗被勃兰德斯温和的嗓音打断了，“您愿意的话，我们还有更大的生意要做。如您所见，我有钱，而且还是现钱。”

“不瞒您说，”保罗说，“如果不是您来了，我什么也不会给他。”

“这就不对了，这不对。您准备把这个年轻人交给警察吗？”

“您怎么——”保罗说。

“——我怎么知道的？我什么都不知道。您想想看，以现在的世道，如果一个年轻人深更半夜急匆匆地需要这么大一笔钱！而且我了解那些年轻人。他们的情绪都昂贵多了，比我们当年的昂贵，也比您当年的昂贵。我们那时候需要什么？女人。现在的年轻人需要的可是流血。流血那是无价的。”

“您理解他们？”

“非常理解！我理解这些人为什么对死亡着迷，就像我们曾经为活下去着迷。他们害怕死亡，就像我们曾经害怕活下去一样，同时他们又渴望死亡，就像我们曾经渴望活下去一样。您不会以为驱动这些年轻人的真是那些有害的思想吧！恐惧和饥渴才是驱动他们的力量。思想只是些借口——从来都是借口。”勃兰德斯的声音越来越低，他用一只手的手指拨弄着桌子的一角，似乎想让木头发出琴声来。“思想都是借口，想找的话总是能找到的。一只狗夜里在门前叫，我会给它开门——比喻不恰当还请您原谅——我也会给您弟弟钱，希望他能够自救。让我难过的只是，这样其实并不能帮助他。因为，您看，狗终究是狗，能有家也能有个主人。这个年轻人却会吃很多闭门羹，因为他是个人，不会有人给他开门收留他。他们实在是如此不幸，这些年轻人！他们不再有朋友，只有些理想。哎，理想主义者是多么地悲哀！——

“我们现在还是谈生意吧！否则您觉得我多高尚似的。我承认，这么爽快地拿钱给您弟弟，是因为我需要人帮忙。我需要您帮忙！您知道，我在这是个外乡人。大家不信任我。是我自己尽量让所有人都对我心存疑虑。长话短说，现在有笔简单的生意。我手上有布料！质量很好，价格便宜，可惜是没人会穿的浅蓝色。当然也可以等等再出手，说不定哪天这个颜色就时兴起来了呢。可是谁愿意等呢？我打听了一下，这布料也可以拿去染成其他颜色，可是那样质地又会变硬。现在只有一种方法可以让这些布料派上用场，就是做成制服！”勃兰德斯停顿了一会儿，等赞同的意见。保罗沉默不语。

“我需要，”勃兰德斯继续说，“一个能给政府、海关、宪兵队和警察局供应布料的人。”

“我尽力而为。”保罗说。

“您会自己供货的。”勃兰德斯说。他扣上进门就没脱下来的大衣的扣子，拿起小动物一样靠在椅子上的拐杖，站起来。保罗觉得，就坐在这的一会儿工夫，勃兰德斯似乎长得越发高大了。伯恩海姆的目光才刚好企及这个巨人的胡子尖。

8

特奥多尔失踪了。

他匆匆作别了母亲，仔细作别了他的房间。清空抽屉里的物品，烧毁证件，把手枪里的子弹退膛，装进亚麻雨伞套子，特奥多尔几近洒泪。想到要去投奔一个匈牙利同党，在陌生人的庄园生活，他满心恐惧。特奥多尔想象中的匈牙利是个肮脏野蛮的国家。他害怕那儿的药房，担心黑心药剂师会用安眠药充当退烧药。那里的眼镜店也同样让人担忧，那些能力不足的配镜师肯定搞不清楚他两百五十度的近视。归根到底，特奥多尔害怕的是贫困，贫困。母亲和保罗肯定能狠心让他饿死异乡。古斯塔夫——这件事情都因他而起——出身贫寒，对他来说，去匈牙利大款的庄园待一段时间相当于是度假，是过节。特奥多尔小心翼翼地把他的睡衣和二十四根领带打包装好。他后悔只找保罗要了两千美元。早知道应该要四千的。窗外随时都可能响起古斯塔夫的口哨声。即使是这个启程逃亡的时候，他们也按照组织的规矩，约定了一个特殊的口哨声作为暗号。造反派当然得吹口哨。

古斯塔夫在窗外吹起了口哨。在无情哨音的催促下，特奥多尔关上箱子，只让门房把行李送到花园的栅栏边。他可不想被看成叛徒，被古斯塔夫嘲笑，所以自己一路拖着沉重的行李箱，从花园栅栏来到街角。车停在街角，古斯塔夫已经等在车里了。特奥多尔叹了口气，暗地里希望同伴会帮他把箱子抬上车。古斯塔夫却没什么反应。

“这对你来说很轻松，”特奥多尔说，“你比我强壮。”然而古斯塔夫依然还是没有要同情他的意思。特奥多尔生着闷气，一路沉默到火车站。

保罗到家的时候，伯恩海姆太太正在宅子里冷飕飕的饭厅里，对着她的手工活流泪。哭对她来说，已经不再是某种情感的结果了，而是和很多上了年纪的妇女一样，成为眼睛的一种习惯。常常是她自己还没有意识到在哭，就已经泪流满面。伯恩海姆太太的眼泪如绵绵春雨，轻柔地抚慰人心。所有烦恼都化解在水中。泪水从她发炎的眼睛里流出，沿着两条皱纹，流过脸颊和鼻子，从嘴角往下汇入另外两条分割下巴和面颊的皱纹。最后这些眼泪都流进脖子上的皱纹，消失在她黑色裙子的高领里——这是条还带有残忍的鲸须紧身束胸衣的旧式衣裙。

“母亲，你可不应该哭！”保罗说。

“我没有哭，”伯恩海姆太太回答，“有时候我就是会流眼泪。”他们无话可说，吃完饭又默默地在饭厅里坐了三个小时，冻得手脚冰凉。伯恩海姆太太在腿上裹了一条她丈夫的旧旅行毛毯，腿上的骨质毛衣针噼噼啪啪，响得像是在打寒战。一股股寒冷的气流带着荒野气息，从花园冲向宅子，敲打得窗户也都在颤抖着。

“应该有人陪着你，母亲！”

“我可不也是这样想的！现在特奥多尔走了，我在想，他的房间，从走廊有个单独的入口。”

“你准备把这房间怎么样呢？”

“我们这样的人家又不能在门上挂个招租的启事，也不能在报纸上登广告。我请梅尔威希先生帮忙私下里打听打听，有没有正派人家的女士，愿意出点租金，对，得出点租金。这样我们还可以留下女仆，给我俩服务。否则我得辞掉女仆了。我有的是理由辞退她。不久前我的储蓄罐里的钱还不见了，就有可能是她拿的。怎么不可能呢？这些下人可以先正派三年，然后突然开始偷东西。但是现在确实也是找不到更好的了。所以如果有人搭个伙，我就留下她。梅尔威希听话得很，正在私下打听。明天就有个女士要来，一个高等军事会计督查太太，她丈夫以前在国防部工作。”

高等军事会计督查太太搬进了特奥多尔的房间。

现在两位女士每天晚上一起坐在饭厅里一面挨冻，一面用钩针编织。她们时不时抬头，带着疑惑的眼光四顾，而后又继续手上的编织活。每次高等军事会计督查太太走进饭厅，伯恩海姆太太都说:“不好意思，我要离开一下。”然后走到走廊。她这是去“看一眼特奥多尔的房间”，因为她发现她的租客健忘，有几次离开房间的时候忘记了关灯。但是她刻意不去提醒哈姆太太。因为伯恩海姆太太很享受检查，以及亲手关灯省钱的过程。

保罗不习惯家里多了个陌生的女人，回家的次数越来越少。他母亲可能是有些夸大其词，不过他们确实不再富有了。已经有两次，保罗不得不以伯恩海姆大宅做抵押。当然他并没有告诉母亲。而且也没有变得富裕的前景——除非跟勃兰德斯做那笔布料生意。勃兰德斯靠得住吗？当然不能对人有成见，可是这些东边来的人不是都挺可怕的吗？七个锡安长老[1] 固然不可信，但是这些东边来的人道德观念确实不太一样，他们不是都信奉某种神秘的东方智慧吗？他们背负着各种秘密，以秘密作为座右铭。勃兰德斯在乎男人的名誉吗？勃兰德斯可不在乎坐牢。那保罗呢？他可还是风华正茂。

保罗又起了和昆理希博士谈话的兴致，因为他的反对意见总能激起保罗的好胜心。于是保罗请昆理希博士到赫斯勒餐厅吃晚饭。这些高档的餐馆啊！每当保罗走进一家高档餐馆，他对自己事业的绝望感就消散了。这里的服务员是多么殷勤，灯

---

① 《锡安长老会纪要》是1903年在沙俄出版的一本反犹太主题的书，二战前被纳粹作为反犹太人的宣传工具。——译者注

光也都这么乐观。客人们都很慷慨，女士们光彩照人，还有门口乞讨的瘸子，连挨着冻驱赶他们的警察，都似乎不再是国家的公务员，而是为餐馆客人服务的雇员。他们不是在执法，而像是在执行餐馆经理、门房、乐队指挥，还有保罗分配的任务。只要有钱，资产阶级的整部法律条文就日夜守候在门外。到这个餐馆来，尤其是还邀请了一个革命者同行——因此尤其怪诞——绝望自然早就抛到了脑后。大家在这里轻轻松松地挥金如土，让保罗·伯恩海姆一时也有了挣钱同样轻松的感觉。那边有个女士抛着媚眼，知道自己好歹还是能付得起她一夜的价钱，实在是种安慰。这边还有个兜售香烟的小贩，一夜还附送一盒带软木烟嘴的阿蒙霍特普牌香烟。她的话，三百六十五夜的价钱也都还是有的——有这种自信感觉简直就是美妙了。很快也就会有包养工厂主夫人们一整年的钱。她们就坐在那边，这些制造毒气的人。同样都是店里平起平坐的客人，其他人和她们相比，都贫穷得像乞丐，这她们能预料到吗？不！她们怎么也想不到！况且其他人也不是乞丐，只是还在奋斗，在通往成功的路上而已。

昆理希博士为了表达自己的反对派立场，刻意没有盛装出行，而是就穿着普通的黑西装来赴宴：似乎一套黑西装是对资本主义社会的挑战。然而他却没有料到，这样却正好衬托出了保罗那店里所有客人中间最有英伦风格的礼服。要是昆理希也穿了礼服，反倒会惹恼保罗。昆理希博士三杯红酒下肚，心里便在上演一场翻江倒海的革命戏，与之相比俄国革命都只是小儿科。戏里的革命大获成功，之后他大权在握，而可怜的保罗·伯恩海姆则被没收了财产，一贫如洗，经他竭力保护才被赦免为扫大街的清洁工。昆理希隐约听到坐在对面的保罗在长篇大论，可那声音像是几里以外传来的一样，模糊不清。当保罗沉浸在对自己的礼服、双手和声音的热爱当中，高谈阔论证券市场的奇闻逸事时，昆理希心想，就让你说个够！“这是我的领域，”保罗说，“我如鱼得水，就像您在群众集会上一样。我热爱这非人性的纷乱，像一群昆虫的鸣叫，而不是人的。黑板；海绵，飞快地擦掉黑板上所有的数字；还有动作更快的粉笔，立刻就写好了新的数字。对，正是，我爱这一切：走到电话旁边，用颤抖的手拿起听筒，接通我的秘书，唯恐不够快。我打完电话，匆匆走回去，看到黑板上新的数字证明我的判断是正确的。需要有敏锐的嗅觉！之后赶紧和银行交接一下，晚饭前，坐着敞篷车，在街上开个八十公里放松。这就是生活。”

“您不如告诉我，”昆理希博士说，他认为保罗·伯恩海姆现在已经喝醉了，不再抱希望能打听到什么“内幕”，“您对鲁尔区持什么看法？”

“按照我的经验，”保罗·伯恩海姆不想让革命派朋友失望，解释道，“根据我从朋友那边听到的消息，涉事的两方都很愚蠢。法国比我们还伤亡惨重，我们的情况也不好。您什么立场？那批1900年上位的愚蠢政客一天不让位于经济界精英，欧洲就一天不得太平，糟糕透顶。我想，我们的意见是一致的：经济左右政治。”为了引证于欧陆以外的国际生活知识，保罗又补充道：“英国人早就明白这个道理了。”

“您真是了解英国！”昆理希博士捧他的场，点评道。

鉴于保罗的第六杯红酒已经下肚，他毫不迟疑地说：“英国可是我的第二故乡。您知道，我受的教育，核心部分是在牛津完成的。那可真是段好时光，可惜被战争打断了。”保罗果然忘记他其实战争爆发前就已经回到故乡。“我真想回去，赶在为时已晚之前。您相信吗，亲爱的昆理希博士，此生最让我骄傲的，莫过于我在牛津赢得的两个划艇奖项。您下次到我这来的时候，我给您看奖杯。”

在餐馆所有的仪式当中，最让保罗醉心的是结账！他爱不动声色地给服务员一个眼色，也爱账单折叠得规规整整，机密一样摆在他的面前。有时候保罗会核对账目，觉得这是讲究的表现。有时候他只是草草扫一眼，看总金额是多少。身后的人鞠躬，保罗一概无视地走过——他是不回答任何问候的。昆理希博士正好相反，作为劳苦大众的一员，他跟每个人都和蔼地道“晚安”。这两个人都有强烈的阶级观念。

然而当户外的冷风吹得人清醒些，伯恩海姆对自己在餐馆说过的话又后怕起来。他一言不发地拽住昆理希博士，提议再去游艺俱乐部喝一杯。虽然心跳加速，伯恩海姆却还是竭尽全力开个玩笑，努力保持无忧无虑、快乐可亲的宴会主人形象。但是他已经开始算计着：该死的勃兰德斯，我迟早会落入他的圈套。人就是得有钱，就是得富裕，可能我会是赌场上的赢家。

对，保罗·伯恩海姆真的认为，他有朝一日能在游艺俱乐部的赌场上大赚一笔。当他向角落里苍白瘦小、冻得发紫的门卫挥手的时候，伯恩海姆又找到了活下去的勇气。这个可怜虫的样子让人觉得耳目一新。他的皮草大衣领子窄窄的，已经掉毛，露出下面光秃秃的棕色皮面和上面的线缝。瘦腿上的裤子明显太短，两只靴子相互敲打着取暖，正好应和着牙齿发抖的节奏。以这个门卫为参照，保罗·伯恩海姆对自己的境况做出了正面的判断。游艺俱乐部的大门后面是气氛神秘的走廊，门开关时的嘎吱声像是来自未来的召唤，门房浪漫的灯笼在伯恩海姆看来仿佛是带有象征意义的光明——这是多么蹩脚的比喻。理智想揭示这化装舞会可笑的真面目，伯恩海姆却充耳不闻。他迎面走进这虚幻的幸福，执迷不悟。

在楼上的赌场里，伯恩海姆却丧失了豪赌的勇气。白天，这里就是公寓主人和家人的住所。夜里，房间里烟雾缭绕，墙壁、天花板和吊灯都若隐若现，然而中产阶级家庭生活残留的余味却阻碍着某些恶习。不，那些扑克牌并不能让伯恩海姆上瘾，小赌完全是怡情，他还是很有分寸的。虽然伯恩海姆去过所有的游艺俱乐部，但是每次进门前，他似乎又忘记了里面的情况。只要他还没有进门，他都还能怀着希望，希望这家俱乐部一夜之间奇迹般改头换面过。如果这里能像在英国一样，桌边坐的都是些富有的绅士，而并非这些跑龙套的临时演员、蹩脚艺术家、落魄文人、穷酸鬼，那伯恩海姆会玩得多么豪情万丈！这里只要他一进门，朋友们就纷纷过来找他借钱。伯恩海姆不仅早就学会信誓旦旦地撒谎说没钱，还能把拮据的窘迫也表演得非常逼真，从来也没有让人怀疑过。然而这样的话他就不能下大的赌注——小笔赌注赢来的钱也总是和大家分掉了。无论是墙上的油渍，玻璃柜里摆放的杯盏，仿冒的波斯地毯，还是沙发椅扶手上的小块衬垫，伯恩海姆看哪里都不顺眼——这些摆设都暴露了这里小市民阶层的本色，暴露了公寓主人中规中矩的工作，暴露了女主人缝补改裁的衣裙。有时候赌客不小心撞到一扇有人挡着的房门，还能听到房间里响着某位家庭成员的鼾声。公寓主人的儿子在走廊里放风，防止警察突袭。他的姐姐在厨房里给客人煮咖啡。哈欠连天的服务员幽灵一般穿着燕尾服，在桌子之间打着寒战。在这样的地方当然不可能有好运气。

然而保罗却一次又一次在午夜后走进游艺俱乐部。

公寓里的孤独感让人难以忍受。几个月以来，保罗都希望有所改变。他甚至故意不带证明身份的证件，希望这样会碰巧被警察抓走。警察也确实来了。他和其他人都被押到一辆卡车上，在警察局总部待了一夜。至少这一夜逃离了孤独！保罗看着清晨苍白的阳光照进房间，看着档案卷宗的绿色卡纸盒上积了些年头的灰尘，看着脏兮兮、汗淋淋、带有裂缝的墙壁，看着那盏按照规定得亮到早上八点的灯投下的影子。然后他在警局偌大混乱的房子里四处溜达。最后，在存放无人认领尸体照片的盒子前，保罗停下了脚步。他观察照片上那些伤得面目全非的面孔，满目压碎的颅骨，撕脱的眼皮，绽裂的上唇，脱臼的下巴和被水老鼠啃过的耳朵。原来这么多人都从生活中消失了——而且没有人认出他们是谁。

“可不是本漂亮的家庭相册吗。”保罗身后突然有人说道。扭头一看，是尼古拉·勃兰德斯。

“您也被拘留了吗？”保罗问他。

“我这可是自愿来的，多多少少算自愿的吧，”勃兰德斯说，“像我这样的人经常得来这里打点些事情。我向您保证，这可真不是什么让人舒心的地方。但是我养成了习惯，总在进警察办公室前来看看无名尸体的照片。您理解吗，看这些照片能给我带来些安慰，给我点勇气。您之前知道有这么多人死得悄然无声，完全没有人注意吗？您再算算，还有多少这样的人在外面庸庸碌碌地活着。他们在乡间大路上踉踉跄跄前行，死亡就紧随其后，紧随其后……不过现在我提起精神了。您要陪我去那边的办公室吗？我需要申请签证。”

勃兰德斯在拉脱维亚有生意伙伴，他想去那就需要签证。但是他是没有身份文件的难民，仅有一本无国籍人士的临时护照，去哪里都不容易。

“跟我去的话，”勃兰德斯说，“您就会发现，我跟那些死人并没有多大区别。跟我来吧。”

办事的警官坐在木栏杆后面，像世界各地的警官一样，他也喜欢把暖气温度调得特别高。因为他的业务范围是外国人事务，所以他尤其憎恨外国人。勃兰德斯一说“早上好”，他立马没好气地回应：“您要干吗？”

“跟您说早上好，”勃兰德斯回答，“除此之外我还需要一份出境和入境的签证。”

“您没有居留许可！”

“我已经申请了居留许可。可是还没签发下来。”

“那您可以出境，但是不能再回来。”

“但是我肯定会回来的！”勃兰德斯说。最后这句他几乎是在喃喃自语，好像是个不为人知的秘密。

公务员都有一个特征，就是只有在至少讲过三句或者四句话以后，才会抬头看正在接待的顾客。他们似乎觉得所有外国人都长得一模一样，只要看过一个，其他人的模样也就都能想出来。这位办事的警察也直到现在才抬头看了一眼来人。他站起身，似乎是想尽量缩小自己和这个外国人的身高差。正当警官准备开口讲些什么的时候，勃兰德斯突然大声地说："您是堪木浦先生对吧？我三个小时以后回来找您。"他用手杖指指墙上的挂钟。"再见。"

"您看，"勃兰德斯对伯恩海姆说，"三个小时以后我保准会拿到签证。这仅仅是因为我说出了他的名字。其实找出他叫什么并不困难，他可能也并没做过啥大不了的事情。但是因为我能直接指名道姓，他就会担心我可能知道他的什么底细。坏事谁都有做过。"

"如果您还是拿不到签证呢？"伯恩海姆问。

勃兰德斯拿出一本丹麦护照。"那我就用这个走。"

"假护照？"

"那要看你怎么定义假护照了，"勃兰德斯回答道，"这个世界上什么是真实的呢？——布料的事情，您考虑得怎么样了？"

"哦，对，上次那些钱，勃兰德斯先生——"

"不是那些钱的事，"勃兰德斯打断伯恩海姆，"布料的事！"他拿起手杖，跟伯恩海姆道别。

这个不眠之夜，那些尸体的照片，勃兰德斯在警局的对话，想起那笔生意，上次那笔钱，想起特奥多尔——这都让保罗·伯恩海姆心慌意乱。勃兰德斯越显得强大，他就感觉自己越虚弱。夜里下雪了，一片白茫茫当中是远处的广场，新雪还没被往来的交通破坏。街上的小贩吆喝声此起彼伏，有轨电车轰鸣着驶过，货车哐哐当当前行。保罗·伯恩海姆第一次在清晨来这附近。之前他只在温和、包容的冬日下午来过，那个时段百货商场、街上的店铺、地铁站都亮着金色的灯光。现在的广场一目了然，像是被某种专横的力量整治过。虽然地上积了雪，还是能隐约分辨出警察局暗红色的大楼的影子，百货商场晚上灯火通明，看起来很近，现在隐没在周围被白雪覆盖的一排房子当中，显得还有些距离。这个广场和警察局大楼里的无名尸体照片似乎有某种联系。伯恩海姆疾步跑下通往地铁的台阶，就像这里的地铁不是交通工具，而是一个温暖安全的地下避难所。他很久没有和这么多人一起乘坐过轨道交通工具了。他觉得在每张陌生的脸上都能看到无名死者的面相。回到家，伯恩海姆就直接上床睡觉。

通常，睡眠会驱散这天才开始滋长的恐惧，人为制造出的夜晚会让逐渐清醒的伯恩海姆感觉这是不同的一天。对，全新的一天。但是，保罗一贯用来驱除晦气的伎俩今天却不起作用了。当他醒来的时候，发现收到了母亲的一封长信，信的内容依旧令人不快。因为自从伯恩海姆太太连邮费都要精打细算开始，她就只在有不好的消息时写信，而且为了充分利用邮票和信纸，一写就非常详细。

和母亲的信一起收到的，还有一封特奥多尔的来信。他需要钱。保罗·伯恩海姆现在记性不太好，否则他也不会注意不到，特奥多尔写信的风格和他自己当年从牛津写给家里的信的风格是如此相似。“亲爱的母亲！”特奥多尔写道，“急需用钱。生活健康，空气清新，用假名。非常好客。——经常想你和保罗，但没时间联系。急需用钱。可能可以电汇。这里邮路很慢。吻你。你的儿子特奥多尔。”

伯恩海姆太太深为特奥多尔的来信所感动，也附信一封。特奥多尔在异乡的时间越久，越难辗转得到他还在世的消息，伯恩海姆太太心目中的小儿子就越发地品质高尚，生活困苦，需要接济。对，就是这个伯恩海姆太太，特奥多尔在家的时候，她偷偷从暗处监视他的朋友们，观察他如何秘密出行，翻阅他的宣传册子、他的报纸。现在，她开始像憎恨自己的仇人一样恨“政府”，把特奥多尔“不幸”——她这么称呼他的出逃——的原因归结为“犹太人”。“特奥多尔是因为政治而遭遇不幸的！”出于作为母亲的虚荣，伯恩海姆太太某天想出了这个套话。然而当保罗回信说自己已经因为特奥多尔负债不轻，再拿不出钱，建议她把出租特奥多尔房间的收入每个月寄到匈牙利去的时候，伯恩海姆太太却愤慨地回答，她不准备再为孩子们牺牲了。“我已经为你们牺牲了所有的青春。”她写道。伯恩海姆太太有时候真的认为，如果不是因为她的两个儿子，她根本不会怎么衰老。血浓于水，她接着写，做哥哥的当然应该帮助弟弟。

伯恩海姆太太在存钱防老。她攒下来的现金装满了一个大箱子，这些纸币一直在不断地贬值，她却对其价值坚信不疑。梅尔威希和保罗怎么劝她都是徒劳。因为她就战争债券一事做出了一次正确的判断，伯恩海姆太太对自己的“金融直觉”——她自己总这么说——非常自信。保罗回家的时候，她常常找他要几张钞票。“这只够买份报纸！”保罗对她说。伯恩海姆太太充耳不闻，仔仔细细地把钞票理平整，跟箱子里的其他钞票放在一起。

某天保罗醒来的时候决定，冒险和勃兰德斯做那笔生意。他给勃兰德斯打了个电话。接电话的人告诉他，勃兰德斯出门了，一个星期以后回来。于是保罗等他回来。为了不丧失铤而走险的勇气，保罗每天都告诫自己：我必须得变得富有。最终勃兰德斯回来了。两人见面。

“要还钱的话，”勃兰德斯说，“伯恩海姆先生，您还有的是时间！”

“不，”保罗说，“我是为了那批布料来的。”

“那已经太晚啦！”勃兰德斯说，“这些布料我已经卖掉了。您看，我出门之前不是还又问过您一次。”

“是的，特别匆忙，就提了一下。”

“我不想强人所难，伯恩海姆先生。像我这样的人总被认为会纠缠不休。”

他们坐在一家蛋糕店里。勃兰德斯观察着店里的内墙，墙面像得了某种皮肤病，布满菱形的凸起。装着厚灯罩的落地灯就嵌在这些凸起中间的小格子里，里面像是有现代室内建筑裸露的八边形幼虫。“现在装修就是这种风格！”勃兰德斯说。他似乎已经忘记了和保罗的生意。

伯恩海姆却还想继续从头开始讨论。“我们不要再讲那些过去的事了，”勃兰德斯说，“我不会记恨您的。或许您有道理。我反正到现在也还没有见到钱。恐怕我还得再去坐趟火车。还得再去弄个签证。”

当服务员送来有股市消息的晚报时，伯恩海姆发现，勃兰德斯不再关心行情了。

“您觉得奇怪吗？”勃兰德斯问，“我昨天都卖了。”

“然后呢？”

“买了美元。”两人告别前，勃兰德斯说：“您也卖了吧。伯恩海姆先生。”

但是伯恩海姆没有卖。

第二部

9

写给菲利克斯·贝尔陶克斯

今年的春天突然就来了。

房间里还残留着冬日的潮暮。窗户打开了。房屋就像是通过风的墓穴，走到窗口前面的人们就像和善的、发黄的尸体。手摇风琴的旋律仿佛是从严冬中重生，像从南方来的候鸟一般，突然成群结队穿过院子。即使是怀疑论者，生活的乐趣也有所提高。极端主义者上街游行也越发地频繁。在春日的和风丽日和夜晚的绵绵春雨中，信念都在逐渐成长壮大。

这个春季的一个星期天上午，熙熙攘攘的选帝侯大街上，在愉快散步的人群中，有一个身材高大，尤为强壮，行动缓慢的男人。勃兰德斯还穿着冬大衣，竖着衣领，引得好几个路人侧目。他却似乎毫不介意路人的态度。他眼睛有点斜，个头比街上绝大多数人都要高，目光越过人群，投向周围的建筑、公司的招牌、商店的广告、路边的树木、街上停着的车辆和星期天关着门的小卖部，它们就像遭到亵渎，不能再举行弥撒的小教堂。中欧人碰到勃兰德斯，会因为他的蒙古脸型和深褐肤色而把他归到“远东”这个类别，就像那些菩萨、艺妓或者吸食鸦片的人一样。因为现在通货膨胀已经结束，人们对本国货币价值信心回升，这也鼓舞了士气，提高了爱国主义和民族自信心。大家对外国人的态度更是没有什么钦慕，猜疑居多。

春光大好，大家春装出行，信步闲庭。

突然传来一阵难以辨别的噪音。开始听起来像是雷阵雨之前的强风，从远处的街角传来。街上有人开始四散奔逃。也有人反而呆站住，能看出他们是在考虑怎么样既能逃离危险，又能不失体面。这时噪音变得越来越清晰了。能听出有上百个男人在唱歌。还能听出军靴踏过柏油路面的声音，靴子都钉过铁掌，有四五百个人。在歌声和金属质地的沉闷脚步声之外，还能听到若隐若现的笛音在召唤。这是一种无形的、抽象哨音一般的音乐，正是产生于当下流行的这种军事游行。很快人们也就看到了这些噪音的来源：游行队伍在前进，空中飘舞着大旗，几个人骑着自行车在队伍前端灵活穿行，他们后面是游行队伍的第一排，全都是蓄着小胡子的男人，形象更让人想到子孙满堂和安逸的中产阶级。他们怒目圆睁，眼神却是茫然的，愤怒和骄傲让他们丧失了看见东西的能力，挥舞着双手，袖管仿佛都是空的。这些男人都带着棍子，一律挂在腰边的皮带上，以免人误以为这是散步用的一般拐杖——这是在向军刀进化的棍子。

散步的人大都消失在大路两侧的巷子里了。街边的房屋关闭窗户的金属敲击声此起彼伏。选帝侯大街现在空荡荡的，阳光洒在路面上。旁边和平行的小路上还有散步的人在往家赶，疾步去向格吕内瓦尔德方向。他们以忙乱的脚步声回应着大路上整齐坚定的游行靴音。游行队伍的歌声直冲道路两旁的树梢。或许是觉得这还不够乱，教堂也敲起了中午的钟声，像是宣布上帝的刑罚，在宣告世界末日和地球终结者的到来。游行队伍里幽灵般的笛音甚至盖过了教堂的钟声。这是个货真价实的星期天，一个彼时常常席卷德国城市的星期天：喜庆，可怕，充满思想态度。

为数不多的几个行人停下来看游行队伍经过，勃兰德斯是其中的一个。他站在一个小便亭旁边。小便亭在柏林可不常见，众所周知，比图书馆的数量还少。勃兰德斯仍然还微笑着。一时间他看起来似乎并不是在那看热闹，而似乎是在帮别人看热闹。好像他有义务示范给游行队伍和四散的人群看如何站立，或者给目光茫然的人演示怎么看，向激动的人群表演如何保持冷静，向政客们展示如何思考，或是给理想主义者演示如何测查。对，尽管勃兰德斯外表古怪，看起来跟欧洲传统完全不搭调，尽管他还穿着大衣，似乎感觉不到阳光，在他和树木的欣欣向荣和春天的风和日丽之间似乎还是有某种联系。在游行的队伍和这一派春色之间却没有。游行的人就算看起来明明是在向树林的方向逼近，却仍旧会让人觉得他们是在朝相反方向行进。

虽然母亲出身于基督教牧师家庭，嫁给犹太父亲时带来了一本德语版的《圣经》，一把曼陀林和订阅的家庭杂志，勃兰德斯在德国却并不觉得有归属感。是的，对他来说，乌克兰的那个小小的德国殖民地比这个国家本身还要德国。仿佛是那些源源不断搬离的移民一直在带走德国的故乡气息，而那些源源不断搬来德国的外国移民一直在给德国带来异域气息。勃兰德斯母亲多年订阅的家庭杂志让德国给他留下了错误的印象。这本杂志里展示的德国，应该是殖民浪潮中移民离开时的样子。在老家，虽然勃兰德斯遗传了父亲的长相，但是和他那些施瓦本地区长相的朋友们在一起，他还是很有归属感。在这里，人们的长相都看不出明显的族群——勃兰德斯管他们叫作沥青斯拉夫人——他却是个外乡人。唯有这里迟疑的春日会让他回忆起故乡羞涩贫瘠的温情脉脉。

勃兰德斯想起自己的青年时代，想起他早逝的父亲。父亲极有可能和他一样，是个羞涩的乡土爱好者。父亲曾经想要皈依希腊东正教，以避开当时俄国对犹太人的限制政策。因为犹太人即使接受了基督教洗礼，也还是必须报告受洗之前的宗教信仰，所以他像不少人一样计划先皈依基督教，再皈依东正教。这样一个务实，能计划和神灵和国家机构进行交易的年轻人，却因为一个大家觉得他这种人不会有的弱点，功亏一篑。老勃兰德斯的确找到了基督教的牧师，想要骗过他的眼睛，然而还没有打完如意算盘，就遭遇了上帝的惩罚：他爱上了牧师的女儿。或许他也只是想诱奸她，并且按照当时的习俗并不结婚。但是他并没能及时对牧师女儿的美德做出正确的评估。

老勃兰德斯于是结了婚，留在了殖民地，也没再皈依东正教。他放弃了之前的雄心壮志，成为一个小商贩，有一小块田产、一个温柔的太太和从事神职的岳父。一年之后尼古拉出生了，他原本的名字是弗里德里希·特奥多尔·艾曼纽埃尔。老勃兰德斯暗地里希望儿子能在俄国有所作为，所以又给儿子加上了日后能用到的俄国名字尼古拉。他的想法仍旧很务实，就像他的同胞们一样。当伤寒在他们住地肆虐时，老勃兰德斯很快就感染过世了。但是他留下的遗产足够支付儿子的大学学费。

尼古拉的学业却被日俄战争打断了，战后他以步兵第一〇六团军官的身份返乡。开战时他对是否要参与一事考虑再三。尼古拉从来不是大学里狂热学生的一员，也不太明白这些积极分子的理想主义。他既不在乎保守派，也不在乎自由派，更不在乎革命派。甚至可以说他不真的是俄国人。从早年开始，尼古拉就沉默寡言，并且对一切花言巧语持怀疑态度。军队在他看来似乎是俄国所有的机构中最保险的。虽然军队也会政治化，但是他认为，严明的纪律能够在关键时刻压制所谓的思想。当然，在军队也得应付一些鸡毛蒜皮的小事，但这些小事至少也是实事。射击训练，练兵场地，新兵训练以及营房，沙皇的画像，军功章，军衔，都一概简单明了。如果去政府部门的话则意味着：寻求大人物庇护，钩心斗角之外，一切都还得政治化。要做商人的话，还需要些本钱——他却没有钱。大学里尼古拉的专业是数学，自信自己对技术类的兵种有天赋。他年迈的母亲却坚持要他去德国学些东西。她从她父亲那继承了些遗产，还附带经营点农场。

母亲害怕的是再起战事。按照她简单的逻辑，俄国不会战败之后就此罢休，顶多一年以后肯定会再对日本宣战，拉开复仇之役的帷幕。尼古拉听从了母亲的意见。他在几所德国大学上了一段时间的学，从数学换到国民经济学，觉得很是无聊，而且又过得孤单，所以回到故乡母亲身边，在家里帮忙，最后实在是无所谓地当起了村里学校的老师。

尼古拉默默无闻，生活健康。他饮食规律，对女人不感兴趣，去克里米亚两个星期以后就因为田里的活匆匆赶回来。他读了好些书，喜欢孩子，养了几只狗，时不时跟合得来的公务员打打牌。1913年，尼古拉的母亲去世了。一年以后他又上了战场。1917年他当上了上尉。当第一次革命爆发的时候，尼古拉加入了革命派。他原本为反对布尔什维克而战，被俘获后改变阵营，成为他们的一员。尼古拉决定，无论如何都要留在军队。适逢乱世，他虽并不因此而苦恼，但是也庆幸有这么一个明确的决定，而且相对来说，这个决定也确实是一个保险的选择。

然而这算盘还是打错了。某天发生的一件小事，虽有俄国内战特色，但全然无关痛痒，却足以将个人的生活、信念和人生抉择指引向完全不同的方向。尼古拉·勃兰德斯也有这样的经历，即人在某一个原本完全不觉得重要的瞬间，可以彻底改变人们称之为“性格”的东西。这改变能如此之剧烈，以至于他自己都需要照照镜子，才能确保自己的面相并没有改变。自从亲身经历了一次这样的改变，勃兰德斯总是说，人不是在发展，而是在变换。

勃兰德斯想起老家村子里的一个疯子，他总是抓住所有的人一次次追问同一个问题：“你是几个人？你只是一个人吗？”

不，当然不是一个。是十个、二十个、一百个。生活的机遇越多，我们被解锁的自我就越多。

有的人死去，是因为他没有经历过什么，一辈子都只是一个人。

让我们回到之前提到的那个小事件上来。勃兰德斯当时在乌克兰地区执行军务，某天带兵行进到故乡的村子一带，并且接管了附近他很了解的几个德国殖民地。作为新任的地方长官，尼古拉·勃兰德斯肩负着一个愚蠢、专断又变态的任务，即将区内所有的动产和不动产立刻分配给殖民地的居民。打土豪分田地本是个简单直接，特别容易让农民明白的政策，然而德国殖民地可能是俄国境内唯一不能理解此方案的村庄了。关于分配财产田地的作用，尼古拉·勃兰德斯自己倒没有什么立场。但是他忠于自己做出的决定，遵循军人的职责，而且像享受假期一样享受服从命令的便利，所以立马着手分配。当地老乡都是勃兰德斯的老熟人，不会原谅他剥夺他们的财产。他却不顾反对的声音，采取最原始的方式执行规定，开始从富农的牛圈里把多余的牲口往贫农的牛圈里赶。他召集老乡开会，向大家解释，这是新时代的意义所在，是新政府的规定。老乡们一言不发地听勃兰德斯宣讲。然后去下一个村子执行分配任务。之后去第三个村子。当他回到第一个完成分配的村子时，却发现贫农们自愿把分配到的牲口又都还给了富农。贫农们的牛圈还是空的。这是他们眼里的“他人财物”，他们不愿意占有。

尼古拉·勃兰德斯向上级报告了这个情况，遭到了上级的指责，并收到暴力教育群众的命令。于是他威胁不服从的老乡，要将他们抓进监狱，或者驱逐出境。然而这仍然无济于事。最后上级派来了一位专员，并逮捕了当地的牧师。勃兰德斯年轻的时候和他很熟。他为老牧师求情。老牧师却被判处了死刑。勃兰德斯执行了处决。在全村人面前，他发出了“开火”的命令。

枪声还没有散去，勃兰德斯的心中就第一次被不安占据了。在此之前他都是以职业士兵的麻木在行事。但是现在，老牧师跪着死去了，尸体向前倒在村里用石灰涂成蓝色的墙前，勃兰德斯小时候就常常骑在这堵墙上。地上深红色的血迹慢慢地越变越大，血流在向下倾斜的地面上，在街面不规则石块的缝隙间汇成几股小溪：勃兰德斯就在这个瞬间变了一个人。他在众人注视下摘下帽子，向尸体鞠了一躬。然后他下令将老牧师在墓地下葬。然后他去向专员报告，自己必须得离开红军。专员对他嗤之以鼻，建议他两天以后看看这些农民是不是还顽固不化。只因为希望看到老乡们不屈服，尼古拉·勃兰德斯留了下来。

他留了下来——并且看到了专员言之有理。没有人再讨论“他人财物”了。一时间所有的概念都被扭转了。富农们现在卑躬屈膝，贫农们趾高气扬。邻村的牧师全力支持分配田地财产。但是村民们态度的转变并没有让勃兰德斯放心，而是让他彻底困惑了。一天夜里，勃兰德斯精神崩溃了。他觉得世界的尽头就离得不远，在那里人会掉进永恒黑夜的深渊。能清楚地看见地球就像是一个撑在杆子上的薄片，就像一个扁平的蘑菇，薄片的边缘都是尖角。这个尖角就是他的目标。勃兰德斯找来一匹马骑上，一路向南驰骋。阴差阳错的——他自己记不起来这些日子了——他到了海边，到了君士坦丁堡。在这他才恢复了理智。然而不！这不再是他之前的理智了！这是一个全新的尼古拉·勃兰德斯，他走街串巷积极乞讨，睡在小旅店拥挤的十人间里，偷了旁边醉酒客人的证件。他一句希腊语或者保加利亚语都不懂，装作聋哑马其顿人上了一艘轮船，在船上当司炉，一路历险无数，最后作为偷渡客一路经过巴尔干、匈牙利、奥地利，到达德国。在德国他得到了难民组织的援助。根据心情不同，他时而号称自己是商人，时而号称自己是将军。这是一个全新的尼古拉·勃兰德斯。“你是几个人？你是一个人吗？”他问道，“我是十个！我曾经是老师、学生、农民、沙皇拥护者、凶手、叛徒……我知道温饱、和平、饥饿、战争、伤寒和困境的滋味，我经历过白天和黑夜、霜冻和酷暑、危险和生活。但这所有的一切都是在我出生前发生的事情！今天的尼古拉·勃兰德斯几个星期以前才降生。”

勃兰德斯意识到这一点的时候，他三十七岁。他给自己规定了一个五年的期限。五年以内，他要成为一个自由的人。带着疯狂时期留下的，几近偏执的系统性，他进行了如下的构想：

我就是个出生不久的新人，才开始生活。我在这个世界里要做什么？这个世界值得去经历吗？我唯一拥有的自由是：重新离开这个世界。但这个世界似乎确实还有某种吸引力。世上已没有什么我还没有经历过的东西了。但是根据已有的经验，来观察其他人如何经历世间种种，并无不可。其他人在我看来都有些古怪，是因为在每个人身上或多或少都能找到点那个已经死去的老尼古拉·勃兰德斯的影子。他们都还在靠理想生活，有理念、房子、学校、管理机构、护照，他们要么是爱国主义者，要么是反爱国主义者；要么是战争主义者，要么是和平主义者；要么是民族主义者，要么是世界主义者。我什么都不是。我曾经有过祖国，它们都灭亡了。我相信过理念，它们都消失了。一个牧师死了，他的死揭示了所有的真理。真奇怪，人们不相信奇迹。他们什么都相信，就是不相信奇迹。我亲身经历过一个奇迹。那些相信理念的人有这样亲身经历过理念吗？

这种观察和思考的方式让我快乐。如果我告诉自己，这是我人生的意义所在，那么这就足以为我的决定辩护：留在这个我才来到的世界。为了能独立的快乐，我必须完全独立。在当下的世界——我对当下的世界还挺感兴趣，这就是说，我还挺喜欢当下的世界——有钱才能有自由。所以我只有两条出路：要么死去，要么变得有钱。富人可以死去，死人却不能变得有钱。所以得有钱！

世上可能不曾有人是因为有这样的想法而发财的。尼古拉·勃兰德斯是个例外。单纯是这个想法——别无其他原因——是他的原始资本。谁知道是什么促使巧合发生？或许正是这样的想法促成了让勃兰德斯发财的那个巧合？

这个巧合其实再平常不过，但是为了故事的完整性，还是需要在这里讲讲。

在但泽，勃兰德斯结识了一个俄国移民。他在索波特[①] 的赌场里输光了钱，准备卖掉太太的一条钻石项链。他委托勃兰德斯帮忙找一个买家。勃兰德斯却建议他最后再赌一把。

"您把那根项链，"勃兰德斯说，"抵押了吧。给我一半，我会以此为本钱，在索波特帮您赌。如果输了，那么这钱就算我欠您的。虽然我现在手上没有钱，但是我肯定会想办法把钱还给您。如果赢了，那我抽利润的百分之十。"

---

① 波兰北部城市。——译者注

勃兰德斯走进赌场的时候就知道自己会赢。出于迷信，他只要求抽百分之十。果然他出手就赢了。连赢三场以后，勃兰德斯收手离开。挣来的百分之十是他的第一笔资本。

勃兰德斯坚定的满不在乎是他成功的保障。是的，有时候看起来像是让人捉摸不透的他有某些超能力，能够预见到那些同样让人捉摸不透的生财之道。其他人都觉得这让人毛骨悚然。勃兰德斯自己却觉得理所当然，像他这样的人，孑然一身，从出生——他这样称呼自己的逃亡——开始，就全力赚钱，自然没有赚不到的道理。勃兰德斯证明了依靠严谨的经营是不能暴富的，赚钱需要靠天赋。而他就很有天赋。

现在勃兰德斯的五年之期已经过去了三年。他也慢慢地富裕了起来。从几周前开始，他是巴尔干地区两个国家警察制服用布料的正式供货商。

10

教堂中午的钟声消散了。靴底带钉的游行队伍消失在扬起的尘土和噪音里。街上还是没有人，大家都在家，或者坐在餐馆里。春风吹过，带着菜香。

尼古拉·勃兰德斯在一家咖啡馆的露台上坐下。正好两个男人走过，对话的俄语音节飘进他的耳朵。勃兰德斯不喜欢同命运的同胞。移民的同胞总是喜欢夸张地讲述昔日的辉煌，出于礼貌，听者不得怀疑其真实性，同时还得对于他们现在难以掩饰的窘迫视而不见。这样的情况，勃兰德斯能躲就躲。这些同胞当中有谁和他一样，在流亡后重获新生？看起来所有人都已经放弃了俄国的生活。这些人弹着巴拉莱卡琴的多愁善感就像刚才风衣队伍的军事游行一样，都让勃兰德斯觉得无聊。虽然自己也是在流亡，但是他真不明白这爱国主义，明明祖国还在那里，为何要哭号得像它被大海卷走了一样。这些人只是心疼他们的银质俄式茶壶。

然而刚才这几个偶然听到的俄语词，还是直接飘进了勃兰德斯心里一个之前未知的区域，这或许是因为春风的缘故才敞开的吧。就像久旱逢甘霖，他尘封的记忆突然鲜活起来，乌克兰的二月历历在目。勃兰德斯想起故乡春天来临的种种细节变换。他想起二月里有些日子，太阳中午十二点时突然就热起来，五分钟之内就积聚了足够的热量，让屋顶下挂着的冰柱滴滴答答地开始融化。感觉好像是太阳进行了一个简短的夏天实验。天空还是保持着冬天的钴蓝色。仅仅在边缘部分，天色开始变浅，几乎是白色，就像是结冰了。然而呼吸的空气还是温暖熟悉的，已经提前有了夏雨温和的香味。仅凭肉眼，他都已经看到了空气中会构成夏天云朵的不可见物质。然后刮起了东北风。才开始融化的冰柱又冻上了。村里的夜晚来得似乎比前几天都要急，虽然现在的夜晚肯定比之前要短。小树林里只有白杨树的叶子还泛着微弱的白光。这些散落在其树种中的白杨就像是在古老黑夜中新生的白天。田里有人星星点点地用干树枝点起篝火，周围烤着一圈土豆。风把这香甜的味道和树枝燃烧的味道一起吹进村庄。在广阔的沼泽地上，柳树标记着公路和森林间可以安全通行的道路，但是现在在标示区域以外走也无妨。现在哪里都还上着冻，靴子踩上去就像踩在易碎的玻璃上。这样能毫无顾虑安全通过沼泽的日子还有多久？肯定没有二十天了！那时蓝色的鬼火就又来了，地球上的星象。明天，当月亮变成下弦月的时候，还可能再下一场大雪，就像十一月的第一天一样。虽然大雪纷飞，但是人们都知道，两三周以后这雪就都化了。那里的今天，勃兰德斯想，应该差不多就是这个样子。我却坐在这里，城里这些可怜的树在宣告着春天的到来，这是市政机构提供的自然，周围是些游行的蠢货，民房的厨房里飘出烤肉的香味。我为什么在这呢？

勃兰德斯觉得，刚刚听到的俄语是才在他记忆中重生的早春的一部分，就像俄语不是某些人用于交流的工具，而是故乡自然的母语，是那些白杨树、柳树、沼泽、冰柱、春风、阳光和篝火的母语。为什么恰好碰到这些移民呢？有谁知道呢，他们今天像勃兰德斯一样，都在回忆故乡的早春。所以能在今天和相似的日子听到俄语，真是件好事。勃兰德斯结了账，离开咖啡馆。

勃兰德斯漫无目的地走着。虽然不饿，他还是想去家餐馆，像是出于责任感，像是遵循一个正在吃饭的大城市给每个人定下的规定，像是执行那不成文的午饭提案。勃兰德斯断定，这些回忆别无他物，就是乡愁。这是他第一次体会到乡愁，自己都吓了一跳。他这是怎么了？或许又会再诞生一个全新的尼古拉·勃兰德斯？

一不留神，勃兰德斯就已经到了马堡大街。乡愁先通知了他的双脚，走路的工具。它们这就自行动作起来，把勃兰德斯带到了俄国餐馆的门口。他还是才到德国的那个月在这吃过饭，之后就再也没来过。餐馆的装潢跟以前不太一样了，现在主持经营的老板财大气粗，服务生衬衫笔挺，卖香烟的小贩也穿着蓝色的服务员制服，在衣帽间接收寄存衣物会拿到一个铜币。勃兰德斯瞟了一眼餐厅中间桌上的菜品。这些菜已经不像以前那么地道了，不再是那贫苦日子吃的东西，而是已经当地化，按照柏林的习惯进行了改良。菜也像所有的移民一样，适应了环境。勃兰德斯点的烈酒寡淡无味。他叫来服务员，出于虚荣，用俄语抱怨。然后店里就重新给他上了另外一杯。

邻桌的两个男人停下对话，向不相识的同胞投来友善的眼光。勃兰德斯觉得他们俩很让人有好感，打了个招呼。这两个人都是光头，头皮反射着店里已经点亮的灯光。但是他们的长相又截然不同，这只有在像俄国这样由很多个不同民族组成的国家才可能。勃兰德斯今天心情好，对移民都很宽容。那个小个子的，脸色发黄，蓄着黑色的小胡子，来自乌克兰南部。那个金发的大个子，长脸，眉毛颜色淡得看不出来，脸色泛粉红，显得很害羞，他是波兰人或者巴尔干人。但同时这两个人又都是如假包换的俄国人。他们吃饭的口味相似，消化方式相似，身体处理酒精的方式也相似。而且这也都和我一样，我这个德国犹太人。我和他们有共同的身体需求。尼古拉·勃兰德斯点下一杯烈酒的时候向邻桌的客人举起了杯。

勃兰德斯听着邻桌客人的对话。他们在谈论一个叫约瑟夫·达尼洛维奇的人，按照这个人的说法，现在巴黎会再爆发一轮通货膨胀，比之前的都还要更厉害。一向沉默的勃兰德斯突然觉得，必须得警告邻座的这两个同乡，而且还得通过他们警告这个完全陌生的约瑟夫·达尼洛维奇。他加入了讨论。邻桌的两位也不介意。“法国的通货膨胀只会有一个结果：就是法郎对黄金的比较会降低。法国和当时的德国不一样，并没有太多的货币在流通。法兰西银行也还持有足够的黄金，足足36.54亿金法郎，大概折合百分之六十目前已经发行的货币。在法国，民众对法郎的价值很有信心，而民众的心理对货币市场的稳定可是至关重要的。现在的债务要么得大幅度压缩，要么得投入新的资本，这可能性更大，也就是说会需要向其他国家举债，法兰西银行的黄金储备完全可以为此担保。

“退万步讲，法兰西银行随时可以决定立刻启用黄金储备，按照我的计算，他们至少还有 25 亿金法郎，能用来为其货币保价。英国当然不会是法国最强硬的债主，多少会做出些妥协。法国也不会再幼稚地相信还能从德国拿到多少钱了。这样问题就已经解决了一半。”

给这两位同乡介绍情况，勃兰德斯乐在其中。两位一直听得很用心。他们似乎也意识到，坐在他们面前的是一位行家，带着政坛枭雄般的优越感对股市指点江山。“我们也想去巴黎，不过是为了其他事，不是生意。”

“那么，”勃兰德斯说，“我只能建议您做好准备，那边的花销可能会比您开始计划的要高。”

勃兰德斯起身准备离开。两位同乡问他要地址。他当时就有些后悔和这两个人搭话了。不过勃兰德斯还是把地址给了他们。

他想绕个路，慢慢回家。想到“回家”这个词他不由得笑笑。勃兰德斯在这家小旅馆已经住了两年。现在他突然觉得无论如何都不能再在那住下去了。那的星期天总是让人难以忍受，星期天最让人难以忍受的又是下午。反锁了的房间里都传来情话和留声机的声音。小旅馆的女老板，内廷参事遗孀，今天穿着一条黑灰相间的丝质裙子。在尼古拉房间的衣柜上还放着小提琴的琴盒，那是内廷参事生前演奏的乐器。“我们从前就在这些房间里面四重奏！”遗孀提道。勃兰德斯想到故乡他那用石灰涂成蓝色和白色的房间，他闻到稻草的香味、动物的粪便味、鸡窝的霉味、圈里羊的膻味和马哗哗拉出一泡温暖的尿的味。想到小旅馆里石炭酸混合了煮熟的海鱼的气味，勃兰德斯决定，晚上再回家。

天黑得比他想得要早。星期天就这样挨过去了。星期天晚上在外面比在家要糟糕。勃兰德斯逃回家。

有两位先生在小旅馆的“沙龙”间里等着他。勃兰德斯走进沙龙间，发现来人是下午在餐馆里交谈过的那两个俄国人。

这两个人有着同一种形式的羞涩，又都很无助。他们一起行事——遵循生活里那个古怪的法则，就是有同样缺点的人往往会物以类聚，比如两个难看的姑娘会一起去散步，两个哑巴会想要一起交谈，或者两个羞涩的人相信，如果他们的羞涩叠加在一起，会显得很有勇气。那个金发碧眼的终归要年轻点，似乎不得不出于礼节表现得更大胆些。他开了口：

“我们非常高兴碰巧认识了您，因为我们需要您的建议。我们今天早些时候谈到的那个约瑟夫·达尼洛维奇，他给我们找了些麻烦。所以我们来找您，您想必对艺术感兴趣吧。”

“我？艺术？”勃兰德斯说，“死也不感兴趣！”

两个来访者一听，窘迫之极，勃兰德斯不得不继续说：

“但是这也不一定会妨碍我给您建议。您说的是什么艺术呢？画作吗？”

“不是，是小型表演，”年长的那个说，“我们有一个卡巴莱小品[①]剧团，可能您有听说过。五年前我们组建了这个剧团，之后四处巡演。有的时候情况还不错，也有的时候差点，但总的说来都还过得去。也是因为一直有约瑟夫·达尼洛维奇的帮助，只要他有生意可做。但是，自从局面稳定下来，我们就再没有他的消息了。所以我们就到这来了。他信件电报都一概不回。我们的剧团目前在贝尔格莱德，可合同就要到期了。下周我们必须得去巴黎，但是我们在贝尔格莱德的票房不佳。您看，竞争真是太激烈了！在贝尔格莱德还有蓝鸟、金鸡、巴拉莱卡、白屋。我们是第五家。我们的表演都是高质量的表演。但是观众都被惯坏了。我们根本赚不到去巴黎的旅费。”

“你们剧团叫什么名字？”

“绿天鹅。”两个人异口同声地回答，带着士兵报出所属部队的骄傲。

尼古拉·勃兰德斯隐约记得曾经看到过写着这个名字的海报。出于礼貌，他今天确实分外礼貌，他回答说，已经听说过

---

① 卡巴莱小品是一种具有喜剧、歌曲、舞蹈及话剧等元素的娱乐表演，布景和服装都比较简单。——译者注

很多关于这个剧团的好话。

那他可以帮助他们吗？这两个人问。

勃兰德斯还没想清楚要怎么回答这个问题，口里就蹦出了这句话：

“这周我正好有事要去贝尔格莱德，能顺便来看看你们。”

这两个男人离开了。

11

尼古拉·勃兰德斯现在在贝尔格莱德。

下午去绿天鹅，看排练。

勃兰德斯已经想不起来上一次去剧院是什么时候了，应该至少是两三年以前。他当时记起多年以前，大学时代看戏的乐趣，于是满心欢喜地去了几次剧院。可是剧院的舞台总是空空的，即使有演员在上面走动的时候也是空的。显然是因为，他想，剧团的人自己也预感到了台上的空旷，所以采取了各种现代的导演手段。比如在舞台上修一段楼梯。看到楼梯的时候，勃兰德斯觉得是坐在一所被毁房屋里。他想起一次在高加索经历的地震。高加索的老城区不大，城边的几条街道上有房屋的屋顶和墙都塌陷了。从街上就可以直接看到屋子的内部，木板、屋梁，以及一段楼梯，不再知道通向何方。楼梯最上面一级台阶和上方天空最低的云彩之间，还有着不可逾越的距离。与此相比，楼梯曾经能够连接的高度是多么渺小可笑。在这段几乎保存完好的楼梯上，似乎比周围的残垣断壁，更能看到自然灾害的威力。

舞台上更让勃兰德斯觉得恐怖的是，台上的灭亡不是一场灾难的结果，而是人为的，是被称作“导演”的东西制造的。他有时候真很好奇，想结识一位导演。这些人都有什么样的心理，他们如何能够不被最阴暗的噩梦追随？没有人想在恐怖暗夜掉入的深渊，却被他们在舞台上创造出来。勃兰德斯年轻的时候，剧院里大都还用明亮的脚灯。当他后来在德国再去看戏的时候，剧院都用聚光灯了。在勃兰德斯看来，聚光灯不是要把舞台上掏空的黑夜照亮，而是要把它过滤呈现出来。然而即便这样也还是不够黑，不能让观众忘记这是个虚幻的夜晚：车轮、箱子、阁楼在舞台上的影子，它们都死去被风干封存了，所有表演的情节中都散发出机械的冷漠。虽然宛如白日的聚光灯把正在表演的演员置于一个光洞里，但是它的光还不够强，难以让观众忘记演员的个人魅力。聚光灯好像是象征着观众的好奇心——这个时代的观众就仅存这点好奇心了——并不是为服务于剧目情节的含义，而是展现舞台上动作的毫无意义。聚光灯一路追着某一个演员，似乎是想弄明白这个人为什么为了讲一句特定的话，需要在这里上三级台阶，然后为什么为了得到一个回答，又需要在那里再下三级台阶。勃兰德斯觉得，在他年轻的时候，大家对剧院没有过多的要求。所以那时候的剧院给了大家更多。勃兰德斯清晰地记得，他当时去剧院不是为了看一场所谓的“生动的”莎士比亚剧目的演出——因为无论怎么演莎士比亚，都不如朗读来得生动——而是为了见识一下剧院表演的莎士比亚和观众心目中的莎士比亚有多大区别，两者之间确实有天壤之别。那时候，一个好演员，因为他和剧院从来也不掩饰这就是出戏（有照明的脚灯，有布景，有假山石、假树木、假屋墙），才真可能把剧中人物的命运当作自己的命运，把一腔热血献给莎士比亚。可是一个导演——勃兰德斯这样认为——现在指挥着演员们放弃自我，演员们为了博得欢心，也就从头到尾完全孤独地表演。这样的导演方式创造了很多空间，可是却没有人来填满这些空间。所以现代的舞台空间都又回归于黑暗，同时将希望寄予聚光灯弱小的光束，希望这样能充分体现人的魅力。这完全是谬误！人陷入这样的光洞里，被它束缚住，光洞现在就像是他的肉体，他只能这样在黑夜里艰难前行。

勃兰德斯没跟人讲起过这些想法。他看不懂这些剧目，并不觉得自己是内行。这不是“他的菜”。现代剧场里的演员像在证券市场上一样声嘶力竭地叫喊，何其恐怖！剧院似乎竭尽全力，不愿意承认剧目是虚构的，然而观众明明就是付钱来看虚构的故事啊——这真不是一桩体面的生意。剧院和导演或许认为，他们的戏剧是源于生活，而且高于生活。然而和勃兰德斯早年的生活相比，甚至即使是和他离开巴尔干半岛之后的生活相比，这完全不能算作高于生活！无外乎是面色苍白的剧作家的一场关于生活的美梦罢了。不！勃兰德斯更愿意去看电影。他喜欢电影院里未知的黑暗和屏幕上光鲜的影像。他喜欢虚构故事低级的悬念，这是直接真诚的虚构。他喜欢电影院里和现实脱节的感觉，每个观众都只身进入银幕里的世界，所有其他人都被拦在银幕下的现实中。只有他们的身体还留在座位上，就像挂在衣帽间的衣物。勃兰德斯每周去两次电影院。他在电影院里休息，不说话，也什么都不听。中场休息真是可恶，这时候他就很不耐烦。有时候勃兰德斯真想建一所影院，永远在播放影片，从来也不会有灯亮的时候。

勃兰德斯来看绿天鹅的排练，一个人坐在黑暗的观众席上。不，他又一次发现自己对艺术不感兴趣，而且对小型表演也完全不感兴趣。其实他之前就一直很讨厌俄国的卡巴莱小品。勃兰德斯对这种因为害怕特定规模，变成小型表演的艺术形式很难产生好感。他厌恶这种精致，厌恶这种小打小闹的社会环境描写。感觉这种描写手段将人变成了侏儒，农妇变成了芭蕾舞女演员，哥萨克战士变成了玩具锡兵。他也厌恶主持人华而不实的殷勤，专门为他——因为大家是把他作为金主看待的——安插进了一个特别的玩笑。然而勃兰德斯为何不一走了事呢？他已经是第三次来看彩排了。是的，他甚至有天晚上专程到剧院，来看票房情况。他为什么要这样做呢？

这个剧团处境堪忧。他们已经很长时间没有付酒店的房租了。饭钱也没有办法再赊账了。有时候演出的收入仅够在咖啡店给每人买块点心，加一杯茶或者咖啡。每天晚上演出之后，剧团成员挤着围坐在桌边，像一群待宰的鸡，恐惧又无助。然而他们还总是叽叽喳喳地喧哗着，因为害怕沉默，似乎沉默会宣告死亡立刻来临。绿天鹅剧团成立以来，情况还从没像现在这么糟糕过。他们匆忙卸过妆的脸在夜晚的灯光下泛着黄光。可还是没有人想离开。每天晚上他们都在饭店里一直待到打烊。之后他们还要在住的三家旅店之间，从一家到另外一家，因为要互相送别。最后到达自己旅馆的一小队人又会觉得自己吃亏，其他人不够厚道，还站在走廊里絮叨很久。最后每个人都关上自己房间的房门，就像棺材板一样。

"为什么，"勃兰德斯某天晚上问，"你们不各奔东西，自寻出路呢？"剧团成员大吃一惊，带着轻蔑的神色看着他，似乎觉得他不仅疯了，还很低劣。"为什么，"乐队指挥回答道，"我们应该离开绿天鹅？永远不可能！"勃兰德斯现在明白，这些人把家乡的戒律当作了艺术的戒律。（剧团成员不都是科班出身的演员。女演员当中有殷实人家的小姐，男演员当中有曾经的军官和政府官员，乐师里面有两个大地主，乐队指挥以前是文理中学老师。）

这是勃兰德斯第一次有机会为不喜欢的东西花钱。自从他开始做生意，就习惯于把每一笔钱都看成工具。施舍给乞丐一点钱在他看来，就像只为了救火而先放火，或者为了让怀表停下来而把它摔坏一样不可思议。勃兰德斯资助给特奥多尔·伯恩海姆两千美元，不仅是因为需要保罗的帮助，还因为他认为应该反对社会法制机构的任何行动……特奥多尔这样的人，警察一个都不该抓到，换成别人勃兰德斯也都会解囊相助。他憎恨国家秩序，对此一窍不通。然而艺术他更不理解，尤其是小型表演。在他憎恨的国家秩序的花园里，小型表演就是装点的盆景。

然而勃兰德斯还是为绿天鹅付清了房租，并资助他们的旅程。

这是在贝尔格莱德的最后一夜。剧团成员在常去的那家咖啡馆，三三两两分坐在小桌旁，他们仍旧闹闹嚷嚷，因为要去巴黎而兴致高昂。勃兰德斯也来到咖啡馆。他准备今天就回柏林，来和剧团经理道别。莫名其妙地到这里来，浪费了好些时间，还资助了这样一家莫名其妙的团体，勃兰德斯觉得自己有些滑稽，只想把这都一股脑忘记掉。他想其实最好不辞而别。

可是一般挣了钱不辞而别，花了钱却不能不辞而别。

勃兰德斯一进门就被剧团成员发现了。他们把他团团围住，个个都很合体统，洋溢着感激之情。勃兰德斯的目光再次漫不经心扫过他们的面孔，突然在一个空缺处停下。少了一个面孔，他记不得跟面孔对应的是什么名字，只是发现少了一个面孔而已。

勃兰德斯随即坐下点了一杯饮料。他刚才明明还下定决心，就站着迅速地跟大家道别。勃兰德斯等着出现的那个面孔肯定还没有十九岁。等的时间越长，他眼前就越清晰地出现这棕色的脸，深色眼睛，消瘦的面颊和鲜红、画得很亮的大嘴，就像是原本安静的面容中的呐喊，而那深色的眼睛距离如此之近，两根眉毛就像连在一起一样。她穿着什么样的鞋？在这一瞬间世上没有比这更为重要的问题！勃兰德斯想问她穿着什么样的鞋子，虽然他还完全没有向人问起过她。他也想不起她叫什么名字。当然——我可以描述她的样子。但是这很尴尬，太尴尬了。我还是等等吧。明天再走好了。

勃兰德斯的火车是夜里十一点的。当莉迪亚·马尔科夫纳那走进咖啡馆的时候，自助餐台上方的大钟正好指到十。还有一个小时的时间。她这个时候出现真是不厚道，让勃兰德斯进退两难——明明已经决定推迟行程，现在看来还是可以赶上火车。她为什么现在才来呢？半个小时不够了解她的所有情况，这也许很值得去了解。半个小时却足够跟她说再见了。还有道别以外的其他什么打算吗？他记得就是为此才留在这的。现在她来了，可以跟她道别了。但是，如果她等到列车出发的时间才来多好。那样的话在咖啡馆关门之前还有三个小时，之后还有很多个小时。绿天鹅去巴黎的火车是下午三点的，明天——勃兰德斯心里突然燃起一个可笑的希望：自助餐台上的钟是不是根本就不准？只要一个小小的动作就可以检验。但是勃兰德斯刻意推迟拿怀表的动作，因为害怕会发现墙上的钟并没有问题。最终他还是把表拿了出来。这无疑是雪中送炭：早就过了十一点。他的火车早就发车了。

“那位刚刚才来的女士叫什么？”勃兰德斯问邻座的人。

“那是莉迪亚，莉迪亚·马尔科夫纳那！”

“莉迪亚·马尔科夫纳那！”勃兰德斯重复道。他站起来，朝她来的方向走去。她面带微笑，走得不快，靠近朋友的时候，选了一张桌子想要坐下。尼古拉·勃兰德斯走到她面前停下，靠得如此之近，她要往后仰头，才能看见他的脸。她伸手给他握。他握住她的手，拉到旁边正好空下的桌边。

“您是莉迪亚·马尔科夫纳那！”勃兰德斯说，好像是在确定她真的叫这个名字，好像这不能随便是一个另外的名字。

“对。您不认识我吗？”

“不，我认识您。但是我没问过名字。只有在特殊情况才问。例如，您就是个特殊情况。”

勃兰德斯等她回应。她只问了一句：“为什么？”

“因为我想要——”勃兰德斯说，“就是说，因为我想请您明天不要跟其他人一起上路，请您和我走吧，跟我回家。”

“您这是在想些什么啊？您觉得我应该离开剧团？”

“为什么不呢？”

“但是——您不知道吗？我有一个男朋友。我肯定不能离开我的男人！而且我根本不认识您！”

“您的男朋友是谁呢？”

“格里高利——他就坐在那。”

勃兰德斯转身看去，是那个声音低沉的男人，在“白骑士”那一幕中扮演第一个哥萨克人。

格里高利正在打牌。

“您在这等一会儿！”尼古拉说。

他让服务生送给格里高利一张纸条，上面写着：

“请您立刻过来。跟钱有关。”

格里高利来了。他时而看看莉迪亚，她也没跟他打招呼；时而看看勃兰德斯，他倒是一直对格里高利微笑着。“听着！”勃兰德斯轻声说，“您同意莉迪亚·马尔科夫纳那明天留下吗？和我一起？”

“您为什么打扰我，亲爱的？”格里高利回答，“我以为是跟钱有关！”

“钱您是会拿到的。请您回答我的问题。”

格里高利眯起眼睛，看着莉迪亚。

然后，格里高利说：“当然——如果她愿意的话！”

“格哥！”莉迪亚大喊道，所有人都扭头看发生了什么。她趴在桌上哭，额头抵着大理石的桌面，似乎除了石头和没有生命的东西，什么也不能信任。

“您跟我来吧。”勃兰德斯说，扶她从椅子里站起来。剧团经理来了。勃兰德斯说：“莉迪亚·马尔科夫纳那要离开剧团了。请您给格里高利先生额外支付两个月的薪水，寄给我账单。晚安！”

这是一个全新的尼古拉·勃兰德斯，现在他是和女人一起上街了。他们走到停车的地方。

12

关于保罗·伯恩海姆没啥好说的，他仍旧还是那副老样子。

他开始节衣缩食，在一个全德国都在“振兴重建”的时代。

对，节衣缩食，保罗·伯恩海姆。两个速记打字员他都解雇了，最后也解雇了秘书。他退租了公寓楼上的办公室，最终公寓也退租了。因为他曾经是楼里最不同寻常的租客，现在怎么可以泯然众人？伯恩海姆的种种生活习惯都自行消散了：就像秋风中飘零的落叶，几乎就是个神秘的机制。理发店老板原本每天下午一点都会带着刷子、肥皂和刮胡刀，到保罗·伯恩海姆的公寓里来，现在这似乎也都神秘地卡壳了。之前只要保罗·伯恩海姆的脚步声在二楼响起，门房都会雷打不动地及时给他开门，现在这规定似乎也被废除了。某天保罗·伯恩海姆卖掉了汽车，解雇了司机。买下他的汽车的，是一家出租车公司。从此之后，保罗·伯恩海姆觉得，他再也不敢在街上叫出租车了，因为害怕叫到的会碰巧是自己的车。最后作别司机时，他给了一大笔远远超过他能力的小费，才好歹保存了最后一点上流社会的作风。他的朋友们也突然就都消失了，就像都被自然灾害席卷而去。就算一家家游艺俱乐部找过去，也一个都找不到。

孤独感和货币一样，似乎也想稳定下来。误以为孤独的程度和公寓的大小成正比，伯恩海姆现在只租了一个小房间。然后他发现，孤独感的特别之处在于，它在一个小房间里比在三个房间的公寓里还要强烈。伯恩海姆理财和他母亲一样失策。母亲守着一箱子纸币，他守着股票，却难以维持生活！为什么没跟尼古拉·勃兰德斯做布料生意呢？如果当时同意了，现在早已腰缠万贯。财富曾经近在咫尺，唾手可得！伯恩海姆手里还有最后两千美元，正好是他欠勃兰德斯的数目。要倒卖些雪茄的话，这刚好够本钱。伯恩海姆唯一有兴趣也有天赋的职业，只有外交官。拿房子抵押的话，他可能还能再贷些款。但是也只能用遗嘱里规定属于他的那部分抵押，考虑到已经有三笔贷款在身，如果母亲不同意抵押她的份额，不可能再拿到新的贷款。要母亲同意抵押也同样不可能。伯恩海姆两合公司很快也得解散了。伯恩海姆太太还完全不知道这件事。

有时候保罗·伯恩海姆会再次清算他的资产，虽然他知道有多少。但是他觉得说不定之前有算错的地方，说不定会在意想不到的地方出现奇迹，可能把这些数字再加一遍就会出现一个新的总数。如果现在按照市价抛售所有的股票，再加上那两千美元，那么伯恩海姆总共还有不到两万五千马克。换作其他人，比如尼古拉·勃兰德斯，用作本钱，两年以内就能挣一百万……保罗·伯恩海姆却是雄心勃勃的那种人，太少的本钱根本看不上眼。

正是晴朗春日，天色湛蓝，街道打扫得格外整洁，阴云似乎被彻底逐出了这个世界。要是我还有车就好了！保罗想。在他还有车的时候，天气似乎从来没有这样好过。去坐公共汽车或者地铁，他觉得自己很掉价。虽然理智告诉他应该清晨起床，保罗还是顽固地坚持每天都睡到下午。他隐约希望，在人睡觉时，幸运的巧合会聚集在他们头上。而当他穿戴整齐出门的时候，天色总已渐渐昏黄，似乎在证明任何努力也是徒劳。

也有几次，保罗·伯恩海姆决定早上出门办事，上门去找大经销商的经理。他事先想好了一些谈判策略，比如对自己的资产夸大其词，说能够贷到款，或者要说起跟英国的关系——他自己都逐渐相信真的在英国有关系。保罗一家家拜访大经销商。在接待室里，散放着这家公司的报纸和杂志，供等候的访客免费取阅。这样访客在和这家公司会谈之前，就能充分了解他们的观念。接待室都很舒服，稍微有点热，穿制服的工作人员坐在高凳上，观控全局。经理们总在开会。而且不再是“重要”会议，像通货膨胀时期保罗·伯恩海姆编造的那样。现在就是简单的会，没有特殊的名号，所以更为重要——就好比真正的大人物有头衔，却从来不用。伯恩海姆坐在接待室里，等着。就像以前那些等他的人一样。他现在明白了，接待室这个机构就是资本主义天堂的炼狱。没有什么比强迫人耐心更残忍的，这耐心还不断地被打断：通知工作人员的信号铃声，新来的客人，以及断断续续阅读的杂志。放这些杂志的目的本来是安慰等待的客人，然而实际上却只让人绝望。好几次伯恩海姆没有等到会谈就离开了。逃脱一次在接待室就失去了意义的谈判，让他觉得好像是被解放了，就像是从一所疯人院里被放出来。他一出门，回头看的时候就像是摔倒的人在看绊脚石。

我再也不会来这家店了！

保罗再次去拜访母亲。

高等军事会计督查太太已经非常适应了，就像她是在伯恩海姆家出生的一般。她像姨妈一样跟保罗打招呼。伯恩海姆太太还是悄悄跟在租客后面，检查她是不是忘了随手关灯，检查柜子的钥匙是不是插得不够紧，容易掉出来，检查晚上窗户是否关好，否则容易进会蛀地毯的飞蛾，还检查高等军事会计督查太太房间里的洗手池是不是如伯恩海姆太太多年来所预料，裂口了。

"我们现在达成了协议，"伯恩海姆太太告诉保罗，"高等军事会计督查太太会支付订阅报纸的费用。一个月前她的房间漏雨，因为屋顶坏了。她声称我应该负责修理。但是我跟她说清楚了，房东不可能为屋顶上的洞负责。然后她也认识到我有道理，请人来修了屋顶。但是从那以后一直没有下过雨，所以我也不知道工人有没有骗我们。你能去看看吗？"

保罗爬上屋顶去检查。

他从屋顶上能俯视整个花园。因为是春天，花园看起来比秋天还要沮丧——就像衣衫褴褛的人暴露在阳光下比隐藏在雨雾中更让人沮丧。保罗看到空荡荡的车库，现在里面一辆车都没有了，还有那马厩，里面全是别人的马，另外还看到那条老狗，脏兮兮地躺在它的小房子前面，懒洋洋的，似乎知道这里终归没有什么可以看守的，除了伯恩海姆太太那一箱作废的纸币。

某天晚上，母亲把报纸放到一边——自从租客支付订阅报纸的费用，伯恩海姆太太不再觉得有义务阅读报纸上所有的内容——冷不丁地说：

“你知道吗，保罗，现在报纸上征婚启事特别多！”

“是啊，”保罗心不在焉地回答，“战争的结果之一。”

“这些年轻人很精明，”伯恩海姆太太接着说，“知道快点结婚，这对健康有好处，能让人长命百岁。”

然后她默默等着，看儿子有什么反应。

但是保罗似乎走神了，他听见钟的嘀嗒声，这是这房子里唯一还运转的设备，还听见温和的风声，哗哗吹过花园里堆积的，去年秋天的落叶。伯恩海姆太太拿起长柄眼镜，咔嚓翻开，这声音才把保罗重新带回现在。

伯恩海姆太太架着长柄眼镜，好几分钟，注视着保罗。他知道，这是母亲在为“严肃的话题”做准备，所以等着。

“你现在三十岁了，保罗。”伯恩海姆太太说。

提起他三十岁的年纪让保罗一阵心痛，似乎这是种肢体的残疾。现在已经过去了足足三十年，而他还一事无成。感觉这三个十年，一年又一年，一月又一月，一天又一天，小山一样堆积在保罗旁边，一大堆的时间。他自己缩手缩脚站在这堆时间旁边，瘦瘦小小，没有年龄。

“你从来没有想过结婚吗？”母亲稍有些严厉地问，还架着长柄眼镜。

“哪里有女人呢？”保罗说。

“女人多的是，孩子——你只是要去找！”

伯恩海姆太太取下长柄眼镜，让它顺着臀部滑下，就像在往阴道里插一把剑。

关于结婚的讨论就此结束了。在回柏林的火车上，保罗毕竟还是考虑了一下母亲的建议。是的，可能是该结婚的时候了。是的，结婚再简单不过了。关键是要谨慎，速战速决。结婚可能是条成就大人物的路。保罗想要着手寻找对象。

保罗早些年，还挥金如土的时候，认识一个来自蒂米什瓦拉的年轻人，名叫桑多尔·特克力，号称自己是布达佩斯人。他是作为记者和画家来到柏林的。可他也完全能胜任业余骑手、魔术师或者政治特务等任何身份。命运对一些来自蒂米什瓦拉的年轻人倍加眷顾，让桑多尔·特克力先在赌场得意，再进入卡巴莱剧场，之后他又加入了剧院，两年之后转行到电影，最后又回到老本行新闻。他有次作为新闻宣传部成员，一路陪同匈牙利独裁者库恩·贝洛的红军，参加了攻打罗马尼亚的战役。但是特克力已经淡忘了这份工作，以及这段时间的所有事。他能够忘记的事件还包括凶杀、长年监禁，以及伤寒。这种忘却过去的能力和他利用当下的天赋相得益彰。他在任何情况下都能捕捉每个机会的敏锐，似乎只有在健忘的伴随下，才能发挥作用。就像健康的躯体，既能从冬天的寒冷，又能从夏天的炙热吸取能量，不断壮大自己，并且和其他的特性一起，快速彻底地战胜病痛。要说桑多尔·特克力“没有个性”是有失公允的。他是健忘——他也很机警。蜜蜂从每朵花里吸取花蜜，桑多尔·特克力能和每个遇到的人交朋友，收获一段友情。他的成功证明了社会的变迁，老的社会阶层的焦虑，个人社会阶层的迁升，社会价值观的不稳定，以及新社会建构的大厦如此一筹莫展，它的建筑创造了现代的“会客厅”。无忧无虑，仅仅以关系为目的，特克力拜访一个又一个家庭主妇，甚至没觉察到她们有什么不同。他参加面具舞会，这比每年的狂欢节持续时间还要长，总是穿着同一套洛可可王子的礼服。其他的时候他晚上总穿着礼服，搭配着自带翻边裙搭的马甲，丰满的深红色嘴唇配合着完美白牙齿，总是面带微笑，也总是带着种亲切的神色，准备跟人第一次见面就做朋友，第二次就做知己。

保罗·伯恩海姆这时候想到桑多尔·特克力不奇怪。伯恩海姆也了解特克力的习惯：他每周两次去一家匈牙利餐厅吃饭，以维持和故乡的联系。一次伯恩海姆真就碰到了他。特克力显得很高兴。他喜欢衣着光鲜的男人到这家餐厅来找他，很长一段时间他都在这赊着账。在这里他把自己寻常的亲切发挥到淋漓尽致。其中也有一些真心的喜悦，能看出来客是位尤其重要的人物。

保罗·伯恩海姆（亲爱的，亲爱的朋友）这些时间都躲到哪里去了？

他自己呢？

喔，这可不是秘密！他忙了好些事。第一，他参与了一家广告公司，这家公司在推广一种新型的广告，就在报纸上方的邮戳处。第二，一家大型美国电影公司半年前进军德国，他还在他们的宣传部帮忙。第三，他和一个朋友一起，做了一份世界通讯，用所有欧洲语言报道每日新闻和文艺消息。第四，他还在组织把外国作家的作品翻译成德语，以及把德语作家介绍到外国。最后他还想起些喜剧素材，并把这些点子卖给了有名的剧作家。除此之外，他还有希望加入一个新项目，是个叫尼古拉·勃兰德斯的人计划的。

“谁？——那个俄国人勃兰德斯？”保罗重复道。

“您认识他？”特克力激动得拉住伯恩海姆的胳膊，“您认识勃兰德斯本人？”

“对，”保罗说，“这有什么奇怪的？”

“噢，不奇怪。但这可是关系！”

特克力之前假惺惺的尊重现在转化成了货真价实的崇拜。

“勃兰德斯，勃兰德斯！”他用一种奇特的嗓音重复着，古代运动员宣布胜利想必也是这样喊的。“您不知道吗？勃兰德斯前途无量。他从东方来，在这里发家致富。半年前，他在选帝侯大街上买下了十二幢房子。现在他开始在全省各地开设布料和百货商场。大家说，他要把店开满全国。每个小城都要开一家百货商场。他的口号是：为中产阶级。他准备号召大家拯救中产阶级，组建了一家银行，听说他还从塞尔维亚带来了一个尤为富有的漂亮女人。她非常年轻，完全能做他的女儿。每场首演他们都在。她应该是一个逃到贝尔格莱德的侯爵夫人，带着一套价值连城的珠宝。在她走投无路，准备要变卖珠宝的时候，遇到了勃兰德斯。您有多长时间没见他了？您认识他的话，真该给他打个电话。或者等等：明天他可能会去‘黑与白’。”

“‘黑与白’是什么？”

“新开的曲棍球俱乐部举办的面具舞会，您不知道吗？您想要份邀请函吗？我这有！您有笔吧？我这就填上您的名字。保罗·伯恩海姆博士，是吧？”

这是一个清新、晴朗的夜晚，天空像清晨一样明亮，月亮显得很近，很世俗，看起来就像是银色弧光灯的兄弟。保罗很庆幸见到了特克力。“这样的人真应该一周多遇到几次。这个年轻人什么都知道，而且能带来好运气。就看这个‘黑与白’的了。我想要有转机，就在那里了。‘黑与白’我来了。曲棍球是个讨人喜欢的运动！”

13

举行舞会的赌场大厅被布置成了一个迷宫。假墙体迂回曲折，总在出乎意料的地方峰回路转。制造出的隐蔽角落以及小包间，无一不是看似封闭却又暗藏机关，都在给客人们提供私密空间尽情享乐的同时，又保存了那种怕被人撞见，偷欢的刺激。完全是虐待狂会偏好的室内布置。

保罗·伯恩海姆好不容易在靠近入口的地方占了一个有利位置，便于观察才到场的客人。勃兰德斯却一直没有出现。“我其实早该想到，”保罗自言自语道，“桑多尔·特克力总是夸夸其谈，从来也没几句真话。”保罗心情沮丧。这个曲棍球俱乐部的成员彼此间很熟悉，即使全副装扮也能认得出来。大家看起来好像事先都知道其他人会以什么装束出场。在场的所有人都似乎是某个圈子的成员，看到个别不属于圈内的陌生人——可能都是特克力带来的——都带着一种惊讶且嗔怒的目光，就像是看到了非法入侵者。在两个面对面的舞台上，乐队在奏乐。音乐一刻也不停歇。一曲探戈之后，一边的乐队落下最后的音符，似乎应该有个停顿，另一边的乐队马上用爵士乐攻入这一分钟的宁静，用鼓声和萨克斯风完全占领它。一对对的男女不知疲倦般地跳舞。在这个虽然奇装异服，却明显并不开放的圈内人舞会上，保罗·伯恩海姆整晚都在等待改变命运的时刻出现，现在却终于觉得不太有可能邂逅命运的转机了。他穿着一件深色的多米诺无袖斗篷，觉得这才是能匹配生命中决定性时刻的装扮。然而命运并没有现身。

或者这样说更为恰当：命运的转机看似没有出现。因为，一个伊斯兰王妃造型的姑娘出现了，她的裙子上印着白斑文鸟，额前绑着湛蓝色的宽发带，穿着白色的阔腿裤和金色搭扣的蓝色凉鞋。这个姑娘用一种正派女性特有的，温柔又蛮横的力量，一把抓住保罗·伯恩海姆，将他推进了一个角落。这个动作给人的印象也非常单纯，似乎她只是在模仿某个港口城市的女孩。正是凌晨两点，伯恩海姆也不会再有什么正事了。所以他无声地顺应着，拉过姑娘的身体，靠了过去。姑娘说口渴想要喝东西，他便起身去给她端来一杯香槟——自助餐台前有随意取用的香槟酒。她已经有些兴奋，伯恩海姆感觉到她还努力想要渲染这种兴奋的感觉。

化装舞会有什么好处呢？真是无聊，她想。这每个人都认识我，连开个玩笑的胆子都没有。只有这个年轻人是个陌生人。他不见得比其他人聪明，但是他的长处是完全不认识我。

她于是一时冲动向保罗抱怨这舞会很无聊，还有这些知道她名字甚至外号的男人们如何畏畏缩缩。这番话立刻激起了保罗的好胜心，让他想起自己无忧无虑的青年时代，那时他靠着牛津的名头就把故乡的姑娘们都迷得神魂颠倒。然而他又是矜持且识分寸的，调情恰到好处，不会越界影响姑娘们之后谈婚论嫁。那还是个相对保守的年代，保罗想。那时候即便是在化装舞会上，也没有姑娘这么主动。可能是从他母亲那里继承的习惯，保罗凡是遇到不认识的人，无论男女，都先把他们归到某个社会阶层。根据这个女孩的行为，他现在就已经把她归入了不能被称为“好人家”的那个阶层。根据男人的计算方式，也就是说以女孩父亲的收入来判断她们对诱惑的抵抗能力，保罗决定长驱直入，只要周围够黑够僻静。

女孩半推半就。白斑文鸟的裙子松了。保罗的攻势之大胆，已经到了完全忘记对方容貌的地步，就是说他已经忘记了这个女人是谁，而只感受到了异性的吸引力。突然一阵声响，吓了保罗一跳。一个装扮成洛可可王子的人经过，提高声音喊他的名字。他只好请女孩等他一会儿，追着洛可可王子走去。原来是桑多尔·特克力。

“祝贺您成功出击！”特克力说。

“我也觉得她挺漂亮的。”伯恩海姆回答。他稍许有些不快，因为好事被打断，还因为特克力昨天向他许诺的舞会完全是另外一回事，重要得多的事。

“当然她也很漂亮，”特克力说，“但这不是问题的关键所在。您不会不知道她是谁吧。”

“完全不知道！”

“这还有什么好遮遮掩掩的，我亲爱的，亲爱的朋友！您肯定心知肚明，这是伊姆加德·恩德斯小姐。”

“恩德斯——化工厂？”

“是的，您赶紧回去吧。”

保罗·伯恩海姆快步赶了回去。

恩德斯小姐还在那等着他。但是她完全不能理解这个男人怎么像换了一个人似的。因为保罗现在知道了姑娘的名字，就连牵她的手也不敢了。之前他完全不在乎她长什么样子，现在他却拼命想看清楚，记住这姑娘的眉眼。

“啊，你变得这么无聊。”恩德斯小姐言之有理。她起身想要走开。

保罗尽力拉她回来。他又打心底里感谢了桑多尔·特克力一次。保罗开始谈天说地——当双手都呆滞了的时候，至少动动嘴皮子可能是最好的选择。他觉得自己的命运就在眼前的这位小姐手里，所以现在无论如何也不能显得无聊。化工业让人心怀敬畏，而保罗·伯恩海姆这样的男人一旦有了敬畏之情，就丧失了正常的尊重鉴别的能力，所有的评价准则都受其主宰。

带着对化学的敬畏之情，就像被化学反应式施了魔法，像教徒的虔诚，君主主义者们对皇帝国王的忠诚，或者某些名族对死亡的敬奉：保罗·伯恩海姆就带着这样的敬畏之情，插科打诨，察言观色，讨恩德斯小姐的欢心。他唯恐把事情搞砸，完全不可能像知道她是谁之前一样无拘无束。然而保罗多么希望能回到那无拘无束的状态啊。恩德斯小姐不是很喜欢那样吗。但是保罗现在难免诚惶诚恐，一面害怕损害了心中化学大亨的尊严，另一边又需要尽量抵制这种尊严，才能在大人物的女儿面前稍稍自在点。

使出浑身解数，保罗秉承他一贯的风格（因为有说谎的文学能力），把亲身经历的和道听途说的故事混杂起来，讲着或自创或借鉴的笑话和逸事。一刻钟之内，当年的保罗·伯恩海姆就回来了，那个情场高手，那个一知半解又夸夸其谈的菜鸟，那个艺术史行家。他少年时代的湛蓝眼眸，似乎已在一笔笔通货膨胀生意间暗淡下去，现在却又重新熠熠发光。即使在这么幽暗的环境里，恩德斯小姐都注意到了他的明眸。保罗讲的故事，都精心设计过，好比神话故事里的爱神之箭，即使没有射中女孩的心，也至少应该射中她的爱情幻想。而且他总能巧妙地让自己完全偶然地成为故事里的英雄，这样连他的自夸都貌似谦虚。保罗讲起故事来得心应手。如果才讲了一个体现自己勇气的故事，他不会忘记在下一个故事里强调自己人性胆怯的一面，这样恩德斯小姐在赞赏他当机立断的勇气之余，还能开始欣赏他的真诚。保罗很会哄她开心。因为她从故事里得知，保罗在牛津待过，她立马就想当然地认为他跟英国贵族沾亲——也只有英国贵族还能给化工业骑士留下深刻印象了。当她最终得知保罗·伯恩海姆这个简单的名字时——因为保罗一直卖关子不告诉她——这个年轻人显得越发地神秘。而对年轻女孩来说，神秘远比英国或者贵族血统更吸引人。家里的一个朋友来接她回家，但是她更愿意让伯恩海姆送。她的车等在街角，驾驶员明显是有了技术装备的老派男仆人派头，这都让保罗激动起来，就像上个世纪的人看到情人的吊袜带时一样。而当他看到车里有一只包裹在毛毯里的英国灵缇犬时，就几乎是心醉神迷了。这狗可是英国的品种，浑身散发的都是牛津的味道。保罗屏住呼吸，用尽所有力量，终于在最后一刻克服了对恩德斯小姐社会阶层的敬畏，而且还能有心有力，在抵达阿德隆酒店前三分钟搂住了她的肩——他及时想起了肢体接触的重要性。

事情经过真就这样。保罗·伯恩海姆是第一个打动伊姆加德·恩德斯小姐的男人。之前有过两个家庭教师——她那时十八岁——在闷热躁动的夏日午后，在她家的花园里，曾惯于打断教学，和她建立性爱关系。可是这都不能算数，因为他们是家里的勤务人员。他们的作为跟他们的个性完全无关，在某种意义上可以和付费得到的服务类比。除此之外还有些无关痛痒的同学、网球球友、夏天的游泳伙伴、雪橇伙伴和查尔斯顿舞伴。这个年轻的保罗·伯恩海姆却是有阅历的人，肯定经历过不少事情，从事古怪的职业，直接问的话太突兀了。他既认识些三教九流的古怪人物，又出入于高雅的社交圈子，既谈论马匹，又谈论汽车，而且他长得很讨人欢心——至少很讨伊姆加德欢心。

在脱下舞会装扮之前，伊姆加德站在镜子前，端详自己。她很喜欢自己的容貌。她向来都很喜欢自己的容貌。她的腿真的不错！没啥好说的，就是不错！跟小腿相比，脚踝有点太粗，不过穿裤子的话，就显得很纤细了。除此之外，一切都很完美。胸的位置稍稍有点高。但是肩膀够宽，白皙又挺拔，穿上晚礼服后没人会注意到胸的微瑕。小腹平坦。臀部曲线明显——可能是因为骑马太多？双手由于握网球拍，很是强健，但是手指修长，比例得当。金发，面相平和，她自认为嘴唇有点太小，牙齿有些太大。下巴下面有一条阴险的皱纹——这太过分了吧？才二十一岁就有皱纹？可能是因为她的恶习，看书的时候头低得特别厉害。书其实完全没有必要看。

伊姆加德想后天——卡尔叔叔来接她的时候——暗示他一下。可能叔叔有听说过伯恩海姆这个名字？幸好她的父母已经不在了。她的同学丽莎、英格和赫尔塔可都远没她这么自由。

这些同学没有自己的汽车、司机、狗，也不能参加化装舞会。不过她们也不是什么风云人物。伊姆加德——她实在是痛恨这个名字，完全是战前那辈人的品味！——她，伊姆加德，尽管叫伊姆加德这个名字，可是风云人物！她品味出众，丈夫完全可以自己找。需要的时候，她能很坚定决绝，最看不起所谓的多愁善感。虽然伊姆加德有点在意自己几乎还是处女这件事，但是这明显不是她自己的过错，而是那些男人太懦弱。

伊姆加德心满意足地睡下了，做了一个同龄人都有的梦：梦里她在一辆灰色的高级跑车里，诸如此类。跑车开到一个村庄的第一排房屋前的时候梦就消失了，取而代之的是深沉的睡眠，既没有画面，也没有声音，一觉睡到上午十一点。

14

伊姆加德的叔叔，卡尔·恩德斯先生，并没有按照原计划星期四来接她，而是到星期天才来。他太太如果对伊姆加德独自在柏林的安全提出疑问，恩德斯先生总是说："你不了解伊姆加德！你还完全活在自己的那个年代！你不了解现在的年轻人！"恩德斯先生推崇技术进步，青春年华，一切新发明，高速发展和体育运动。他在新时代如鱼得水，为了还能经历下一个新的时代，全力保持年轻健康。他订阅各种流行科普读物，读起来的兴奋程度像是在读色情杂志。如果杂志预测，三十世纪末欧洲中部会经历一次日全食，恩德斯先生就会因为不能长命千岁，见证这一奇观而震惊失落。他这样的人为什么不能长生不老，也确实是个让所有人疑惑的问题。恩德斯的员工——工程师和管理人员、化学家和助理、工人、收银员和秘书——他们为他工作，虽然他自己每天都很忙，虽然他热爱自己的工作，也热爱谈论自己的工作。他的勤奋，有些漫无目的。全世界的哲学家、诗人和思想家，发明家和探险家，都为他而思考，给他提供必需的精神食粮。飞行员飞越重洋，运动员骑着自行车，滑着雪橇或者划着赛艇，保持各项纪录，科学家进入北冰洋底，杂技演员扭断脖子也要完成三个空翻，这都是为了让恩德斯先生开心。年底的时候他总是饶有兴致地看年度车祸数据统计，当然应该负责的总是被撞的行人。走得太慢或者漫不经心在他看来都是犯罪，因为这都阻碍了他推崇的速度。恩德斯先生自己却经常迟到，很爱夸夸其谈，主持不计其数的各种会议，奔走在各个城市之间，经常参观博物馆，搜集各类矿石，听音乐会——当然是现代音乐，时常资助现代住房和实用建筑项目以及在剧目中大胆进行实验的剧院。战前，恩德斯先生曾经是威廉二世最狂热的拥护者……在战争进行过程中他是兼并主义者，但与其说是坚定的政治立场，不如说是出于对灾难的偏爱。王朝被推翻之后他成为民主保守派的一员。这样的民主保守派，只有在德国才能找到：他们可以同时既是爱国主义者，又是世界主义者；既在有王公贵族在场时觉得荣耀，又同时把他们看作同情耻笑的对象；既赞同社会主义，又觉得其充其量不过是不切实际的乌托邦；既支持修建工人住宅区，又把工人拦在住宅区外；既有犹太朋友，又在反犹组织里面担任职位；既投票给保守政党，甚至是保守党党员，又为左派的胜利欢呼雀跃；既反对布尔什维克主义，又热爱俄国苏维埃。

以伊姆加德对她叔叔的了解，她其实早就应该料到，这样生性多端又事务缠身的人不太可能准时来接她。但是伊姆加德坚信他身负重任，不得不四处奔忙，他的业余爱好也都意义重大。所以无论他怎么经常迟到，她向来都认为这是不可预见的事件造成的。这点伊姆加德和她婶婶很像。当恩德斯先生星期天到柏林的时候，见到的是一个以自己独特方式坠入情网的伊姆加德。舞会之后她已经跟保罗见过三次面了。一次下午茶，一次在车里漫无目的地兜风，第三次他们一起散步，两个人欢天喜地地慢慢走，无视开始约的其实是打网球。明天他们准备一起骑马。

为了表示他对年轻人的事了如指掌，侄女的种种症状都逃不过他的眼睛，恩德斯先生说：

“我们伊姆加德恋爱了，不是吗？”

恩德斯先生自认为有多现代，伊姆加德就认为他有多老派。“恋爱”这个词让她觉得很是刺耳。恋爱这种状态用在今天的年轻人身上，怎么都觉得不合适。她重复道：“恋爱?！”

停顿了一下，她又说：“可能还准备结婚了呢！”

“好吧好吧，”恩德斯先生说，“我很高兴你思想足够开放，不会把爱情和婚姻混为一谈。因为，你知道你不能随便嫁给谁，恋爱的话，谁都无所谓。”

“这是我的自由，叔叔！”

“除了这一点！”

恩德斯先生想起那些曾经想争得他同意，追求伊姆加德的男人。真是形形色色，什么样的都有。有受他资助，向来都让他觉得无能的艺术家，因为艺术对他来说就是性无能的代名词。恩德斯先生并没有意识到自己的偏见，因为他不厌其烦地强调，证明自己没有偏见，或者至少他自以为证明了这一点。“我对穷人没有成见，”他总是说，“上天有眼，我向来既和穷人也和富人往来，但是这种你无我也无的人不能弄到家里来。不过，天才除外，旷世奇才！埃克纳这样的，或者爱因斯坦，甚至列宁！一个真的男子汉！”然而恩德斯先生认识的穷人里面并没有碰巧出现“真正的男子汉”，所以他跟穷人还是没有什么密切的关系。

曾经有过那么一段时间，恩德斯先生想撮合伊姆加德和一个贵族子弟。他坚持不懈地支援这些贵族子弟，请吃饭，提供住所。他既帮助支持欧洲统一的杂志创刊，也资助宣传欧洲即将重启战事的报刊。他也还无一例外地订阅了这些报刊。但是出于保护财产的本能，这种本能远比乐善好施之心强大得多，恩德斯先生对于和穷朋友结亲的想法向来很抗拒。伊姆加德应该嫁个非常富有的人。要么是属于名门望族的庄园主，要么是年轻的实业家。恩德斯先生忘记了在富可敌国和一贫如洗之间还有一种状态，至少衣食无忧。凡是年收入不到五十万的男人，他都划归为“穷人”。有时候恩德斯先生有心情想到“群众疾苦”，眼前都是骇人的画面：生杨梅疮的孩子，患肺结核的女人，连床单都没有的床垫，抵押掉的银器。“现在中产阶级活成这样了。”他总是说。恩德斯先生把自己工厂里的厂长们也都算作中产阶级。相比之下，无产阶级已经被照顾得很好了。他们第一有社会主义，第二没有需求，第三还有社会保险。

“嫁谁也不能嫁给中产阶级，”恩德斯先生嘱咐伊姆加德，“否则你注定一辈子都是困苦交集。”他是真心实意地为此苦恼。他发红的后颈，他粗壮的小腿，他整个壮实的身子骨，仿佛都被他的烦恼所占据了。叔叔担心的时候，看起来很奇怪，伊姆加德觉得。她笑起来。

伊姆加德意料到叔叔会制造些麻烦，对他的亲昵转化成了反感，对他外表的反感。

叔叔总就是显得五大三粗，让伊姆加德觉得倒胃口，他对进步无时不在的推崇在她看来是虚伪。伊姆加德默默注视叔叔几秒钟，想到的第一个词是“钱袋子”。

那天下午，伊姆加德在酒店大堂和保罗以及叔叔一起喝茶。她的情绪一直在急躁、温柔、赌气和尴尬之间转换。有那么几秒钟，连保罗都不再讨她喜欢，因为他和叔叔相谈甚欢。她哪里知道保罗在这个时候只有一个目标，就是讨她叔叔的欢心！伊姆加德真的不了解男人。

一个制造化工产品的男人，和一个一心只想向上爬的男人，在一起会谈论什么话题？艺术。保罗·伯恩海姆一如既往地风头十足。他完全像个收藏家。他今天在这和卡尔·恩德斯一起喝茶：谁在一个星期前能料到？现在世界都变了。他为什么要退掉大公寓呢？否则他现在就能在家做东，请两位吃晚饭。那当然会给他们留下完全不同的印象。

“您肯定也在收藏吧？”恩德斯先生问道，也是有意这样旁敲侧击，考察这个年轻人的经济状况。

“我父亲收藏了很多作品。”保罗想随口用谎话搪塞过去。儿子困窘得把父亲的藏品都卖掉了，恩德斯先生推断。但是他问了个其他的问题：

“您的父亲已经去世很久了吗？”

“他战前就去世了。”

“您肯定也应召入伍了吧？”

“第十一龙骑兵！”保罗得胜一般地回答。

所以就是家道中落，叔叔暗自在心里得出结论。他说出口的却是：“通货膨胀和战争确实摧毁了很多家庭。好些人都一夜之间沦为了中产阶级。我们见证了好些有学识的好人家怎么没落，真是让人难过。”

“也有很多人发了财。”保罗说。

“对，那些暴发户。”叔叔说出这个词仿佛用的只是嘴角，而不是舌头。一旦说到这些暴发户，他的心情立马会变得很糟糕。作为一个祖父辈是暴发户的第三代富商，恩德斯先生看不起所有现在才成为暴发户的人。当谈论祖父——即恩德斯化工帝国的创始人——的时候，他总是说“这是一个白手起家的实业家”。然而今天一样尝试着创业的年轻人，则会被卡尔·恩德斯无一例外地归为“不择手段”。似乎现在的“白手”无疑都带有低劣的品性，而当年的“白手”就自带贵族气息。为了迎合这位实业家的观点，保罗开始讲笑话，这种当时流行的笑话总是以暴发户为主人公，开场千篇一律：土豪先生去听《第九交响曲》，或者去国家剧院看《瓦伦斯坦》，或者去其他一个老一代富人了如指掌的文化场所。恩德斯先生和大多数健康的男人一样，爱听笑话。而且每个笑话都能真的让他发自内心地大笑，因为他很健忘，同样的笑话听十次也还是觉得有趣。

伊姆加德一言不发，生着闷气。为了维持对保罗的好感——这已经是她自我认同的一部分了——她原本对他低廉的笑话很是鄙夷，现在却将鄙夷转化为了对他社交能力的赞赏：他这样会和叔叔交谈。恩德斯先生心存疑虑，暗自推断保罗·伯恩海姆属于家道中落的人家。但是他还是邀请这个有意思的年轻人来位于鲁尔区的 D 城，恩德斯家族的祖宅所在地。保罗受邀一周以后到 D 城拜访。他明白他这周之内得找到个差事，而且还得是个好差事。他当时要是听从了勃兰德斯的建议就好了！

保罗·伯恩海姆心知肚明，目标现在近在咫尺。他当然可以去找勃兰德斯。去找勃兰德斯干吗呢？还给他欠的两千美元，然后希望能谈出些什么。或许勃兰德斯会给他个建议。

保罗·伯恩海姆很久没有一大早醒来过了。这是一个星期四，他的“好日子”。他隐约记得他在星期四往往运气比较好。在上学时就是这样。他最喜欢的事件都发生在星期四。他在一个星期四通过了中学毕业考试，也是在一个星期四启程前往牛津。今天也同样是星期四。

而且今天天气晴朗，万里无云。没有浮尘。不起风。车站等着一排待客的出租车。保罗准备叫一辆出租车，因为不想在地铁里浪费自己的能量。上出租车的时候，他就像是登上了一辆驶往好运的列车。

但是在克朋尼科尔大街上，勃兰德斯公司新址所在的大楼前，保罗·伯恩海姆被恐惧击中了。他从未体会过这样的恐惧。如果现在谈不出结果，那D城也就不要去了。他考虑应该找个什么样的借口来告诉伊姆加德。现在就开始计划这封信的措辞让保罗稍稍感觉轻松些。至少能分散注意力，让他不用执念于马上来到的一刻钟。保罗想象着自己怎么样全盘崩溃，因为和对这十五分钟的恐惧相比，对崩溃的恐惧还要容易忍受些。

门房请保罗搭电梯上楼。他拒绝了，慢慢地从楼梯往上走，一边走一边数着台阶。台阶的数量最好是双数，这样的话今天一切都会顺利。当保罗站在二楼的时候，却是个单数。他的脚开始发抖。幸好二楼有块牌子，标注着经理办公室在三楼。为了避免台阶又是单数，保罗没有再数台阶。

要去经理办公室必须要走过一个非常明亮的大厅，里面有上百个人在伏案工作。这是个美国式的大工作间。四面的墙上都挂着巨大的电子钟，就像是在火车站。大厅里充满了纸张翻动的声音，敲击现代打字机的低沉声音，还有正在不知疲倦写着数字，画着线条的年轻雇员的轻声细语。墙上没有什么装饰，窗户很大，光秃秃的，没有窗帘。勃兰德斯很喜欢让来访者参观这个房间。

保罗·伯恩海姆做好了长时间等待的心理准备，勃兰德斯想必是在参加“重要会议”。肯定至少得等一两个小时。这样也好。我正好有时间平复心情。

但是几分钟以后就有人来叫他去见勃兰德斯。

勃兰德斯坐在一间昏黑的小房间里。来客之前在外面分外明亮的大厅，进来一时间什么也看不见。勃兰德斯从柜子里拿出一瓶白兰地和两个杯子、雪茄、香烟，还有火柴。他小心翼翼地把这些东西放到伯恩海姆面前，一切都悄然无声，好像他长满汗毛的大手、桌面、酒瓶、酒杯还有雪茄盒子都是天鹅绒质地的。

勃兰德斯倒满了两个酒杯。

伯恩海姆一口喝光。看到勃兰德斯只是浅尝，他有点气恼。

“我喝得很慢。”勃兰德斯说。

“我欠了一笔旧账。”保罗开始说。

“数目这么小，”勃兰德斯打断了他，“所以谈论这笔账真是浪费时间。请您原谅。我应该来拜访您的。您可能认为我在有意回避您。我真的从来没有！之前生意的规模必须得扩大。我非常忙。您今天来我很高兴。但是我希望您不是因为这笔小账才来的。”

“不是，勃兰德斯先生。开门见山：我是有求于您。”

“我的荣幸。”

谈话在此停顿。两个人都一动不动。可以听见远处的鸟叫。保罗的眼睛习惯了这个房间的昏暗，能分辨地毯的深红色和他左边房门的铁锈红色。这不是他进来的那扇门。房间里的光线是从窗户里渗进来的，虽然窗户前拉着深色的百叶窗，但是窗户是开着的。房间里有一股微风。

现在好像怎么也开不了口。勃兰德斯想拿起酒瓶倒酒。

“我损失了我的，我们的绝大部分财产，”保罗又开始说话，“我需要找个工作。我现在资产不到两万五千马克。”

“这个数目不小——”勃兰德斯说，“看你怎么看待它。这个数目可小可大。对您来说可能很少。我或许可以给您一个建议，给您一个建议——”

“不，勃兰德斯先生，来不及了。这周我就需要有一个工作，一个头衔，一个职位。”

勃兰德斯又抿了一口酒。然后注视着酒杯。就像在酒杯里预见了未来，他慢慢地问：

“您应该是想要结婚吧？”他把结婚这个词发得非常柔和，h听上去就像是个全元音。

保罗点头。

“好，伯恩海姆先生，我会想办法。”

保罗站起身。勃兰德斯送他到门口，伸出手和他握手道别。

“我能知道这位女士的名字吗？”

“我还没有订婚。”保罗有点犹豫。他不敢挣脱勃兰德斯温暖的大手。

“但是请您保密。我准备向恩德斯小姐求婚。”

“恩德斯，化工厂？”

“正是。”

“我有消息就给您写信。”

保罗离开了。勃兰德斯拿起一张正方形的纸条，裁剪得非常规整，在他的书桌上闪闪发光，就像一片薄饼干。他在上面写下：恩德斯－伯恩海姆。

15

保罗走进一家餐馆。然而他什么也吃不下。见勃兰德斯之前的坐立不安现在想必会是常态了吧。谁知道勃兰德斯什么时候会联系他！接下来的几天几夜肯定都会在忐忑中度过。现在保罗真用得上一个好朋友、一个兄弟、一个母亲。现在却不可能回家。那就在街上闲逛吧。在街上闲逛是最好的选择。就像个流浪汉。

保罗·伯恩海姆第一次看到了自己财产的尽头。看见自己正朝着危险的贫困彼岸奔去，在劫难逃。在此之前，他周围都是财富的海洋，一眼望不到边。现在知道财产确切的总值，不难算出弹尽粮绝的那一日。保罗突然意识到，他的希望，他那些出众的天赋，他的魅力，他的自信，其实都只来源于坚实的物质基础，都是财富的果实，就像父母大宅子花园里的植物。好像遇到伊姆加德和她的叔叔，好像通过这和化工业大亨联姻的机会，保罗·伯恩海姆才意识到，没有什么财产在这个世界里意味着怎样的辛酸。他的两万五千马克放在恩德斯家的巨额资产旁边，真才感觉丧失了价值。求助于勃兰德斯让他觉得屈辱。因为保罗·伯恩海姆是那种不会因为寻求友谊或爱情感觉不适的人，但是如果不得不寻求他人的物质帮助，则会让他觉得非常有损尊严。按照这些人年少时学到，保持终身的价值观，金钱比心灵和生命更为重要。即使有人送给他们维持生命的鲜血，情谊也不会比借给或送给他们一笔钱更深。对，保罗慢慢地对勃兰德斯起了憎恨之心，以感激之名乔装的憎恨。

保罗·伯恩海姆在自己的面容中看到了那些无名死尸的脸，那些警察局陈列柜里的无名死尸。他想起那天晚上，他的放纵完全有可能让自己被警察逮捕或者被装上大卡车运走。这是保罗唯一一次接触到那个另外的世界，那个没有法规，无所谓故乡，暗夜的世界。现在他的未来似乎是警察局陈列柜里无名死尸的样子。小时候保罗有时玩过幻想自杀的游戏，举起锋利的刀尖对准自己赤裸的胸膛，出于虚荣也好，期待也好，希望他生命的终结会在家里，在故乡的小城里，甚至在整个世界引起一场风暴。举起刀他似乎就已经听见了父母的哭诉，老师的悼文，以及同学们敬畏又胆怯的讨论。

当时保罗体会到的是动人心魄的自怜，今天这种自怜又一次击倒了他。他想要为自己痛哭，也想知道有他人为自己痛哭。在一种同病相怜的温柔情感的支配下，保罗走近街角的乞丐和那些无家可归的人，他们的眼神写满了饥饿、潦倒和荒凉。他却一刻也不曾想到，只要拿出他财产的十分之一，给任何一个这些他突然看作是朋友的人，就足以让这个人觉得富足而无忧无虑了。在衣不蔽体的乞丐，和一个想要赢取百万富翁千金，不得不向勃兰德斯求一个“社交职位”的年轻人之间，保罗·伯恩海姆觉得并没有什么差别。

保罗准备回家，隐约觉得应该为一个将要到来的结局做做准备。在他的想象中，拉开抽屉拿出手枪，整理好信件会是件让人愉悦的事，或许还应该写封信，完成自杀者的所有传统程序。他甚至期待着按照惯例坐在书桌前，秘密跟生活道别的那一个小时。这一个小时散发的温柔光亮和它感伤的影子，只有冬日夜晚，黑暗房间里的壁炉可以与之媲美。

站在公寓前，信箱里有一个浅色的信封隐约可见。

保罗迟疑着不愿意开信箱。他似乎还没有交完给感伤的贡品，还没有品尽这情欲一般、心甘情愿的悲痛。虽然他并不是真的相信死亡即将来临。但是他这类人总会有那么几个小时，觉得有必要夸大自己的不幸，这时他们既不想被打扰，也不需要人安慰。就像冥冥之中有某种公道，强迫他们有时为自己向来无忧无虑的生活赎罪;就像命运也会给他们制造一些“危机”，好让他们也至少经历一种在想象中上演的苦难。保罗·伯恩海姆其实希望这痛苦持续得再长久些，离最终的死亡再近些，这样救赎才会从天而降，或者好像是从天而降。这封信，恐怕真会是他的救赎，来得太早了，太容易了，太廉价了。这封信太快地结束了这场危机。保罗很清楚，他其实已经原谅了自己，才去找的勃兰德斯。他的婚姻，他的生活和全部的未来——当然他前途无量，一片光明——现在都得感谢勃兰德斯。可能也正是如此，出于羞耻心、受损的骄傲以及受伤的虚荣心，他才逃避地想着要一了百了。但是保罗·伯恩海姆再骄傲再虚荣，也还不足以让他放弃受制于人的生活，选择自愿结束生命!不！这些伤害仅仅让他有些轻生的伤感罢了。

但是保罗·伯恩海姆这类人，似乎连在想象中承受不幸的运气都没有。好像真有幸运天使一直守卫着伯恩海姆家，让他们远离重大的苦难，同时也远离真正的乐趣，永远在一个不温不火的区间里生活，这里冬暖夏凉，灾难看起来都只是像天阴沉了点。这样的福气绝不会离开保罗·伯恩海姆，他的父亲，他的童年，他的青少年时代，他的牛津，他的天赋——一切都向来有如天佑。这种平和的好运气一直紧紧地抓住他不放。保罗绝不该逃离这个区域，这里大家也会有乐趣，却不会享受;

经历愉悦，却不会快乐；偶尔倒霉，却不会不幸；在这里生活这么容易，因为大家内心都这样空虚。

保罗打开信箱。是勃兰德斯的来信。信里通知他，说如果保罗·伯恩海姆先生愿意出任他公司的经理，勃兰德斯会深感荣幸。他需要我，保罗想，只是因为他想借此和恩德斯拉近关系。他既不赏识我，也不器重我的才能，虽然他在信里说这是难能可贵的。他只是希望我成为他的工具，不过如此而已。我不愿意！

保罗没有进房间，而是手握着信转身出门。但是当他再站在街上的时候，手里的信变得神秘起来。死亡的阴影已经笼罩了保罗一整天，现在都被这封信驱散了。保罗和以往一样漠然，从乞丐和流浪汉旁边走过。他们不再是命运与共的同僚。他走进一家大宾馆的大厅，认为这是唯一可以不幸得有尊严的地方。在坐进大皮沙发的时候，伯恩海姆坚信，现在得考虑拒绝勃兰德斯，另外找条出路。但是当服务生站在面前的时候，他就认为自己已经开始掌控命运了。对，在点单的时候——威士忌兑苏打水，保准不会出错的饮料，绅士的生活艺术，英伦风范——保罗·伯恩海姆觉得自己胜利了，服务生的殷勤就好像证明了世界的臣服。在这个大厅里，往来的客人都貌似富有又公务繁忙，所有的皮包都似乎装满了取之不尽的支票，保罗认为这才是自己的归属。离他满脑子都是准备轻生的念头不过半小时不到，他已经完全不理解之前为什么那么绝望。对，他赢了，打败了勃兰德斯。保罗为自己的聪明才智而折服。没有其他人，他对自己说，能说服勃兰德斯，他可是世界上最聪明的人之一。既然要赞美自己，保罗也就不吝于认可勃兰德斯的才智。他完全忘记了去见勃兰德斯时的恐惧。他忘记了自己怎么数台阶。他也不再想可能会被勃兰德斯所利用。当他把第一根吸管插进威士忌的时候，伯恩海姆就又是那副他惯有的，骄傲又不耐烦的样子了，眼神带着些娇媚，外表出众又时髦，柔软的头发一律从额前梳开，漂亮的绿眼睛注视着前方，展望着他大好的未来。

保罗在想象中给自己宣判了死刑，这他可以默默地独自忍受。但是他却不能独自庆祝假想的胜利。他想念昆理希博士。昆理希博士是一个迷人的对手，理想的听众。但是他几个月前消失了，就这样销声匿迹了，在这个他肯定没有离开的柏林城。在这里，一个人可以像沙漠里的一粒沙子一样，悄然无声地消失得无影无踪。保罗·伯恩海姆决定再次造访桑多尔·特克力。上次拜访特克力毕竟很是成功。保罗于是又前往那家匈牙利餐厅。

特克力的老位子在一扇屏风之后，但是对面有一面镜子，可以将餐馆入口和自助餐台的情况尽收眼底，这是一面很有心机的镜子。特克力选择这个位子是因为害怕债主上门，他们总爱找到餐馆里来。即使现在不再需要担惊受怕，特克力还是总选这个位子，或许是出于感激之情，也或许是虔诚，就像一个美国百万富翁有时还是想要坐在他还是送报员时坐的位子。所以保罗·伯恩海姆一进门，特克力就看见了他。特克力起身来迎接客人，在这家餐馆他就像是在自己家里。“我可以祝贺您了吗？”好像他早已准备好这个问题，只等伯恩海姆上门。

“现在还为时过早！”

“啊，我知道，您还在等勃兰德斯的消息。”

“已经等到了——”保罗·伯恩海姆说，同时已经后悔来找特克力。对，这个特克力，无所不知，真是讨厌。他不给伯恩海姆娓娓道来的机会。昆理希博士就不会这样。伯恩海姆能旗开得胜，特克力其实功不可没，为了能早点名正言顺地忘记特克力的功劳，他赶紧说：“如果当时不是偶然遇到您——我其实很感激您！”

“哦，这可不是偶然，”特克力早就料到了伯恩海姆的忘恩负义，回答道，“您当时可是专程来找我的！拜托，您下次碰巧和勃兰德斯说起商场报纸的时候——我上次跟您讲过的，千万要提到我。”

“好的，好的！”伯恩海姆很快许诺下来，同时看看表，准备提前告辞。

“您现在得离开。”特克力说，他知道急匆匆的人不能拦，否则会危及友情。“但是别忘记了！”

“不会的！”伯恩海姆困惑地说，然后起身离开。

在强者面前屈服，保罗·伯恩海姆再一次有了这种尴尬的感觉。他开始害怕会受制于这个特克力。当保罗被迫陷入一个令人不快、丢脸的场景又无可奈何时，他总是非常不满。这样的情况太经常发生了！不过幸好保罗很健忘。然而如果是那些他个人的辉煌瞬间，他却记得很牢。保罗有这种能力，能对这些尴尬的局面进行神奇的反思，让其几天以后就只在记忆里留下些模糊，但是愉快的轮廓。唯一一直不能忘怀的恐怖经历，是战争时的那个哥萨克人，和他的对决的场景总是卷土重来，只要有新的事件证实保罗·伯恩海姆的软弱。就像如果受伤，旧伤也往往会复发。就比如现在，当伯恩海姆作别特克力的时候，他想到的是尼克塔。有那么一瞬间他觉得，尼克塔会变换不同的形态，一直追随他，特克力是尼克塔，勃兰德斯是，或许恩德斯先生，伊姆加德的叔叔也是。

保罗想找到一个办法，来对抗这种想法。遵循经验，他有好些对抗抑郁心境的办法，就像是一个久病的人，已经熟识各种各样对抗疼痛的手段。保罗上了辆车，迅速回家，草草收拾了些行李，然后赶去火车站。他很庆幸自己有这个点子，否则等待他的将是一个不眠之夜。他想去见母亲。

伯恩海姆太太一大早看到保罗来吓了一跳。她正站在厨房，看女仆准备早餐。保罗记得父亲在世时，母亲是在床上吃早餐的。她背后垫着四个靠枕，坐得直直的，在她浅蓝色的床帐下，俨然是王宫贵族的派头。她面前齐胸的高度摆着一个大托盘，几乎消失在大堆花边中。在幽暗的房间里，早晨的阳光照过窗帘的隔缝，投射出一条条的光影，空气里飘着淡淡的科隆水和柠檬的味道。关于这些早晨的记忆让人心碎，就像是回忆失落的幸福。现在母亲穿着棕色的长绒睡袍，站在厨房里。为了合上睡袍敞开的前襟，伯恩海姆太太双臂交叉，抱在胸前。自从战争爆发，自从开始节省开销，她每天早晨监督女仆做饭，确保不会消耗过多咖啡。

“再加一勺咖啡吧，安娜，但是别用大勺子！”保罗进门的时候，伯恩海姆太太正叫道。虽然保罗这个时候来访让她非常惊诧，但是她还是很高兴儿子没有半个小时之后才到，否则的话还得再点一次天然气。

她两侧的太阳穴上挂着两缕花白的头发，就像是两股奔涌的烦恼，或者两队在行军的年岁。厨房里白色的灯光经过瓷砖的反射，光线冷酷又坚硬。在这样的光线下，伯恩海姆太太的脸看起来苍白又破损，好像每个部分都可以单独分解开来，四方形的强健的下巴可以和嘴唇分解开来，鼻子可以从脸颊分解开来，额头可以和头的其他部分分解开来。花白的眉毛看上去比头发更苍老些，就像它们长成于一个更久远的年代，眼睛里还有当年的风韵，但也只是一个无所事事、暂居的租客，躺在两条浮肿的眼泪和睡眠之间。保罗·伯恩海姆记忆中母亲的嗓音似乎要柔和得多，她尖锐的音色应该是来源于这清晨，来源于瓷砖反射的清冷光线。煤气灶上的锅下面燃着蓝色的火苗，冷幽幽的，就像在一片玻璃后面。保罗不记得以前在这个钟点来过厨房。这似乎揭开了一个隐藏的秘密。保罗好像是追踪到了宅子里苦恼的行踪，好像现在终于知道了悲苦的根源，厨房。

高等军事会计督查太太下来得晚，非常晚。她早上起来拄着拐棍，慢慢地适应走路，适应运动，在一整夜的没有运动之后，白天让运动变得必要。她把全身的重量都压在拐杖上，双腿只是支持着，跟着拐杖挪动而已。在保罗看来，这个房客，就是席卷他父母老宅子的悲苦的化身。他开始有些害怕这位太太。

保罗匆匆地吃了早餐，进城去了。下午之前他不准备回来。要在家待一整个上午，出席种种常规流程，他实在是受不了。当他思绪散乱、疲惫又过于兴奋地走在空荡荡的街上时，保罗想到，母亲可能今天就过世。他想象着死去的母亲，感到有些悲哀。他尝试着解释这冷漠的原因，却把自己隐秘的愿望逮个正着，他希望母亲死去。让伊姆加德和她见面真是一件完全不可能的事。把伊姆加德带到这所房子里来真是件完全不可能的事。

保罗下午晚些时候回到家里。他告诉母亲订婚的消息，他即将和伊姆加德·恩德斯订婚。

“恩德斯？”母亲重复道，并举起长柄眼镜，好像她可以从保罗脸上看出恩德斯家的来历。不，她兴致不高。她不认识什么恩德斯。

“他们是这个国家最富有的人。”保罗解释道。这时他想到了母亲的吝啬。但是他明显打错了算盘。一旦涉及她的儿子，对伯恩海姆太太来说就完全是另一回事。很多年来她第一次说出这句话：“钱不是一切，保罗！”——保罗非常惊讶。

“我非常走运，母亲！”保罗说。

“这要等到十年以后才知道。”伯恩海姆太太回答，并不是她本身这样有智慧，而似乎是母亲的天性里自带的。

保罗许诺会带他的新娘回家。

“带她来！带她来！”伯恩海姆太太说。

但是他并没有带她来，之后很久也没有。

在此之间发生了一些其他的事情。

16

一次大赦之后，特奥多尔·伯恩海姆和他的朋友古斯塔夫被允许返回故乡。

在一个阴沉的上午，他们俩从已经春光明媚的匈牙利回到了德国。大自然在尽力让这些返乡的人怀念他们舒适的流亡生活。古斯塔夫面色黑里透红，走起路来健康、自信，而且很有速度。乖乖回到德国来，是他唯一还遵从的礼数。特奥多尔面色苍白、手足无措的样子，戴着一副破眼镜。对他来说这不是一个不能运作的工具，而是受损的身体器官。他柔弱的肩膀上承担着这命运转折的残忍重压：返乡者前往失落的故乡。任何人，尤其是德国人，在这样的情形下怎能不悲喜交加，五味杂陈，满怀希望，干劲高涨呢？这是怎样的义务啊！特奥多尔时不时观察着同行的旅客，想看看有没有人注意到他。“在所有的这些同胞里面，”他对古斯塔夫说，“没人有我们受的苦多。他们就像没事发生过一样，继续做他们的日常琐事，每个人想的都是自己的利益，没人心里想的是德国。”

“别讲废话！”古斯塔夫回答道。

特奥多尔一言不发。很久以来，从他和古斯塔夫离开德国开始，他就开始憎恨他的同学古斯塔夫。古斯塔夫才是他们逃亡的始作俑者。古斯塔夫把他卷入了犯罪活动，让他们被驱逐出境，古斯塔夫在国外如鱼得水，古斯塔夫对什么都漠不关心，古斯塔夫没思想，古斯塔夫不读书，古斯塔夫不喜欢谈话，古斯塔夫嘲笑特奥多尔，古斯塔夫对特奥多尔一点都不尊重。假使特奥多尔能够让自己的感觉不受价值观影响——当然这并不可能——那么他会不得不承认，那些同党远比政治对头更让人憎恨。但是在他的世界里，任何相遇、情感，以及发生的事件都是信念的结果，都和德国、犹太人、世界政治、国内外的敌人息息相关。所以他还是和古斯塔夫走得很近。所以对于他一再想要进行的讨论，古斯塔夫永远只有一个回答——“别讲废话！”如果古斯塔夫不是条汉子的话，特奥多尔暗自想，我对他肯定会很鄙夷。但是鉴于古斯塔夫是条汉子，特奥多尔不得不承认他。

两个年轻人在火车站告别。流亡生活在这里宣告结束。在他们验票出站的时候，故土的召唤一瞬间席卷而来，与之相比，因信念而结成的共同体和在异乡患难与共的经历似乎都没有那么强大。故乡就这样迎面而来。故乡是成千上万种不知名的气味，私人的气味，和政治没有关系，和所在的民族国家也毫不相干，和公民的种族更是无关。故乡就是成千上万种难以名状的气味，和童年混杂在一起，多年来其实一直都鲜活地存留在回忆中，直到这一刻之前可能没人注意到。但是当现在这些气味重新突然来到的时候，所有隐藏的回忆都在跃跃欲试地响应——回忆的力量是惊人的。故乡让返乡者走过一条条熟悉的街道，这里没有公众事件，没有普遍真理，没有理想，没有理念，没有激情，只有个人的回忆。古斯塔夫，两个返乡者中更健康的那个，全情投入汹涌的回忆，完全忘记了他当初是为何离开故乡，现在又是为何回来。特奥多尔却认为迷失在个人世界中不是体面的行为。他对抗着记忆的洪流，对抗着这些气味，这些声响。即便是现在他还是成功地感觉到自己是公共事件的一部分，他的返乡是国家外交政治的一部分，他的故乡是浴血之后被奴役的地点。当最终转进小街，家里的宅子近在眼前的时候，特奥多尔只是好奇，不知道能不能看出母亲因为他常年不在而烦恼，仅仅是好奇而已。

母亲站在门槛边等特奥多尔。她最初出于母性的本能，对这个误入歧途的孩子很是担忧，慢慢地，担忧转化成了一种带有敌意的，却仍然苦恼的嘲讽。她却已经忘记了这样的转变什么时候，怎样发生的。她现在看着儿子回家，只是这样而已。儿子归家的时刻让人不知不觉地想起他的出生，让她已经忘却许久的母性渐渐复苏。她拥抱儿子，没有吻他。特奥多尔的头倚在母亲的肩上。泪水模糊了他的眼睛，他心跳加速，却咬紧牙关，睁大在破碎镜片后面的眼睛，尽量保持“男人”风范。感动和母爱都让他觉得不受用。特奥多尔其实希望母亲冷漠地接待他，就像她当时冷漠地让他离开一样。

“你瘦了好多。”母亲说。

“我想是的。”特奥多尔回答，话里不无谴责的意味。

“我们给你汇钱太少了！”母亲控诉道。

“正是如此！”他确认母亲的说法没错。

“我可怜的孩子啊！”母亲哀叹道。

“别说空话了，母亲！让我先洗个澡吧！”

“就再说一句，特奥多尔，你住得怎么样？”

“像只野狗一样，在一个愚蠢的国家，到处是臭虫，非常恶心！”

“臭虫?！”伯恩海姆太太惊呼。

“还有虱子。”特奥多尔绘声绘色地补充。

“上帝啊！特奥多尔，你得马上把衣服换掉。”伯恩海姆太太走进厨房，“安娜，赶紧烧洗澡水，去地下室拿些煤上来，十铲子够了，这是地下室的钥匙。”从战争开始伯恩海姆太太就再没让仆人碰过地下室小煤仓的钥匙。

伯恩海姆太太跟着儿子走进浴室，她不想让他一个人。她等他脱下衣服，等着看有没有机会帮他什么。当看到特奥多尔衬衫的袖子和肩膀接口处脱线了，伯恩海姆太太很是高兴。“我这就帮你补好——”她说，“你其他的衬衫在哪？”她带着种肉欲等着看儿子赤裸的身体。她似乎希望能在他身上找到什么缺陷，这都是因为离家太久造成的，就像破损的衬衫一样。现在儿子赤身裸体地躺在水里，就在她面前，上一次有这样的情景还是他的童年时代。他只戴着眼镜，在母亲面前他不敢解除这最后一道防线。

“你瘦了太多了！”伯恩海姆太太说。

“还病了！”她的儿子补充道。

“你哪里不舒服？”

“肺部，还有心脏！”

“至少回来的路上还舒服吧？”

“到处都是犹太人！在哪都不是德国了！”

“理智点，特奥多尔，别管什么犹太人！都是你的那些朋友误导你的。”

特奥多尔洗完澡以后去他的房间。打开房门。他万万没想到他的房间已经租出去了。因为近视，他没有立刻看到高等军事会计督查太太。这位又瘦又小的老妇人在围巾里包裹得严严实实，躺在长沙发上，尖叫了一声。听起来像是小猫头鹰的叫声。“您是哪位？”特奥多尔问。“请您离开我的房间！”高等军事会计督查太太叫道。特奥多尔只得转身离开。他其实只想看看不小心留下的一把手枪还在不在。

特奥多尔去找伯恩海姆太太。“我必须要回我的房间。”

“我们没钱，特奥多尔。已经出租了一整年！”

“我必须要回我的房间！”特奥多尔重复。

“别闹了，特奥多尔！”母亲转身走了。

伯恩海姆太太突然跌撞着坐进一把扶手椅，双手掩面，开始默默地哭泣。特奥多尔只能看见她的肩膀在抽动。一股不知名的力量驱动着他走向母亲。一步以后他却又停了下来。

我可能会心软！他告诫自己——而且：所有女人老了都会哭！他于是转身走到窗口边，看着花园。

突然特奥多尔转身，问道："我在哪睡呢？"

"安娜在厨房里睡，你在以前马夫住的房间里睡！"

"啊，好吧，"特奥多尔说，"要是保罗的话，你肯定不会让他睡马夫的房间。很抱歉我回家来了。你等着瞧！等着瞧！"

下午的时候特奥多尔去找古斯塔夫。

古斯塔夫和家人围坐在一起，出嫁了的姐妹们，还有他的三个兄弟——他们都是邮差——都在。房间里飘着酸白菜和新鲜咖啡豆的香味。做纸张生意的老板同意给古斯塔夫一份工作。一周以后开工，他就是有正当职业的人了。"他对政治完全没兴趣了。"一个邮差兄弟说道。他们都还穿着制服外套，敞开了领口。三顶一模一样的帽子挂在门旁边的衣帽架上。

"一年后他就能去上大学了。他会存些钱。我们都会存些钱。"另一个邮差兄弟说。

特奥多尔意识到他并不讨朋友的家人的喜欢。讲给他听的每个词都还有层隐晦的愤恨，虽然他不知道到底是什么，却让人害怕。这些小人物明显是把特奥多尔当成了古斯塔夫的政治顾问。这个年轻人现在坐在他的兄弟姐妹旁边，突然变得和他们一样，完全无心过问政治。厨房里飘来令人愉悦的香味，包围着每一个人，给他们带来廉价、狭隘、实在的享乐。特奥多尔知道，他就这样失去了志同道合的战友。古斯塔夫不再有什么政治信念。他想走的，是一条实实在在、庸俗的、小市民的道路。

烂泥扶不上墙，特奥多尔想，虽然他消瘦的鼻子不由自主地嗅着厨房里飘来的香气。他很快告辞离开。站在外面街上的时候，特奥多尔突然觉得，一向觉得无足轻重的孤独突然变得沉重起来，压得人喘不过气来。

我要勤奋学习，变得博学，特奥多尔下定决心。古斯塔夫就做他的邮差去吧。

到家之后母亲给他看保罗的一封短信。保罗寥寥几句话，以政府机构发通知一般的口吻写道，他和伊姆加德·恩德斯订婚了。

“这个家伙运气不错。”特奥多尔点评道。

“但愿如此！”母亲说。

“这个钻营之徒！”特奥多尔嘟囔着。

伯恩海姆太太起身离开房间。从特奥多尔到家的那一刻，到现在才不过几个小时，她已经开始觉得他难以忍受。就像是旧病复发。特奥多尔就像几个月没有发作，几乎可以忘记的风湿病一样，卷土重来。啊，她了解他，她的儿子。他从来就这副样子，到死也肯定就是这副样子。

伯恩海姆太太给特奥多尔一把门钥匙，告诉他随时自由进出。饭的话他也可以在他自己的房间吃。午餐可以给他留一份，想吃的时候热热就好。伯恩海姆太太举起长柄眼镜，用透过眼镜的目光，给她刚才宣布的决定盖上了封印。现在她只有碰巧撞见特奥多尔，才会见到他。

直到几个星期以后，距离保罗在柏林的婚礼还有几天时间，特奥多尔才又和他母亲说话。他问她什么时候去参加婚礼。伯恩海姆太太回答："我不去。一个贫穷的母亲很难不引人注意。"

"但是我要去参加。"特奥多尔说。

"我以为，你不是不爱你哥哥吗？"

"但是这是个发展社交关系的好机会。"

伯恩海姆太太思考了几秒钟。然后她用前所未有的严厉语气——以前她只有和管家才这样说话——说道："我会给保罗写信，让他寄钱来，你去柏林参加婚礼，然后就留在那里。我不能再养着你了。你的确需要关系。你应该自己挣钱糊口。去收拾箱子！"

特奥多尔第一次对母亲有敬畏之情。她站在他面前，面色苍白、衰老，个头比他还高，左手插在腰间，右手还举着，指向走廊，那是特奥多尔放箱子的地方。她的手势看起来像是想要加强命令的语气。她勒令自己的儿子离家，毫不犹豫。

特奥多尔前往柏林，然后直接去了保罗的酒店，让前台通报。保罗请他在大堂等等。特奥多尔觉得受了怠慢，准备离开。很好，他对自己说，非常好。就让我忍饥受冻，流浪街头，沦落潦倒吧。我无所谓！但是却没有力量离开酒店大堂。这是个有钱人的酒店。这个家伙，特奥多尔想，不让我去他的房间，因为他不愿意让我看见他包了一整层楼。好吧！他每次低声自言自语说“好吧”，都感觉到一丝慰藉，好像这句话有什么意义，好像这句话是一种抵抗的手段。

保罗最终来了。“无懈可击，优雅得很。”特奥多尔说道，完全没跟他打招呼。他们用指尖握了一下手，然后坐下，相对无言。“想喝点什么？”保罗尴尬地问。“什么都可以，只要不是菩提花茶！”“威士忌？”“无所谓！”

“听我说，特奥多尔，”保罗开始说，“等我蜜月旅行回来，如果你愿意的话，可以每个月来看我一次。你选个固定的日子。还有，这是我的律师的地址。未来半年时间，你可以每月拿五百马克。从明天开始，六个星期以内你应该已经找到了一份工作。这是我的裁缝的地址。你可以去做三套西装。我的婚礼你可以来参加。婚礼在这里，不在教堂。”

然后两个人又沉默下来，默默地抿着苏达威士忌。然后特奥多尔起身，递给他哥哥手指尖握握，转身离开。

特奥多尔立即去找保罗的律师。

“您的哥哥请您，”律师对他说，“明天一早去拜访勃兰德斯先生。勃兰德斯会等您。”

特奥多尔拿到五百马克。

第二天是保罗的婚礼。仪式进行得很快，没有什么声响，一气呵成。特奥多尔几乎没有时间看清楚保罗的新娘。他看见勃兰德斯是五个男性客人当中的一个。

“这个家伙现在在把全德国买下来。”

在酒店大堂，特奥多尔看见勃兰德斯立刻和其他客人告别，离开。对他这样高大强壮的体型来说，脚步轻盈得有些不可思议。

“我可不想和他混得太熟。”特奥多尔听到旁边有一个客人在对另一个客人说。

“是啊，就是靠通货膨胀发家的。”另一个客人回答道。

这个人特奥多尔认识，这是恩德斯先生。另外的那个客人跟恩德斯先生很像，可能是他的兄弟。两个人都像是用某种圆润、质地坚硬的材料造成，就像个木材做成的球体，表面刨得很光滑，漫不经心地涂了些颜料。他们讲话的声音非常大，整个大厅里的人都听得到。

“这些人，”恩德斯先生一面说，一面停留在一根柱子前，好像在为发表长篇演说寻找一个合适的据点，“这些人和我们的区别就像是海盗和正派水手的区别。他们是海盗！”

“言之有理，恩德斯先生。我们的父辈勤勤恳恳，白手起家，这些人却是丧尽天良，靠投机赚了大钱。两者截然不同。

就像您也说了，这些生意场上的海盗，往往是东部出身。道德错乱。”

“我很庆幸，伯恩海姆先生也是他的经理。这就像是我们打入敌人营内的武器，唯一的一个。”

“我还是不想跟他做生意。”他的孪生兄弟朋友对恩德斯先生说。

“听我说，”恩德斯先生说，他总是善于把握机会的，“要把做生意跟做人分开来。如果我们可以向勃兰德斯一类的人展示，什么是诚信的商人和脚踏实地的工业家，也就是在给他上了关于诚信的一课，这是了不起的！”

两个人走开了。特奥多尔还站在柱子后面。这段谈话让他觉得很自信，并且对恩德斯先生很是感激。之前想到要去见勃兰德斯感谢他，特奥多尔多么为难！现在，知道上流阶层怎么看这个蒙古人，特奥多尔觉得面对勃兰德斯容易多了。他也不是我的金主恩人，特奥多尔想，德国才是他的金主和恩人。

靠着这个想法，特奥多尔一天以后去见勃兰德斯。保罗上次来的时候是走的楼梯，特奥多尔选择了坐电梯。但是上次勃兰德斯立刻见了保罗，这次他却让特奥多尔很是等了一阵子。等候室空空四壁，没有什么装饰，桌上只摆着特奥多尔不感兴趣的专业杂志。他开始来回踱步，疲惫起来。这个家伙就是想要羞辱我，特奥多尔想，但是我会让他后悔的！他还是在空房间里来回踱步，脚步变得越来越沉重，近视的眼睛只看到一片白花花、泛着油光的墙。特奥多尔从包里拿出一块镜子，检查了自己苍白的、消瘦的脸，觉得很满意。他觉得自己看起来雅致、坚决、明智。他翘翘下嘴唇，让整个面相看上去更有精神。纤细的脖子鼓起来。他再用指尖划过中分的浅黄色头发。在这一瞬间特奥多尔看到了勃兰德斯。

勃兰德斯慢慢地起身，直到特奥多尔撞到了他的书桌，他才站起来。特奥多尔没能正确估算书桌的宽度，急匆匆地撞了上去，跌进旁边柔软的扶手椅。勃兰德斯也就像刚才起身一样，慢慢地坐下。他等着。特奥多尔一句话都说不出来。一片沉寂。空气中像是有一座不可见的钟在嘀嗒走动。勃兰德斯把他宽厚的、毛茸茸的大手放在桌面上。

最终特奥多尔站起来:“我得谢谢您！”“大可不必。”勃兰德斯说，还是坐在椅子里，“您哥哥告诉我您希望来拜访我。看来这并不是您自己的意愿，而是他的。他说，您想在我这入职工作！”“您这？”特奥多尔说。“我觉得这不是个好点子，我不知道，您是不是合适的人选。而且，我认为，您的政治立场很有问题，非常令人反感。”“我是保守派，而且支持民族国家。”“要看怎么理解这些术语了，”勃兰德斯轻声说道，“在我看来，我才是保守派，而您非常极端。我认为，保守不是高喊口号，游行示威，穿军装风衣。这个样子，怎么说，不适合上流社会的社交。”“您没有对我评头论足的权利。”“但我有帮助您的义务！”勃兰德斯轻声说道。

特奥多尔默默坐下。他现在离勃兰德斯那么近，目光几乎迷失在他的宽阔的黄脸盘中。特奥多尔不得不承认，他对游行示威和军装风衣的看法和勃兰德斯很接近。他想起古斯塔夫的家人，脑子里突然闪过一个念头，和勃兰德斯搞好关系为好。易如反掌！他想。特奥多尔向前探过身子，说：“昨天我碰巧听到有人议论您，勃兰德斯先生！”“您现在想向我报告？”“对！”“那我只好让您失望了。我完全不在乎。我知道，那些二十年前发家的人认为像我这样一年以前富裕起来的人是海盗。而且或许，”勃兰德斯微笑着说，“您也认为我很危险——大家都害怕我。”他最后一句话的音量突然变高。

然后勃兰德斯继续用他惯有的柔和语调说：“我认为，您对报纸有足够的兴趣，能够当个记者。现在我也能推荐您去一家政治立场偏右派的报社。但是那的人跟您都差不多。与之相比，您对一家民主报社来说，可能是笔好生意。一家大报社，名声很好，他们的出版商欠我个人情。一家民主立场的报社很需要一个有偏右极端派历史的年轻人。而且开门见山地说，您会为犹太人工作。您想去吗？”特奥多尔想说是。但是勃兰德斯没等到他开口。“写信告诉我吧！”特奥多尔站起来，一言不发，鞠了一躬告辞——他立刻就后悔了，因为鞠得太深。

第三部

17

晚上七点整，雇员们下班两个小时以后，尼古拉·勃兰德斯离开他的巨型办公楼。这是他的三家百货公司关门的时间，也是属于他的三十三幢大楼里，多家商店的关门时间。他的六百五十个穿黑西装的经理和中等雇员这时候回到家，拿着优惠年票，带着怀有怨念的老婆和孩子，去戏院、电影院或者音乐会消遣。办公室里的低等雇员和临时工们来到酒吧，把细长的酒杯举到他们蓄着长八字胡的唇边，里面满是尿黄色带着白色泡沫的液体。也就是在这个时候，在勃兰德斯拥有股份的工厂里，五千个工人收工，涌出工厂，挤进满是冷烟斗味、啤酒桶臭味和酸臭体味的大厅，去听政治宣讲。助理们和高级雇员则在这个时候踏进赌场消遣，或者去参加钢盔协会的理事会，白十字协会的例会，抑或是去挂着帝国横幅的城区管理组织，或者参加县会计处的工作日聚餐活动。司机们开着一百二十辆标着勃兰德斯名字的大小货车，开过城市乡间，大街小巷。他们在这同一个时候，脱下制服，把它们挂上细细的衣架，挂进标着号码的立柜里，然后换上廉价实用的便服，享受即将到来的十二个小时自由时光。也是在这个时候，在勃兰德斯秘密持股的民主报社里，晚班开始了，编辑们穿着磨损得发光的紧身休闲外套，敲击着白色橡胶按钮。信差们骑着自行车，送来国会的报告、法院的报告，用紫色字印在廉价木纸上的，当天其他的新闻，以及各类政治通讯稿。在空气浑浊，包裹着皮革的电话间里，来自阿姆斯特丹和鹿特丹、布加勒斯特和布达佩斯、加尔各答和斯大林格勒的电话铃声此起彼伏。社论记者找到了当天的头条新闻，来回踱步，重复着打字机键盘带着回音敲击出的句子。所有这些人都觉得自己是自由的。他们当中几乎没有人认识给他们饭碗的人，这个给他们面包和植物黄油，或者黄油替代品，或者高级餐用黄油的人。他们为人正直，唯恐被解雇；他们星期天参加游行集会，藏好色情图片以免被妻子们发现；他们对孩子严加管教，每次涨工资都吓一跳；他们对报纸的社论大加评论，对顶头上司敬畏有加。

他们不认识勃兰德斯。尼古拉·勃兰德斯，他是新生中产阶级的组织者，乃至缔造者，也是老牌中产阶级的维护者。尼古拉·勃兰德斯，他向中小企业协会提供优惠，他因为商品的廉价而发家致富，他是大批雇员的衣食父母，他向他们提供贷款，用来在市郊买一幢可爱的小房子，他送给他们花盆和歌唱的金丝雀，以及自由，十二个小时的自由。

尼古拉·勃兰德斯和他的首席助理，以及首席技师一起，于傍晚七点离开办公室。离开之前，傍晚，勃兰德斯突然开始说话。首席技师开始没有怎么听懂。就好比突然有人塞给他一本书，书里的词句刚开始都是模糊的。他需要先把它们单独整理清楚，分别再看一次。首席技师觉得非常奇怪，他有时候能看懂每个词，却仍然不明白它们在一起时的意思。现在勃兰德斯所说的，首席技师暗自推断，恐怕是他习惯性地称为“哲学”的东西吧。过了好一会儿他才能听懂，靠的不是平常的理智，而是以前他从来没有感受过的神经。

“现在，”勃兰德斯继续说，“我即将功成名就。任何人在我的位置上都会这样说。但是，我之前经历过的不只有一个人生，而是两个，或者更多。一段时间以来我有种感觉，好像我又需要开始一个新的人生了。

“您相信我很疲惫吗？疲惫，不是因为工作得太卖力，而是因为我工作的时候没有理念，没有激情，没有目标。今天我还是产业里大权在握、自主的管理者，明天我就是这权力的阶下囚。您考虑过我是怎样变得如此富有吗？您觉得我是商业奇才？不是吗？您弄错了，首席技师先生！我能有今天，靠的都是人们和机构的软弱无能。在现在的世道下，对您的压力，没有人抵抗。您要是想得到皇位，就肯定能找到一个国家愿意加冕您为国王。如果您想要开展一场革命，那就肯定能找到些无产阶级来拥护加入您的运动。如果您要发动战争，就肯定能看到民众自相残杀。可能几周后，几个月后，或者一年以后我就能控制这个国家的工业。我甚至觉得这一切无外乎是因为一些要么听起来旧派，有权势的，要么能让人闻之色变的名号。您听说有一个总经理先生，您去他的办公室——突然就觉得之前的准备都不对，觉得自己滑稽可笑。他的名号只是在门外的牌子上。您在他办公室里就能看到，总经理的权力，就是一块小玻璃牌，靠四颗钉子，挂在门上——这扇门、这块牌子和这些钉子给您留下的印象比它们的主人本身要深刻得多。相信我，他门上的名牌，他的名片，他的职位，他的职务，人们的敬畏，他签发的工资和决定的开除令，才是总经理这个人的主人，而不是反过来！我今天就已经感到了这种危险。我的权力的标志会开始比我这个人更有震慑力。我不能再随心所欲，这是我唯一的乐趣。我可以雇用伯恩海姆先生，因为我觉得有意思，然后看他怎么样成长，跟化工怀孕生子，接手一家大店，积聚些名望。他的弟弟，一个民族主义者，在一家犹太人报社写稿，也让我觉得很开心。但是明天这家报纸可能就已经变得比我想要的更有影响力，可能我作为金主就不再能保持匿名。一旦有人说我的名字就像说到受大众欢迎的权贵，我就丧失了权力。因为名字是会膨胀的，会从我身上吸取能量，它需要我的能量，才能发声——无外乎都是为了发声……

“然而——所以我才会跟您讨论，化工业让我恼怒，我的生活除此之外胜券在握，唯一不明晰的因素就是这个化工业。这件事有危险性，我是在冒险。这是平生第一次我不占上风。其他任何东西都不比我强大：可笑的中产阶级，他们挤满我的商场，就是我的印钞机；官僚管理机构，他们的面包和西装都是靠我提供的；这些商场；提供小额低风险贷款的银行；我那些年薪十五万马克的经理。但是化工业真是个不确定因素。我可能会像那些化工业巨头、化学工程师、总经理一样软弱无力。自从我开始和帝国化学工业打交道，化工业的种种奇观真是吓坏了我。这一行真是无奇不有。我一般对数字没什么敬畏的感觉。但是荷西斯特厂有一万工人，巴登苯胺厂有一万一千员工，九十五家 I.G. 工厂共有十万八千职工，十四万三千供货的厂家每年生产六百吨二氯化羰。您知道吗，您女儿丝袜里的人造丝和战争当中用的毒气是同源的化学物质！都是硝酸甘油！光听听这个名字！硝酸甘油！

“您觉得我太狂热了吗，首席技师先生？正是这样！我这辈子还没有这样狂热过。事情有些变化，尼古拉·勃兰德斯发生了一些变化。我不知道今后还有几次机会和您一起下班。晚安！”

他完全没有听懂，勃兰德斯心想。我也没有把什么都告诉他。我完全可以讲整整一天，然而最重要的还是没有讲到。一种不可名状的力量控制了我。自从……他想到这里就停了下来。他经常触到这个边界。边界之后是一个未知的疆域，宽广、陌生，无边无际，思维和想象都触及不到。就像是勃兰德斯曾经逆流而上的那个世界的边界。

勃兰德斯离家越近，就走得越慢。

是的。他离家越近，就走得越慢。白天他多少次忘记了有这个家！这是他一次买下的好些房子之中的一幢。有时候他去酒店过夜。他热爱酒店的房间，热爱里面属于整个世界的物品和碰巧贴在墙上的壁纸。勃兰德斯只需要头上有个遮风挡雨的屋顶。在自己的家里，财富包围着他，就像一种皮肤病。一个园丁，两只狗，一个车库，好些用人，花园嘎吱作响的大门和里面的沙子！房子的地基深深地植入陌生的土地，一堆凌乱的混凝土。勃兰德斯可能更愿意睡在帐篷里。很多东西属于他，但是他并不占有它们。很多人都听他的，但是他从不指挥谁。很多东西委身于他，但都不是他的财产。对他来说，他的房子好像都只是由建筑师的图纸造成，只是由他买进又卖出的货物，由贸易登记表和送货的运单建造而成，房子里面为他工作的人，都只是员工名单做成的。勃兰德斯曾经有过三块小小的田地，一幢涂成白色蓝色的小房子，两头牛和两匹马，十本书，一把火枪和一根金属把手的拐杖。所有的这些他都失去了！从那时候开始，尼古拉·勃兰德斯似乎就再没有过财产，一无所有，却因贫困而满足，为贫困所激励。在他看来，自己的命运，似乎就是要把这个由财产和混凝土组成的世界当作影子，在当中漫游，依靠一个幽灵强大的能力来积聚宝藏，就像秋天时双脚走过一堆堆落叶一样用双手数过一沓沓钞票，把所有的一切，物品、商品，以及人，都统统变成纸。什么也不要抓在手里，更不要被抓住！其他人都以盈利，或者赢得他人爱慕为目的；以继承财产，保持地位为目的；以爱惜，享受生活为目的；以购买和占有为目的。或者其他人的财产也不是真实的？只不过他们没有清算而已？他们以为可以保持住的东西瞬间就会化为乌有？他们以为在享受的东西其实已经无影无踪？他们享受和占有的感觉不过是想象的产物？我告诉首席技师的没错，勃兰德斯想。所有的一切都软弱无力，在我的决心面前灰土一般瓦解。留下的，只是虚名而已。真实的强大势力只有一个，它还在发展壮大，能决定生死：化工业。我要冒这个险吗？

莉迪亚在家里等着勃兰德斯回来。一年多以来她一直在等他，虽然勃兰德斯也和她同床共枕，揽她入怀，他的气味，黑暗中他炯炯的目光都无处不在。当莉迪亚睁开眼睛的时候，总幻想着能看到勃兰德斯紧闭双眼，沉醉在欲望之中的影子。这个愿望却每每落空。她觉得事情在黑暗中似乎变得明晰些，好像这样更能揣度出这个男人那些同样黑暗的秘密，就像半夜的时候更容易识别鬼怪。然而这都是徒劳。

勃兰德斯的目光总是望向远方，似乎下一刻就想要从现世消失，奔去远方。他的身体是如此强健，步伐如此坚实，即使在铺了地毯的房间走过，也声如洪钟。他只要一踏上花园里的石子路，莉迪亚就已经听见了他的脚步声。然而对莉迪亚来说，尼古拉·勃兰德斯一直都很不真切，一个彻头彻尾的陌生人，从来没有和她亲近过。有时候勃兰德斯用他的大手握住莉迪亚的乳房。一股巨大的热流从他的指尖流进她的身体。他一言不发。“别不说话啊。”她请求道——似乎抱着隐约的希望，能够让他至少换一种沉默的方式。因为希望他有朝一日像其他人一样善谈肯定是不可能的。

勃兰德斯让莉迪亚既幸福又不幸，就像幸福和不幸，欢乐和绝望注定是形影不离的孪生兄弟。她不再能判断他是残忍还是温柔，自己的爱情是恐惧还是好奇。有那么些时刻，莉迪亚痛恨勃兰德斯的陌生，想念和格哥简单、易懂、人性的关系。好几次她都决定要离开勃兰德斯，去找绿天鹅剧团，却又总是推迟了行动。如果他两周以后不变样子，我就逃走。然而他最终没有变化，她也并没有逃走。莉迪亚有限的想象力来源于文学作品，而作家们对心理有创伤的人群往往只有很有限的认识。小说里的描述有时候能提供些小手段。她开始研究一些可笑的办法。可能可以让他心生嫉妒？莉迪亚开始根据自己之前情场上不那么成功的经验，策划构思，设计场景，借鉴百年来文学史中那些历史悠久，伪造生活的手段。但是当她看着勃兰德斯的时候，立刻就意识到这些努力多么可笑。任何规则对勃兰德斯都不适用。他甚至从来都不高声说话，音量总保持在让人隔着一扇门就听不到的水平。有时候明明看见他，也感觉不到他的存在。勃兰德斯沉重、庞大的身躯只让莉迪亚觉得压抑，她的牙齿咬着他粗壮的脖子，指甲划过他宽厚的肩胛骨，他的呼吸消失在她的头发里。莉迪亚这样被他所笼罩着，每每忘记了勃兰德斯是个与众不同的男人。然而她突然又有种难以压抑的冲动，想睁开眼睛偷偷向上瞟一眼。偷偷窥视的结果却总吓坏了自己——勃兰德斯的眼睛总是大睁着。他在往哪里看呢？他会用眼神看穿墙壁吗？他看见了故乡的天际吗？这时莉迪亚的心里总是燃起一股虽然不大，但是致命的怨恨。她真想一刀刺进勃兰德斯的胸膛，看他是不是刀枪不入。

莉迪亚过着足不出户的生活。勃兰德斯让裁缝和各种商贩上门服务，却从不邀请人到家里做客。他谁也不想看见。其他人对勃兰德斯来说就像房屋和货物，和他们做生意没问题，不过这当然只在白天，在办公室里。莉迪亚还很年轻。屈指一算，才二十二岁。她因为这个数字怨恨勃兰德斯，好像自己的青春年少都是他的错。一次勃兰德斯看见莉迪亚哭泣。他理解她。但是他只是一动不动地坐在那里，别扭又笨重，坐在他娇小的妻子小小的苦恼前面。勃兰德斯害怕自己会怜香惜玉。他憎恨会因慰藉而产生的温柔。他没有衡量苦难的能力，也不能根据正在受苦的人来衡量。他无论如何也理解不了，痛苦的深度和广度，和造成痛苦的事件的渺小，并没有直接的联系。勃兰德斯用人世间绝对的不幸来衡量莉迪亚的不幸。她哭泣的时候，他只是无动于衷地看着。这是莉迪亚第一次在一个无动于衷的男人面前哭泣。这是她的第一次屈辱经历——在想象中，她忍辱负重。莉迪亚的小脑子满是复仇。她开始任性，变得阴晴不定。她尝试着变得独断专行。她用意外的愿望让勃兰德斯措手不及。她想见人。一天晚上，勃兰德斯带莉迪亚去剧院看戏。一言不发，不无怨念。仅仅是剧院的大厅已经让他心存厌恶。勃兰德斯对话剧的第一幕心存恐惧，他像是在等待一场即将降临的灾难。战后初年在舞台上大肆实验的导演们现在似乎变得温和些了，跟观众的神经妥协，掀开了戏剧艺术的极端派。勃兰德斯的恐惧变成了远远更为危险的无聊。之前他和莉迪亚一共去过几次剧院，还去过一次舞会、一次音乐会。然后勃兰德斯就不再安排这些传统的社交活动了，而是开始了一个完全没有社交活动的新阶段。他只是觉得有必要用几个月的时间，来证实自己真的对舞台上的种种完全丧失了兴趣。在这个晚上，勃兰德斯对舞台上的表演完全兴味索然，于是开始观察观众席。他发现认识自己的人远比之前预计的要多。他的匿名性受到了威胁。人们总是需要一个非黑即白，非善即恶的世界，他想。他们觉得我很可怕。我真受够了扮演这些蠢货眼里东方来的恶魔。从基希讷乌、敖德萨或者里加来的，有钱的犹太人可能巴不得扮演这个角色，他们也巴不得出身在柏林。这些观众席里的人一个挨一个地坐在那边，有的面相主要由光头组成，有的面相仿佛完全是某个发型师创造的，好像他们不仅仅给头发、胡子做造型，或者剃掉了胡子，还塑造了所有的鼻子、额头和嘴——勃兰德斯观察着这些人，第一次意识到，比任何其他激情都要强大，推动他拼命赚钱的唯一动力是什么：鄙夷。就像爱情和仇恨会捕获人心一样，鄙夷之情也会。感到"刻骨铭心的鄙夷"是完全有可能的。勃兰德斯看着这一排排灯光里密集的面孔，才意识到自己的激情何来，就像有的人看见某人的时候才意识到爱情的存在。那么多勃兰德斯不认识的人也和他打招呼。他们知道勃兰德斯其实并不认识他们。然而他们还是带着微笑，恳求他回应。这些人就像是为慈善机构募捐一样，带着咄咄逼人的卑微。他们伸出手来想要握手，却又害怕被认为是想要乞讨。中场休息的时候，他们在休息室里围成一圈，唯恐在打蜡抛光过的木地板上滑倒——为今晚的活动，他们特意穿着鞋底溜光的新靴子。引座员笔挺的制服，以及自己的礼服又都给他们带来一种高贵的感觉。在这脚底的战战兢兢和国家剧院的贵族气质之间，却还有一个空洞，他们努力地想用身体来填充，却怎么也填不满。他们的身体消失在盛装的脸庞和颤巍的双脚之间。休息室里的人仿佛形成了一个原地打转的圈，中间空出一片椭圆的区域，没有人敢贸然独自踏入。勃兰德斯想起之前那个星期天在选帝侯大街上看到的政治游行。即使是游行，中间也自然形成了一个空旷区域。带着同样的表情操着同样的步伐，他们又占据了剧院里的休息室。他们的军装风衣肯定寄放在衣帽间。唯一的不同是胳膊的姿势。这里没有人振臂高呼。这里的胳膊都顺服地吊在礼服的袖子里，假肢一般。女士们的晚礼服记录着她们装扮事业的巅峰时刻，泛着含蓄又斑斓的光影，投射到男人们苍白的脸上，像在播放一场高等社会性行为的电影。参加剧目的首演，每个人的自我感觉都很良好。大家也都很高兴在场的其他人是这场首演的一员。因为所有人一起，才组成了这幅多彩的社交画卷，否则剧场报道的引言部分实在无资可谈。

勃兰德斯发现人群当中缺少了他最新任命的经理保罗·伯恩海姆和他的弟弟特奥多尔。要是保罗和他的新婚妻子现在在场，眼前的这幕社交滑稽剧还要更活跃些。其他观众里面，勃兰德斯认识的只有一个文化版记者，他是这个记者所在的民主报社的幕后老板。但是这个戏剧评论家却并不知道他的衣食父母是谁，报社里只有经济版的编辑记者知道内幕。以点评艺术为业的人生来无足重轻。伯恩海姆可能根本不参加剧场的首演了，以伯恩海姆的社会地位，他可能不再能参加这类活动了。我要请他到家里来做客，勃兰德斯想。我要把莉迪亚介绍给他认识。希望他会爱上她。

年轻的伯恩海姆太太去看望她的恩德斯叔叔，要两个星期以后才回来。起因只是一个小型的家庭聚会，不是重要活动，保罗·伯恩海姆去参加了一天就足够了。这是伯恩海姆第一次去勃兰德斯家。这是他第一次见到和勃兰德斯一起生活的女人。来之前他听说过无数流言蜚语，号称她是个高加索公主，他也真信了。因为以当时的世道，流言漫天，真相绝少，没有什么比谣言显得可靠；越是低劣刺激，越能激发向往浪漫主义的听众发挥想象力，信其为真。

保罗·伯恩海姆对各种漏洞百出的谣言逸事笃信不疑。他有一个皮面镶金的小笔记本，里面记满了类似的传闻。每次要讲故事之前，他都先偷偷地在里面查看。伯恩海姆脑子里把所谓的故事，和所谓的真相分得是很清楚的。但是如果一个传奇故事发生在自己周围的真相里，总是让他非常开心。按照欧洲人的习惯，以文学手法来评判地理概念，伯恩海姆认为东方是神秘的，西方是平庸的。东方对他来说，起于卡托维兹，止于罗宾德拉纳特·泰戈尔。勃兰德斯也被他归为这个区域。莉迪亚比勃兰德斯还要再靠东一些。因为她是个女人，而且按照特克力的说法来自高加索，并且极有可能有皇室血统。仅靠高加索这个地名就足以将她归为神秘的东方了。

一个男人爱的不是女人，而是她所展示的世界。莉迪亚长着一张欧洲的脸，完全可能出身于欧洲任何地点，科隆、巴黎或者伦敦——其实她来自基辅。但是保罗·伯恩海姆在她身上看到的是“高加索气质”，而且因为他对她在绿天鹅的过往还一无所知，他立刻给她颁发了一堆标签：真正的、与众不同的、精致的、异域淑女。为了向她证明自己很有阅历，也很有女人阅历，伯恩海姆变得像以前一样伶牙俐齿。对，当他在心里默默给这个女人定位的时候，他已经能听见自己在绘声绘色地讲和她的故事，并且把想象中听众的崇敬之情，再加于他原本对高加索和高加索之子的崇敬之情之上。想到一个传奇故事要发生在自己身边的真相里，他心花怒放，不由得更加夸大传奇的部分，而更加忽视真相的部分。伯恩海姆是那种一旦周围出现有希望征服的女人，就立马像换了一个人一样的男人。作为如假包换的社交高手，他立刻恢复早年对女人的殷勤谄媚，并且开始讲牛津的段子，毕竟无论男女，没有人不为牛津所折服。伯恩海姆是一年多以来第一个跟莉迪亚讲话的陌生男人。她把沉默、厚重的尼古拉·勃兰德斯和眼前这个健谈、轻巧的保罗·伯恩海姆相比较。那天晚上甚至有几个瞬间，在她和保罗之间似乎形成了某种秘密的、对抗勃兰德斯的默契。当保罗问道:“您不常有客人？”她立马回答:“从来没有！”回答快得让人以为她事先知道保罗会问这个问题。然后勃兰德斯低声地说:“我不喜欢陌生人。”“您呢？尊贵的夫人？”伯恩海姆问。莉迪亚没有回答。尼古拉·勃兰德斯的眼睛不是很灵活，视线直直投向桌面，但是无论是暗处的墙壁，还是他旁边的这两个人，都尽收眼底——他警醒敏锐的目光横扫整个空间。勃兰德斯以他典型的姿势站起来，两只大手紧紧抓住桌子的两个角。但是保罗时常觉得他这是在准备掀桌子。保罗突然感觉到一股强烈的，对勃兰德斯的仇恨。似乎只有通过这个女人的存在，两个男人之间的关系才明晰起来，能够名状。保罗首先感受到的是嫉妒。这个外乡来的蒙古人——保罗对自己说，全然不觉自己这时说的是弟弟特奥多尔的词汇——每天夜里都占有这个年轻的身体。对他来说，同床共枕理所当然地证明了男人占有和女人被占有的关系。这个男人，贪得无厌，唯财是命，按照东方的习惯，把女人禁锢在他的后宫里。他肯定很嫉妒。我在这他怎么可能不嫉妒呢？到目前为止，每次“我的今天全拜勃兰德斯所赐”这个想法浮现，都被保罗·伯恩海姆迅速成功地压制下去。他的年薪是十五万马克，却只需要每天工作三个小时，摆摆样子。去和医疗保险、企业工会或者保险公司开会，在他看来本来也就是大材小用。他怀疑，勃兰德斯是故意不让任何“外勤”业务经保罗·伯恩海姆这种危险人物之手，尤其是和银行的业务。但是银行才恰好是保罗所谓的老本行。勃兰德斯立刻出手帮助特奥多尔找了工作，也让保罗懊恼。他甚至嫉妒弟弟在报社的这份工作。因为他自己，保罗，才是那个注定应该左右公众舆论的人。勃兰德斯为什么不能任命他为三大出版社主管之一呢？——他害怕我！保罗这样安慰自己，他对勃兰德斯的恐惧却像旧伤一样在慢慢复苏。在记忆深处遥远的角落里，还泛起关于尼克塔·本兹波若德科黑暗模糊的回忆。然而保罗还不愿意承认，并且开始寻找敌人的弱点。他认为完全是因为自己足智多谋，今天才被邀请，有了“打入敌军内部”的机会。勃兰德斯当然有软肋。这个女人就是他的软肋。腰缠万贯的大亨倾其所有也买不来美人青睐，输给一个谙熟女人心思的倜傥少年——小说里这样的故事赋予了伯恩海姆强大的心理能力，觉得现在就可以预测事情未来的走向。在这个领域，没人比他更能对付勃兰德斯。他要在这复仇。因为有些多愁善感，不用自欺欺人的道德幌子无法施展拳脚，伯恩海姆觉得有必要爱上莉迪亚。于是他爱上了她。

第二天伯恩海姆就约勃兰德斯一家去开车兜风。他以为勃兰德斯会拒绝。没想到他却答应了。

临近约定的时间勃兰德斯却缺席了。他请伯恩海姆单独带莉迪亚出门。伯恩海姆和莉迪亚以七十公里的时速开在路上。所有研究过人类情感和发动机关系的现代作家，都推荐这个速度。保罗结婚后重新开始阅读当代文学，甚至和一些作家交往，深知如何通过加速度来压榨自然界的美景。“每隔一天我就要这样匆匆穿过这个世界去那，”他对莉迪亚说，“通过汽车，我们才学会了真正观察自然。看着两旁的街道、树木、房屋呼啸而过太愉悦了。我的司机是个懦夫。他开车时速从来也不超过五十五、六十公里。我认为，工作得快的人，也应该享受得快。就算是安安静静地坐在办公室里，我们也每天都身处危险之中。但是请您相信我，我压根不在乎这些危险。”“您肯定参战了吧？”“四年，骑兵。”“您精通骑术？”“每周一两次吧。尊贵的夫人，您想和我一起骑马吗？”“我有些害怕。”“有我在您有什么好怕的。我们会给您选一匹最温顺的坐骑！”莉迪亚·马尔科夫纳那想起多年前看过的一组照片，《马背上的淑女》，蓝绿色调，印在光面纸上，刊登在一份“顶尖”的时尚杂志里。一起登出的还有其他系列的照片，包括《母亲和孩子》，以及《社会中的婚姻》。每幅照片下面都用小字体印着说明：“总经理布卢门施泰因女士”和“哈瑙－利希滕斯泰·楚·罗斯伯爵夫人”，抑或是“晨间骑训”或者“使用男士马鞍”。因为缺乏资源，所有这些关于高贵生活的想象都像是以摄影师们的陈腐观念为马，一路飞奔过画报编辑部和摄影棚。这些早年的白日梦闪过莉迪亚·马尔科夫纳那的脑海，激起了她的野心，哪个基辅钟表匠的女儿不会为之心动。虽然父亲是钟表匠，她却在年幼的时候就觉得一个更高的社会阶层在召唤她。所以她熟读普希金的诗，希望能靠着平庸的表演天赋，实现目标。在尼古拉·勃兰德斯逃离红军的那个夏天，莉迪亚的父亲去世了。她开始逃难，沦落到一家俄国餐馆里做服务员。因为拒绝收小费，也因为食客们迫切需要案例来证明想象中革命的残酷，莉迪亚获得了公主的美名。也就是在这家餐馆，几个之前是演员的移民组建了绿天鹅剧团。他们带走了莉迪亚。这样她辗转实现了自己的梦想。她虽然没有入选莫斯科戏剧学院，但是好歹也成为一家剧团的一员。因为所有的团员都是出双入对，只有她和哥萨克人格里高利是单身，莉迪亚迟疑了一阵也就搬去了他的房间。这样剧团还省下一个酒店房间的钱。当莉迪亚跟着勃兰德斯到德国的时候，她期待着生活出现飞跃，希望能通过一个爱她又有钱的男人，进入梦想中的“大千世界”。然而，她自己却成为那个爱上沉默、危险又冷漠的君主的女孩。莉迪亚嫉妒勃兰德斯每天在外度过的时间，她从来也不知道到底在哪。因为勃兰德斯不准她白天的时候来访。莉迪亚考虑着是不是应该大胆问问保罗。勃兰德斯有其他的女人吗？她有时候梦到，他在不同的房子里关了好多个她这样的女人。他不会嫉妒吧？“希望勃兰德斯先生不会嫉妒！”保罗突然轻声、迟疑地试探道——这是专业花花公子谈论不在场的竞争对手时，惯用的手段。“不会！”莉迪亚说。“我要是他的话我会的！”莉迪亚很感激保罗这番话。女人相信她们需要的肯定。千百年以来，引诱女人的都是谎话而不是真相。莉迪亚从来没有听到过勃兰德斯的赞美。她匆匆问了一句：“您夫人呢？”话一出口就后悔了。“我的夫人？”保罗重复着她的问题，似乎完全忘记了自己有个夫人。“下次应该把她介绍给您！”保罗说。莉迪亚决定，她会向勃兰德斯询问伯恩海姆夫人的情况，是漂亮、娇小、温柔、高挑？金发还是黑发？莉迪亚也像很多人一样，认识一个男人，只有也知道他们太太的情况才放心，因为太太是属于这个男人的一部分，至少看起来属于他。

回城的路上，他们降低了速度，因为晚上的气温变得比较低。“您跳舞吗？”保罗问，因为他在考虑着有什么明显的机会可以接触这个女人的身体。“噢，”她不假思索地说，“从离开绿天鹅就没再跳过了！”“什么是绿天鹅？”“绿天鹅是个卡巴莱小品剧团。”“然后呢？”保罗问。“我在这家剧团表演过！”保罗大吃一惊。如果有人告诉他，太太不是恩德斯家的人，他可能也不会比现在更吃惊。没有比现在更让伯恩海姆懊恼的情况了，他本以为和一个公主坐在车里，她其实却是女戏子。

“哦！”他说。就像在化装舞会上突然丧失了和伊姆加德·恩德斯小姐亲热的能力一样，保罗现在反过来，突然丧失了保持距离的能力。伯恩海姆的腿机械地靠在了游伴的膝盖上。他忘记了说话。他把车停在路边，一言不发，尝试着抱莉迪亚的肩。

莉迪亚明白了他的动作有什么含义，一秒钟以后也明白了是什么促成这突如其来的亲近。她感觉到深深的、缄默的、绝望的屈辱，就像格哥把她卖给勃兰德斯时一样。但是今天，莉迪亚连叫也叫不出来了。就像她的心已经习惯了默默忍受屈辱。这不是她第一次受到羞辱了，而是在重复上一次的羞辱。不是出于绝望，而更多的是本能的需求，莉迪亚开始轻声地抽泣。眼泪是手无寸铁之人唯一的武器。

过了足足好几分钟，保罗·伯恩海姆才意识到他冒犯了莉迪亚。就像他母亲觉得一个政府官员的自尊和一个家庭教师不可同日而语，儿子伯恩海姆也觉得，一个女戏子不能像高加索的公主或者莱茵河畔的恩德斯一样，觉得受到了冒犯。如果说他母亲的看法偶然也会受到批驳，他关于女人等级的观点——虽然在他的同僚，花花公子中间，会取得广泛的共识——则是尤其无知。因为没有什么比女人的尊严感更不涉及社会阶层、家庭出身、职业以及教育了。冒犯或者恭维公主和妓女的，都是同样的事件。当保罗明白了他的游伴为什么哭泣，他感觉很抱歉，因为他其实是好心，而且这是个错过的大好机会——就像上流社会的男人们常常说的一样。保罗的车已停下。莉迪亚低着头，没有看他一眼，就下了车。保罗也下车去追她。他说着什么，不过莉迪亚都没有听见。屈辱感在她的身体里咆哮。最终保罗认识到什么都无济于事，转而开始担心他停在乡村公路中间的帕卡德车。他转身回到车上，把车慢慢开到一条小岔路上，失败的感觉，铺天盖地地涌来。

多愁善感和粗暴形影不离。保罗·伯恩海姆在回家的路上一直伤感又热烈地想着莉迪亚——再没有比这更理所应当的事了。他觉得她比之前还要让人心动，还更宝贵，因为他再也不可能得到她了。

到家之后保罗·伯恩海姆一眼就看到了他太太的大幅照片。他觉得伊姆加德的长相粗糙又无趣，而且骨骼粗大。运动让她的肌肉变得像个男人，肩膀也宽了那么两厘米，她的双手又大又壮，皮肤干燥。莉迪亚身材娇小，柔软灵活，她的皮肤光滑紧致，微微泛着黄色调的光，她的乳房就像是深棕色的月亮。保罗·伯恩海姆不寒而栗。

莉迪亚等了勃兰德斯很久。他回来得很晚，半夜才到家。看见她红红的眼睛，他问也不问，就走开了。

在这样的夜晚，勃兰德斯怀念以前住在小旅店里的时光。

18

世上所有的乡村公路看起来都很相似。所有国家的公民也都是相似的。儿子总是长得像父亲。谁认识到这一点，可能难免绝望，因为无论朝哪个方向，可能都很难有所改变：对，虽然流行时尚瞬息万变，国家政体、人们的品味和风格也都时常更替，但是在所有这些不同的形式中，总有一些规则明显是亘古不变的。就像无论何时，富人建广厦，穷人住草棚，富人锦衣华服，穷人衣不蔽体。就像无论贫富，所有人都会生老病死，都会有希望有期待，也都会凋零都会绝望。

我们现在来参观飞黄腾达的保罗·伯恩海姆的家。在这有必要也回想一下他父亲的大宅子。老伯恩海姆当年让人拆掉围墙，砍掉大树，小伯恩海姆现在让人砌起围墙，又在花园的新土里移植已经长成的大树。小伯恩海姆的花园里不再有陶制小矮人人偶。不过那家工厂，格吕茨尔公司早已不再生产小矮人人偶。他们现在的主打产品是中空的女性塑像，用精细的乳白色薄瓷制成，而且似乎都富有尖锐多刺的个性。它们的四肢让人想起松针，乳房像是小金字塔，小腹的形状类似于平行四边形，胳膊肘是长矛杆，而它们三折的膝盖，就像是用于展示软骨病的医学模型。

伯恩海姆家的前厅就有一打这样的塑像。都是卡尔·恩德斯先生送的礼物，充分展示着送礼人现代的审美观，或者说得更准确些：他如何努力向大家证明自己的审美观非常与时俱进。恩德斯先生肯定也很喜欢老伯恩海姆花园里的小矮人人偶。但是为了证明自己的品味，他完全可以同情地鄙夷它们。如果卡尔·恩德斯需要买一幅画，他的策略是，一定要做出跟自己的理智和感官背道而驰的选择。这样就肯定成功挑选到了一件现代风格的珍贵作品。通过长年累月的训练，恩德斯凡是遇到自己不喜欢的东西，都自然而然的很赏识，而凡是自己喜欢的东西，则是立刻质疑。按照这个方法，他居然小有“眼光独到，从不走眼”的名声，所以他更是毅然决然地对抗自己真正的喜好。保罗的花园别墅，室内装潢和摆设的艺术品都拜恩德斯先生所赐。别墅的主要建筑看上去像一条没有龙骨的船。只有完全可以当门用的大幅落地玻璃窗让人意识到这是一幢住房。除此之外，这就是条涂成白色的邮轮，正在一动不动地驶向彼岸。房子的前部有个突出的半圆形前厅，夏天可以，或者说应该在那吃早饭，从外面看起来像是游轮的高级客舱。前厅的屋顶则像是船长宽敞的指挥舰楼。二楼的房间层高矮一点，窗户形状也更柔和。石质屋顶又宽又平的边从四面包围着这些房间。再上一层就只有阁楼了，一个面积不小、层高很低的圆形空间，四周都是又宽又短的窗户，除了可以插上支出窗外的旗帜，似乎没有什么其他的用处。树林还很远。房子的周围零零星星地长着几棵树，似乎是因为唯恐有一个光秃秃的花园。恩德斯先生和现代建筑都认为“阳光、空气和太阳”这三大元素至高无上。伯恩海姆的这座宅子富含这三大元素，甚至比世界本身所含的都还要多。当外面阴云密布、多雨多雾的时候，这些房间里似乎有个私家享用的太阳，洒满阳光。保罗最喜欢待在壁炉前。在人类漫长的住房史上，炉火曾经是所有房屋类型——山洞也好，草棚也好——的核心组成部分。而如今壁炉却只是豪宅的一个象征性符号，用于存放积累起来的多愁善感。保罗·伯恩海姆的壁炉位于一座石质的金字塔下，壁炉的边上放着一杯水、一个烟盒、五颜六色的火柴以及一个插着天竺葵的蓝色花瓶。火苗在简单的黄铜护栏后面燃烧。一个黑白石头制成的象棋盘镶在木地板里，几乎从壁炉前一直延伸到房间中部。右边是一把彩色花纹的扶手椅，左边是一把带软垫的小凳子。再旁边是一座钢制的架子，可以撑起一台相机的样子，又或许是一座草棚，也可以挂雨伞或者做衣架用，上面挂着的，却是一盏不搭调的绿色灯罩，灯罩里填得满满的，亮着一个电灯泡。保罗打开通向游艺室的门。他喜欢从炉火边看着餐厅里柔和的光线。餐厅里宽大的白色椅子椅面是草编的，坐上去稍有弹性，围在棕色的桌子旁边。桌子中间放着一个插满黄花的白色大碗。墙上挂着一个镍制画框，里面是一面锣，不知道的人往往以为这是一面刮胡子用的镜子。只有及时看到旁边包着厚厚橡皮的锣槌，才能避免弄错。房子上上下下都是崭新的，一尘不染。保罗·伯恩海姆每把椅子都坐一下，试了一圈，才最终坐定，莫名地担心用于打亮家具的油还没有干。空气里是油漆、油和松节油的味道——为了驱散这挥之不去的气味，伊姆加德每天早上都让人喷洒松针味的香熏。用人们先把画都包起来，以免被喷雾所损伤。只有在伊姆加德的卧室里，是冷霜、唇膏和烫发钳的味道。她的大床四周挂着剧院幕布一样的床帘，对面挂着高贵的画家哈特曼高贵的画作，恩德斯先生花五万马克买的。恩德斯先生向来不喜欢付钱给画家、裁缝和理发师，因为他认为这都应该是公共服务机构，而他已经合法纳税，就应该享有这些理应和路灯、街道一样的服务。他先给了画家哈特曼一张一万马克的支票，隐隐希望过一段时间未付的部分就会变少。他认为没有任何东西经得住时间的考验，无论是人、物品，还是债务。时间对画家哈特曼来说尤其危险。因为此人越老越风流，总是中女人的招，她们总是把他带到坟墓边，然后在那抛弃他。恩德斯先生早就断言画家有朝一日会自杀，尤其是在他欠画家四万马克之后。因为画家可能会自杀，这幅画就显得更宝贵了。伊姆加德可以从床上仔细欣赏。白天的时候窗户就在对面，光线很好。晚上的话，恩德斯先生专门设计了一个特殊的装置。床上挂着一个按钮，可以控制点亮这幅画的玻璃画框。这样伊姆加德能把画带入梦乡，画就是梦的延伸。

保罗·伯恩海姆在壁炉前坐下。但是燃烧的炉火今天晚上并不能让他感觉放松。一个人在他崭新铮亮的新房里，伯恩海姆却很难觉得安心，因为他放眼看去四下都是恩德斯先生强权的痕迹，化工业的强权。在什么地方他觉得舒心呢？办公室里勃兰德斯咄咄逼人，在家恩德斯咄咄逼人。啊！保罗·伯恩海姆把一切都想得太简单了。他曾经认为五个月以内就能成为大工业界受人尊敬的中坚分子。但是实业家恩德斯比金融家勃兰德斯还要谨慎。保罗觉得自己目前就暂时是个以备不时之需的工具——这两个人都留了一手。没人告诉他任何消息，就让他躺在抽屉里，像把榔头，需要的时候可以拿出来敲几个钉子。之前和莉迪亚尴尬的一幕不是伯恩海姆沮丧的唯一原因。他作为勃兰德斯麾下的高级经理人，靠别人的小道消息，才知道勃兰德斯已经开始秘密收购外来塔尼亚股份公司的所有股。而且，他还碰巧听说，在阿尔巴尼亚有木材加工集团在勃兰德斯主持下筹建。勃兰德斯跑到阿尔巴尼亚去干吗？有人说他在跟意大利政府协商，筹划修建通往阿尔巴尼亚的铁路，却拒绝从罗马订购建材。然而这却是意大利政府授予路权的前提条件。保罗·伯恩海姆渐渐明白了勃兰德斯为什么隔月就出一次远门。

他总是去巴尔干地区，却让人把信件都寄到维也纳。勃兰德斯逐渐变成了一个危险人物，伯恩海姆想。他默默开始并购的时候，还没人知道他是谁，也没人干预。操着磁性的嗓音，伯恩海姆低声对着炉火说："但是他不会得逞的，他们不会让他得逞的。"就在这时电话铃声响起。伊姆加德每天晚上都打电话来。"怎么样？""还行！""都还好吗？""都还好！""说点甜蜜的吧！""小伊姆加德。"他好不容易才挤出这么一句。伯恩海姆不会在电话上甜言蜜语。伊姆加德却常常要求他这样做，口吻就像她经常命令仆人、司机，或者询问洗过的衣服一样。"你知道吗？""是的！""叔叔会给我买一匹马。""太好了！"保罗对着电话欢呼，感觉自己就要窒息了。"他现在想跟你说话。"恩德斯先生开始讲话。他的声音听起来好像隔得很远，因为他从来不对着话筒，而总是对着空气打电话。因为他不在家的时候，可能有仆人用电话，在话筒里留下细菌。每个月他都让人把房里的所有电话都更换一次。"亲爱的小伙子，"一个遥远的声音说，"有勃兰德斯什么新闻吗？""什么消息？""内来塔尼亚和外来塔尼亚股份公司要进军我们这一行了。在帝制国家制造人造丝。""这有可能！""去打听打听！伊姆加德后天回去！瞳孔！"恩德斯喜欢用这个词来结束秘密通话，相当于电话暗号。

保罗走回壁炉前。他知道恩德斯先生肯定会对伊姆加德说："别生我的气！但是你丈夫真是个蠢货！"这句想象中的话保罗似乎比之前电话上的听得还要清楚得多。现在应该去找勃兰德斯吗？找他干吗呢？勃兰德斯会听说什么？如果莉迪亚全都告诉他呢？太丢脸了！绅士的名声啊！

绅士这个词不由得让保罗浮想联翩。他想起结婚前的那些梦想。自主自立，化工业，控制市场和股市，和美国做生意，飞来飞去，今天伦敦，明天巴黎，后天纽约，权力网遍布全球，控制所有德国报纸的股份。在家宾客满堂，网球，骑马，拳击。不是现在来的这些无聊的客人。不是每天早上听着伊姆加德喜欢的广播运动节目做体操。不，他没有变得大权在握。没人尊重他。单身汉的生活快乐自由多了。相比之下特奥多尔发展得更好。

保罗走到留声机前——这也是恩德斯先生送的礼物——放上一张威尔明顿五兄弟的唱片。柔和又低沉的歌声加深了伯恩海姆的忧伤，忧伤深到一定程度，反倒变成了安慰。他坐在留声机旁边，这样可以一直摇手柄，让音乐不间断。保罗受不了这房子里的寂静。黑鬼们必须继续唱歌。他们唱的是整一个种族的失落，也把这个陌生失落的男人带到了他们炙热、荒芜又苦痛的过去。保罗温柔感激地注视着留声机。在恩德斯的礼物当中，这是他唯一喜欢的一件。留声机真是太棒了。二十年前，想听音乐得坐到钢琴边。现在只需要摇摇手柄。连带给人安慰的手段都在不断进步，技术发展显然并没有烧断多愁善感这根弦。

保罗让人送来报纸，翻到花边新闻这一版。不无负罪感。他对自己说，作为商人不能不首先看财经新闻，但是有股更强大的力量，迫使他首先找出讨论艺术的报道、剧场快报，或是家庭惨剧。今天发生了很多不幸的事件，报纸里还有一篇他弟弟的文章，报道的是图书馆联盟的展览，除此之外还写到了德国、欧洲、“黄祸”和印度。因为特奥多尔不能浪费机会。无论什么时候，他总是有意见需要发表，而且随时都准备好了一堆毫无意义，但是铿锵有力的说法。特奥多尔的这些词句，音韵意象都精雕细琢过，还囊括各种当下社会思潮，比如民族主义、马克思主义或者施蒂纳。保罗费了些力气站起来，再次走到壁炉边，把报纸扔进燃烧的炉火。他是那种敏感的人，向来觉得眼不见心不烦。

黑鬼们还在唱歌。壁炉里的火苗渐渐熄灭了。保罗·伯恩海姆没有开灯。他在彩色花纹的扶手椅上睡着了，椅子上大朵的黄花狠毒地撕破了黑暗。

19

特奥多尔扣好礼服。迎面而来的是镜子里自己隆重的苍白脸色。耳朵上好几处都长着有些杂乱的绒毛，他拿着把小剪刀，一一仔细修剪。只要有关容貌，绝不马虎，特奥多尔能发挥所有的细心耐心。最后再观察一次自己的双手，它们修长的形态很是让特奥多尔骄傲，他认为这想必是贵族血统的体现。最后他穿上外套，拉紧翻边，然后打开所有的灯。这好比彩排的灯光。特奥多尔想在镜子中审视自己的侧面，于是把带镜子的衣柜门转到一个特定的角度，正好可以反射墙上的镜子。然后他摘下眼镜，有那么一瞬间大脑一片空白，似乎因为没有摄入图像信息，而丧失了所有的思维。旁边的房间门关着，里面传出敲击打字机的声音。那是一个女秘书正在誊写特奥多尔的一篇文章。打字机键盘急促的旋律在他听来像是美妙的音乐。“她现在誊到第三页，在那我描述的是德国大城市的暗夜眩晕。暗夜眩晕是个好词，天衣无缝，妙不可言。”之后女秘书还应该处理信件。“往来函件”，特奥多尔用这个词。每当邮差送来大量来信，特奥多尔便觉得离世界的中心又近了一步。每当收到读者来信，他则立马交给编辑部，这样编辑部才会知道雇员多有影响力。除此之外他在朋友面前炫耀，尤其是那些可能会嫉妒的朋友。特奥多尔有信必回，并且竭力争取参加各种活动——宴会、展览、会议、银行经理的沙龙、将军的沙龙、部长的沙龙。之后他四处宣扬活动上的谈话。特奥多尔计划让这些“家伙”见识一种新的“年轻德国人”——理智，但是仍然爱国；受过贵族教育，可是仍然富有革命性；思维带有外交手腕，却仍然能言善辩。他在讨论中常常旁征博引，因为害怕说了太多自己的话。有那么些“家伙”，特奥多尔虽然不喜欢，但是也不愿和他们搞僵关系。这当中包括出版商、杂志的发行人、一个负责特奥多尔稿子的编辑。每当这个编辑自己发表一篇稿件，肯定会第一时间接到特奥多尔的电话：“祝贺您！精彩极了！”对朋友们特奥多尔却会说：“你们读了这篇文章吗？他写得还不错，这个家伙，但是幼稚，幼稚。他没有什么视野！”

打字机敲击的声音停止了。女秘书敲门。虽然特奥多尔觉得跟一个女秘书有任何私人交往都不是高尚的举动，觉得她只是一个雇员，而不是一个女人，他还是用两根手指整理了中分的头发，然后才对着门喊“请进”。特奥多尔在桌边坐下读稿子。女秘书站在他旁边。他读到暗夜眩晕的地方，转头看向她，说：“精彩！是吧？”说完他就后悔了。在渴望他人认可赞美和与雇员保持必要距离之间，特奥多尔永远也找不到平衡点。有时候女秘书没有时间用打字机誊抄某篇针砭时弊的文章，他甚至会专门念给她听。这个可怜的女孩，每天从早上八点到下午四点都在写商业信函，而为特奥多尔的工作就像是每天的高光时刻。她崇拜他。特奥多尔收到待评论的书，她也都遵循他的建议读过。当特奥多尔发现她眼里的崇拜，便把必要距离缩短几厘米，问道：“您已经累了？好！那我们今天就早点下班！”他把文稿装进一个信封，注明“紧急”，虽然这其实一点也不紧急。特奥多尔尤其喜爱推动原本缓慢的事件，让它们变得紧急起来。不紧急的事就不重要。速度，速度。因为看不起时间本来的速度，他把怀表的指针调早了一些。特奥多尔看了女秘书一眼。虽然还有一个小时时间，但是他说：“好，现在我没有时间了。您可以走了！”女秘书离开了。特奥多尔坐下，摇起留声机，放起威尔明顿五兄弟的音乐。黑鬼的音乐让他心情大好。他今天晚上要出门，而且要让那些“家伙”看看。特奥多尔今天晚上是要去他哥哥保罗家。

对，伯恩海姆家里今天晚上有客人从法国来。战后有一批作家致力于重建两个民族之间的友好关系，以文学缔造和平。来客就是这群作家的一员。这些作家文学活动的薪金，一部分当然得作为税款上交祖国，被战争部长用来准备下一场战争。而教学部长则直接向德国驻巴黎大使馆推荐这些作家。各种谅解协会、文化协会、和解协会竞相邀请这些作家来德国做演讲——他们的作品当然已经被翻译成德语。演讲之后，作家们还会被请到当地人家里，品尝松露，进一步学习研究曾经的敌人的各种习俗。他们认真记录所闻所见，积累素材，为下一部描写德国诗人、德国经理、德国革命者的系列作品做准备。由德国罗马语言文学研究的教授们保驾护航，作家们一路拜访了一系列非富即贵的大户人家、知识分子，具有欧洲视野的人士，以及在工厂里生产毒气，在家阅读作家凯泽林的实业家。

做客的作家并不在场。哈默林教授早些时候就来了，感觉得到保罗·伯恩海姆虽然没有说出口，但是心里是在暗暗埋怨他的。而伊姆加德太太的问题：“他熟悉柏林吗，教授先生？您告诉他正确的地址了吧，教授先生？他不会把各家的邀请搞混了吧，教授先生？”明显就是指责了。其他客人们陆续到了。房间里的光线似乎变得越来越强烈，因为每个人都像灯笼一样，散发着和平的光彩。他们都微笑着点头，却没有注意听清被介绍的人名，直直地看着对方的脸——用的不是眼睛，而是白白的牙齿。在保罗·伯恩海姆家，大家都觉得自己是上流社会的一员，是整个城里最现代的一群人。“一切本该如此。”这些人用夹杂着法语的德语拿腔拿调地说，谈论社会现象的时候，他们习惯于用技术类的法语词汇，就像医生会诊的时候说拉丁文一样。保罗·伯恩海姆今晚请了各个阵营，“一切本该如此”的人士。来客包括有容克背景的冯·马洛先生及夫人，自从将西里西亚的田产出租，搬到柏林住，他就从德意志民族主义阵营倒戈，转而支持人民党。大城市的柏油路似乎让他变得越来越支持自由思想。以前，越是民族主义，就越能展现完美的高贵品质。现在，高贵品质则要求最大限度地具有欧洲精神。每年德皇生日的时候，冯·马洛先生都以最卑微的语气，辗转通过好几个人——而且这只有他的近亲知道——往多伦[①]发出一封贺信。但是这绝对不是他政治理念的表现，而是出于习惯而维持某种仪式，是一桩带有宗教色彩的私人事件。就像柏林的犹太人，其实早就抛弃了信仰，可还是遮遮掩掩地秘密庆祝犹太教最神圣的节日，而庆祝基督教的圣诞节则是大大方方人尽皆知。

一家民主报社的发行人也在宾客之列，七年前他凭借着极端主义开办了这家报社，现在则像冯·马洛先生一样，朝另一个极端摆动到了中间立场。自从通过太太的一大笔嫁妆发家，在勃兰登堡边疆区买下一小座庄园，跟藩侯的土地建立了联系，他的立场就变得越来越保守。他的太太每个季度都从巴黎带回大批衣饰，并且是莫林诺克斯[②]时装表演的顾问。虽然从她身上还可以看出出身于商界的家庭背景，但是大家也都表示谅解，而且鉴于她定期在蒂尔加滕公园训练骑术，也相信她能很快成为一名货真价实的封建女庄园主。她今天穿着深绿色的裙子，棕色调的妆容呼应橄榄色的皮肤。伊姆加德太太穿着一条剪裁几乎一模一样的蓝色裙子，也是差不多同时巴黎之行的成果。下次我要去维也纳定制礼服，发行人夫人心想。她看着伊姆加德太太，对两人的不谋而合深感震惊。她的胳膊真是

① 德皇威廉二世退位后流亡荷兰的居住地。——译者注

② 爱尔兰设计师，以风格高贵低调，剪裁完美耐穿闻名。——译者注

太粗了，发行人夫人心想。她的胳膊实在是太细了，伊姆加德太太心想。著名的出版商弗莱塔格和夫人也来了。她的装束明显比丈夫的要廉价得多。一秒钟以内，更加富有的夫人们交换了一下目光达成共识，弗莱塔格太太成了众人诅咒的角色。她的裙子确实是在大商场季末处理，模特穿过的展示礼服大减价的时候购入的。弗莱塔格太太线条硬朗，眼睛周围的皱纹表明没怎么做过面部护理，她还年轻，不到三十六岁。但是新婚的那些年头，当她丈夫还是个别人叫的“小记者”的时候，明显在她脸上留下了痕迹。但是这些愁苦的痕迹是滞后的，在愁苦的念头之后才慢慢展现，就像暴风骤雨一般的冲动过后，才会慢慢产生眩晕的感觉。弗莱塔格太太跟人握手的时候还是非常迟疑。她总是把胳膊肘顶在胯部，伸出的手总有种难为情的感觉，让人立刻想起在厨房里劳作，握手前才在蓝色围裙上擦干的手。来客中还有一位帝国军事部的少校，虽然着便装，却似乎是穿着鲸须紧身胸衣。他像鸟一样面色冷峻，但是目光呆滞，就像是鞋子上黑色的小纽扣。站在房间左右两头的人按顺序跟人打招呼，到了房间中间。为了避免尴尬，形成了一个个小圈子。小圈子里又总是有那么一两个人，像是在沙漠里迷路了一样，觉得需要找个地方靠着休息。他们小心翼翼地试探着周围的物品是否能承受身体的重量。在歌舞升平的面纱下，整个房间里弥漫着悲伤的死气沉沉。伊姆加德太太一个个地招呼客人，按照“就该这样”的规矩。当最后有人因为夫人不能出席而道歉的时候，她很是开心，因为这样谈话的主题能稍有些不同。“啊，太可惜了，您夫人……”这样的句子不用考虑太多，也总是贴切的。最后法国和平主义者终于来了。他还是不太习惯这个陌生民族陌生的习俗，因为这里悲伤的庆典气氛而有些迷惑。这一切远不止于这般陌生，如果这位作家不是打定主意要写出一篇文章来报道。于是写作意图一再要求他觉得周遭事物都很有趣，即使原本平淡无奇。法国物产丰饶，一般不需要为了获得某种特定的物资跨越国境。作为这个民族的一员，安东尼·沙容努克先生尤其喜爱在国外寻找非同寻常的事物。他的旅程是带着文学目的的，无论如何也需要为创作提供素材。匆匆忙忙地，他体验一个个安排的节目，然后同样匆忙地，把所有的印象草草分类了事。将对陌生国家进行报道这个决定，以及假象中未来读者的期待，一起促生了一种浪漫化的视角，沙容努克先生无论遇到怎样的事物，都将被笼罩其下，而每个人物，则都被挂上有某种代表性的勋章。哈默林教授自称为法国之友，很让沙容努克先生开心。从这一刻开始，对沙容努克先生来说，所有的法国之友都是哈默林教授的样子，他正在房间的一边对冯·马洛和弗莱塔格等人就法国高谈阔论。“他们具有，”哈默林教授这样形容法国人，“清醒的、小小的、实际的才智，这正是我们缺少的，我们德国人的灵魂总在迷雾之中。我爱极了这些爽朗的法国人的生活情趣，他们尽情吃喝享乐的态度。巴黎永远都是理性的中心，也是享乐之都。我们则永远都是北方之子，我们的故乡总是落日的余晖。”“他们需要我们，而不是我们需要他们。”才进门的特奥多尔说。直觉告诉他这里将是一场针对疑难问题的严肃讨论，特奥多尔走近哈默林教授身旁这圈人。众人的目光都落在他身上。面对着德高望重的哈默林，特奥多尔更加欢欣地感觉到自己的青春活力。他甚至认为听到四周的听众因为惊叹而深呼吸。“巴黎，”特奥多尔继续说，“不再是，早就不再是世界的中心了。而柏林将会是，现在已经是了。”“这不是我们讨论的问题，”哈默林恼怒地强调道，“法国人的潇洒自如只在巴黎才有。在柏林大家只是在工作，在德国大家都只是在工作。”这时沙容努克先生也走近这群人。他听到了哈默林教授讲的最后几个词，决定要一字一句地都写下来。如此简单有力的词句立刻得到了沙容努克的赞同，而虽然自己并没有觉察到，但是他几天以来所见所闻都是在代表未来的读者。“在巴黎潇洒，在德国工作。”再没有比这更好的解决办法了。从此以后再不会有战争！

沙容努克先生晚餐的时候坐在伊姆加德太太旁边。一切一切本该如此。伊姆加德早就计划要带客人在宅子里四处参观，欣赏画作。她不太确定带他去卧室，看那幅哈特曼的大幅作品是不是得体，所以有些迟疑地谈起这幅画。“很可惜，这幅画在我的卧室里。”伊姆加德说。沙容努克先生侧眼看她，用的是种全新的眼神，就像突然在他原本的眼神上面架了一副眼镜。他眼前立刻就出现了这个卧室的画面，非常清晰——或许了解一下这个社会阶层的人怎么睡觉也很有趣。法国大使馆的一位先生告诉他，德国夫妻分房睡的比例比其他地方都要高。或许应该用情色作为一章的主题？

保罗·伯恩海姆在客人中间，就像一个格格不入的客人。他观察着在场的一个个女人。为什么莉迪亚不在这？他不爱她。他向自己证明。不，他不爱她。“有欲望”可能是更合适的说法，他想。他对她有欲望。在她身上保罗发现，自己绝对不是魅力无限，不可抗拒。他笨手笨脚，别扭莽撞。内心有一股孩子气的欲望让他想躺在地上，像孩子一样手舞足蹈，大叫：我就要，我就要。我要莉迪亚，我要莉迪亚，保罗完全控制不住这短短一句话强有力的节奏，这样对自己念了十次。每一次都刺痛他。保罗能够感受到每个词怎样穿过他的身体。每个词都从心脏跳出，顺着血液的循环，进入大脑，停留一会，然后再回到心脏。我——想——要——莉迪亚！——真是让人生不如死！

保罗·伯恩海姆等到晚餐结束，好像之后会发生重要事件。不可思议的事件。前方遥遥无期的时间，一辈子，都贯穿着这个没有实现的愿望，只能将其切碎，分成小份，希望在每一份时间结束的时候出现一个转折。也就是说把一个巨大的、铺天盖地的绝望分成无数小份的绝望，更容易忍受一些。每个小份时间结束的时候带来的失望，好过一个巨大的失望。

大家站起来，准备离席。就在这一刻，保罗·伯恩海姆决定走出去。左边拐两个弯就是勃兰德斯的别墅。伯恩海姆好像在这一刻才意识到莉迪亚的地理位置，才想到本就不远的她可以将他从痛苦中解救出来。怎么可能这样近在咫尺却不得相见呢。他跑到街上，向左边拐了两个弯。

勃兰德斯的别墅门口一辆汽车的两个车灯亮得宛如白昼。花园的门和房门都敞开着。两个穿着制服的人，显然是司机和门童，抬着两个大箱子，装进车里。

保罗站在暗处。听见有人说话。他脸颊发热，双手颤抖，有些眩晕，摸索着找栏杆靠背。莉迪亚的声音传来，像远处的歌声。但是他听不清她在说什么。

几秒钟之后莉迪亚从房间里走出来。发动机轰轰作响。这声音让保罗·伯恩海姆略微平静。只要发动机还在响，我就有时间！他突然想到。发动机的响声让刺眼的车灯变得稍微柔和了些。保罗目测自己和车之间的距离。他需要一秒钟，不超过一秒钟，就可以碰到车门上的把手。另一个保罗·伯恩海姆，一个敏捷的保罗·伯恩海姆，离开这个躲在暗处的肉体，跳向汽车，夺门而入，扬长而去。这一切就发生在刚才，却好像已经过去了很多很多年。突然间一切都结束了，解决了。所有的冒险、野心、虚荣、权力、爱情，都远远地在保罗·伯恩海姆身后。好像所有这些，他都会去经历，思考，感受一次，而且都是走走过场而已。就像是有人委托他扮演所有这些角色，因为所有的这些他都经历过，谙熟于心。发动机的声音突然停止了，同时车灯调转了方向，劈头盖脸地照在这个站在暗处的男人身上。一瞬间的寂静之后，车子无声地开走了。

保罗松开一直靠到现在的栏杆，想要离开。他感觉经历刚才的一幕，像是活过了二十年。别墅的门依然开着。安慰人心的、金黄的灯光从走廊洒进院子。勃兰德斯走出房门。

他注意到围栏边的黑影。“谁在那？”勃兰德斯问。

“我。”保罗回答。

勃兰德斯走近了些，还是他那轻若无声的脚步，和他魁梧的身型完全不相匹配，就像是他借用了他人的双脚。

“您来找我们？”

“不，”保罗说，“我想找她。”

“莉迪亚·马尔科夫纳那走了，不会再回来。她回她的剧团去了。他们现在在日内瓦。您可以去那！”

“不！”保罗说，心里想：要是我父亲的话就会去的，是我父亲的话就会去的。

“我们可以一会儿就告别，”勃兰德斯说，“我陪您走回家。

这样就够了。我明天离开。一时不会回来。我没有能力在一个地方待太久。

“我其实是需要向您道歉的。有好几次，我都想要利用您的资源，您通过结婚而能接近的圈子。我想把您作为一个暗藏的秘密武器。我从来没有特别尊敬您，不过我其实对谁都没有敬畏之心。我怎么想现在也都不重要了，但是我原本就计划给您写信的，一定会。不过既然我碰巧在这撞见您，我就直接告诉您好了。现在发生的事情在我看来太戏剧化了。”

“我不生您的气，”保罗说，“就在刚才，五分钟以前，我肯定还会觉得深受侮辱。但现在我已经老了。您看，勃兰德斯先生，您看看我的头发！不是都变白了吗？三分钟以来，我觉得我离开家的时候是个年轻人，回去的时候就是老头了。现在，看来我有了足够的智慧，可以承认我一直很崇敬您。既崇敬又害怕。可是我还是不够英明，还是想问您这个问题：您为什么鄙夷我呢？”

“我不知道，”勃兰德斯回答，“您是个懦夫。比如您不能在神秘力量到来前的一天，或者一个小时抛弃所有一切，像我现在一样。因为您没有征服的力量。周遭的一切都是腐朽，而且听命于您。但是抛弃，抛弃才是关键。我并不觉得我在做什么不寻常的事情。只是有一股力量让我离开而已。就像之前有力量让我来到这一样。这股力量让我离开，我只是追随着它而已。保重，保罗·伯恩海姆先生。您再试试，或许现在您能成功。”

他们站在伯恩海姆的新房前面。所有的窗户都透出灯光。保罗好像听到了客人们说话的声音。他伸手到口袋里摸钥匙。拿出钥匙的时候，他心不在焉地说，好像需要在门上罩上这个问题：“您说，勃兰德斯先生，是您把莉迪亚送走的吗？”

“不，她自己走的。我不会送走谁。她自己走了，或许我也是因此离开。我不知道还有什么让我留下，我也不知道，是什么让我离开。”

两个人沉默了一秒钟。然后勃兰德斯高声说：“晚安！”不等听到回答，他就消失在了路旁树丛的影子中。

20

几天之后，尼古拉·勃兰德斯在一个边境火车站下车。这样的火车站他以前经常路过，虽然没下车看过，但从来都觉得这不过是些荒芜悲凉的调度车站，貌似供军队后勤部门使用的，涂着棕色焦油的临时木板房，以及两国虽然穿着不同制服，但是团结一致的海关看守。勃兰德斯从车站出发，徒步半个小时到达了一个小城市，然后留在了那，好像这个举动终于实现了一个常常出现，但转瞬即逝的愿望，这样才证明他重新获得了自由。这个小城沉默的居民常常回头看他。勃兰德斯的脸看起来像是和他锈棕色的大衣融为了一体。虽然他的帽子、西装、鞋子都是欧洲的剪裁和式样，但看起来却都有了异域风情。勃兰德斯慢慢地走过狭窄的街道和巷子，因为他的出现，这些街巷显得越发地狭窄。他的身前身后都很宽广。

勃兰德斯还不知道自己会去哪。世上任何地方都如此雷同。在所有的国家、所有的城市都有无尽的耐心和悲哀的善心，孕育出千千万万个软弱的保罗·伯恩海姆，为他们自己的愚蠢愿望所困；或者千千万万个可怜混乱的特奥多尔，永远生活在装腔作势的阴影中；当权者，一旦手握大权就不可一世，最终死在自己制造的毒气当中；来自布达佩斯的世界主义者，稳坐在屏风后面；或者想要被爱却迷失自我的小女孩。

没有我，勃兰德斯想，世界还是照样按照它无聊的轨迹继续转下去。保罗·伯恩海姆有朝一日会进入化工业。恩德斯先生会在下一场战争中拯救他的祖国，特奥多尔会在我持有股份的报纸写社论。我会继续上路：去哪呢？全世界的港口都在等我。

下午六点左右勃兰德斯又上了火车。就在这个时候，老伯恩海姆太太的毛线针又开始噼啪作响，在她儿子特奥多尔的家里，打字机也响起来。伊姆加德太太离开家庭医生的诊所，准备向她丈夫公布一个亘古不变的、甜蜜的秘密。她的肚子里怀着的是一大笔遗产。桑多尔·特克力先生走进奥古斯堡大街的匈牙利餐馆。勃兰德斯集团的司机脱下制服，换上廉价的便装。公务员给他们的女儿打电话，从皮包里拿出剧院年票，以优惠的价格购买戏票。编辑部里晚班开始了。编辑们穿上休闲外套，削尖了红色铅笔。来自布加勒斯特和布达佩斯、阿姆斯特丹和鹿特丹、伦敦和孟买、开罗和纽约的新闻涌进包裹着皮革的电话间。世界还是照样按照它无聊的轨迹继续转下去。

这是人们最后一次见到勃兰德斯。从这一天开始，再没有人有他的消息。他上了火车，又一个新的尼古拉·勃兰德斯诞生了。

新的篇章就这样在这里开启。

约瑟夫·罗特生平简表

1894年9月2日	出生于奥匈帝国东部边境小城布朗迪(今属乌克兰)
1905—1913年	在布朗迪上德语小学及文理中学
1914—1916年	在林伯格大学及维也纳大学上学;1916年发表第一部短篇小说《优等生》(*Der Vorzugsschüler*)
1916—1918年	参加第一次世界大战
1919年起	作为记者,为维也纳、柏林、布拉格的报纸和杂志撰稿
1923年起	为《法兰克福报》撰稿
1923年	出版第一部长篇小说《蛛网》(*Das Spinnennetz*)
1924年	受《法兰克福报》委托进行波兰之旅。出版小说《萨沃伊酒店》(*Hotel Savoy*)、《造反》(*Die Rebellion*)
1925年	第一次法国之旅
1926年	受《法兰克福报》委托进行苏联之旅

1927—1929 年	出版小说《漂泊的犹太人》(*Juden auf Wanderschaft* ,1927)、《无尽的逃亡》(*Die Flucht ohne Ende* ,1927)、《齐珀与他的父亲》(*Zipper und sein Vater* ,1928)、《右与左》(*Rechts und Links* ,1929)、《沉默的先知》(*Der stumme Prophet* ,1929)
1930 年	出版小说《约伯记》(*Hiob*)
1932 年	出版小说《拉德茨基进行曲》(*Radetzkymarsch*),半年内再版五次
1933 年	因犹太出身和反对纳粹,被禁止在德国出版作品
1933—1939 年	流亡国外, 陆续创作和出版小说:《塔拉巴斯》(*Tarabas*,1934)、《皇帝的胸像》(*Die Büste des Kaisers*,1935)、《百日》(*Die Hundert Tage*,1936)、《假秤》(*Das falsche Gewich*,1937)、《先王冢》(*Die Kapuzinergruft*,1938)、《第 1002 夜的故事》(*Die Geschichte von der 1002. Nacht*,1939)、《一个虔诚酒徒的传说》(*Die Legende vom heiligen Trinker*,1939)、《列维坦》(*Der Leviathan*,罗特去世后 1940 年出版) 等
1939 年 5 月 27 日	客死巴黎

图书在版编目 (CIP) 数据

罗特小说集 .11 /（奥）约瑟夫・罗特著；王彦会，
王怡译；刘炜主编 . -- 桂林 : 漓江出版社，2022.12
ISBN 978-7-5407-8605-2

Ⅰ . ①罗… Ⅱ . ①约… ②王… ③王… ④刘… Ⅲ .
①长篇小说 – 小说集 – 奥地利 – 现代 Ⅳ . ① I521.45

中国版本图书馆 CIP 数据核字（2019）第 008094 号

LUOTE XIAOSHUO JI 11・QIPO YU TA DE FUQIN
罗特小说集 11・齐珀与他的父亲
[奥地利] 约瑟夫・罗特 著
王彦会 王怡 译

出版人：刘迪才
特约策划：周向荣
责任编辑：黄彦
书籍设计：李诗彤 周泽云
责任监印：张璐

出版发行：漓江出版社有限公司
社址：广西桂林市南环路 22 号 邮编：541002
发行电话：010-65699511 0773-2583322
传真：010-85891290 0773-2582200
邮购热线：0773-2582200
网址：www.lijiangbooks.com
微信公众号：lijiangpress
印制：香河县闻泰印刷包装有限公司
[河北省廊坊市香河县安平镇二街 邮编：065402]
开本：880 mm × 1230 mm 1/32
印张：12.25 字数：217 千字
版次：2022 年 12 月第 1 版 印次：2022 年 12 月第 1 次印刷
书号：ISBN 978-7-5407-8605-2
定价：58.00 元